KB169049

문예신서
264

장 지오노와 서술 이론

송지연 지음

東文選

장 지오노와 서술 이론

책머리에

장 지오노는 프로방스 시골에서 가난한 구두 수선공의 아들로 태어났으며, 고등학교 중퇴가 학력의 전부였다. 그는 파리를 중심으로 한 당대의 다양한 문학 운동(초현실주의 · 실존주의 · 누보로망 등)과 동떨어져 생활하면서 독자적인 작품 세계를 구축한다. 지오노는 마이너리티의 조건을 두루 갖추었으나, 평생을 고향 마을에 살면서 파리의 문단 정치를 멀리하고도 오로지 작품만을 통해 평가받은 작가이다. 앙드레 지드의 극찬을 받으며 《언덕》(1929)으로 화려한 데뷔를 한 지오노는 평화주의의 정신적 스승으로서 많은 사람들의 추앙을 받는다. 하지만 제2차 세계대전에 대한 반전 · 평화주의 운동의 결과, 독일에 대한 협력자라는 오해로 마르세유의 감옥에 투옥되는 고초를 겪는다. 조국에서 작품 활동조차 어렵게 된 그는 바다 건너 미국을 대상으로 근근이 소설을 발표하다가, 1951년 《지붕 위의 기병》으로 대성공을 거두면서 '현대의 고전작가' 반열에 올라선다.

장 지오노의 소설을 서술 이론의 관점에서 분석하는 책을 준비하면서, 모든 사람이 '문학이 무슨 소용이 있는가'를 질문하고, 우리 문학을 하는 사람들도 정체성에 대한 자괴감으로 고통받는 지금, 한 명의 프랑스 작가에 대한 글을 모아 놓은 이런 책이 세상에 나와도 되는지 몇 번이나 자문했다. 하지만 이 작은 책은 일찍이 플로베르가 정했던 목표, 무(無) 위에 서 있는 책(un livre sur rien)을 따라 아무 소용없는 책, 무상의 책(un livre pour rien)의 길을 가려 한다.

돌이켜보면 청소년기에 막연히 읽었던 스탕달 · 플로베르 · 발자크 같은 작가들이 나를 프랑스 문학의 길로 이끌었다. 번역도 영 마땅치 않던 이런 작품들을 읽고 나면, 그 뒤에 나오는 간단한 '해설'이 나에게는 더 재미있었다. 문학 작품을 읽고 그 모호한 느낌을 나름대로 정리하여 논리적인 글로 설명하고자 하는 욕구에서 문학 공부와 비평 공부가 시작되었지만, 수십 년째 문학을 품고 있는 나에게 문학은 여전히 설명되지 않는, 설명될 수 없는 그 무엇이다. 하지만 문학의 불가능성, 그 위에 보태진 문학에 대한 포기의 불가능성이 나를 지금껏 문학으로 이끌어 글을 쓰게 하고, 번역을 하게 하며, 책을 내게 하는 힘인 것 같다.

프랑스로 유학을 간 후 장 지오노라는, 우리나라에 있을 때는 한 작품도 읽어보지 못한 작가를 만났다. 대학원 시절 카뮈라는 작가에 빠져 《적지와 왕국》과 같은 쓸쓸한 작품에 경도되어 있을 때는 보이지 않았던 다른 세계가 지오노에게 있었다. 프로방스의 부드럽게 살랑거리는 바람, 끝없이 펼쳐지는 구릉, 그 태연한 햇빛 속에 감춰진 잔인함, 폐쇄적인 소읍 사람들의 돌연한 살기……. 하지만 나를 매혹시킨 것은 무엇보다도 그의 '서술의 놀이'였다. 문학의 '자기 반영성'을 추구하는, 세계를 미메시스하지 않고 문학을 미메시스한 《노아》라는 작품이 맨 처음 접한 지오노의 글이었기 때문이다. 세계보다는 문학 자체에 대한 성찰이 들어 있고, '집필중인 작가'가 실명으로 등장하여 문학의 문제를 논하는 작품이었다.

이제 지오노에게 있어 '방법의 문제'를 탐구해야겠다는 결심이 섰고, 서술기법이 현란한 '소설 연대기'의 다른 작품들로 독서를 넓혀갔다. 지오노가 이룬 서술기법의 혁신은 1980년대 중반에는 아직 아무도 주목하지 않았던 주제였다. 프랑스 서술학을 쇄신한 제라르 주네트는 파시의 EHESS 강의실에서 나중에 《문턱》이란 제목으로 나올 곁텍스트(paratexte)에 대한 강의를 하고 있었다. 그의 천재성과 유난한 분류 정신, 그리고 유머 감각은 매우 인상적이었다. 서술학을 공부한다고 하면 작품의 내용보다는 형식을 따지는, 소위 '재미없는' 이론을 공부한다는 평을 듣기 십상이다. 하지만 "하늘 아래 새로운 것은 없다"는 성경 말씀처럼, 모든 이야기는 이미 어디선가 한번쯤 들어 본 듯한 것이 아니던가? 그리고 《이방인》에서 1인칭 복합과거라는 형식적 낯섦과 부조리라는 내용적 낯섦이 한 몸인 것처럼 내용과 형식은 이미 나눌 수 없는 무엇이다. 《권태로운 왕》에서도 산촌 사람들의 일련의 늑대 사냥은, 비밀의 핵 랑글루아를 겨냥한 그 모든 서술자들의 비밀 사냥과 한 몸이다. 나로서는 서술학의 엄밀한 분류 틀을 송송 빠져나가는, 지오노의 대가적 솜씨를 감상하는 것이 공부의 또 다른 재미였다.

박사학위 논문을 준비하는 몇 년 동안 프랑스에서는 그간 비평에서 소외되어 있던 지오노에 대해 얘기하기 시작했고, 논문들도 속속 발표되었다. 논문 초고에 들어 있는 나의 생각들이 다른 사람의 소논문을 통해 지면에 먼저 발표되는 장면을 목격하면서, 한편으로는 초조했지만 다른 한편으로는 외국인으로서 프랑스 비평사의 '현장'에 있다는 안도감도 들었던 것 같다. 귀국 후 제일 먼저 계획한 일은 혼자만 품고 있던 지오노를 우리나라에 번역·소개하는 것이었다. 《권태로운 왕》 1부의 번역(〈겨울 이야기〉)과 함께 지오노를 포괄적으로 소개하는 글을 《동서문학》에 처음으로 싣게 되었다.

프랑스에서는 1995년 지오노 탄생 1백주년을 맞아 지오노붐이 일었고, 때맞추어 제작된 영화 《지붕 위의 기병》도 크게 히트했다. 우리나라에서도 《지붕 위의 기병》 번역에 이어 '이학사'에서 〈지오노 전집〉

의 출판을 기획하여, 《언덕》《세상의 노래》《영원한 기쁨》《보뮈뉴에서 온 사람》《권태로운 왕》의 도합 다섯 권이 출간되었다. 또 《폴란드의 풍차》의 번역을 비롯하여, 프레데릭 백의 애니메이션으로 유명한 《나무를 심은 사람》이 최근에 초등학교 교과서에 실리는 등 이제는 우리나라에서도 지오노의 대중화가 얼마간 실현된 느낌이다.

이 책은 지오노 작품론과 '소설 연대기'에 대한 총론을 제I부로 하고, 제II부는 《권태로운 왕》, 제III부는 《지붕 위의 기병》에 대한 소개글과 논문들로 이루어졌다. 제IV부는 《보뮈뉴에서 온 사람》과 《폴란드의 풍차》에 대한 간단한 소개이며, 제V부는 서술학에 대한 보다 이론적인 글들이다. 〈소설에서의 인칭의 문제〉는 지오노에게 집중해 온 글에서 좀더 지평을 넓혀 인칭의 문제를 중심으로 지오노의 작품을 다양한 세계 문학(보르헤스 · 막스 프리슈) 내에 위치시키려는 노력이다. 마지막 장인 〈주네트의 서술학〉은 서술 이론을 용어 중심으로 정리한 해설이다. 이 책이 지오노의 소설에 대한 서술학적 접근을 주제로 하는 만큼 보다 손쉽게 이해하는 데 있어서 용어 해설이 필수적이었기 때문이다. (서술학에 익숙하지 않은 독자는 제11장을 먼저 읽는 것도 좋을 듯싶다.) 말미에 붙인 〈지오노 연구 현황〉은 그간 국내에 발표된 논문과 기사 · 번역서를 정리한 것이다. 이 책의 제1-10장은 이미 발표된 글들을 손본 것이며, 제11장의 〈주네트의 서술학〉은 새로 쓴 글이다. 제1-10장이 발표된 곳과 원제는 다음과 같다.

제1장 장 지오노 작품론: 상상 속의 사막 여행
《동서문학》, 1993년 겨울호.

제2장 '소설 연대기' 론: 장 지오노의 '소설 연대기'에 나타난 사실성과 허구성

한국불어불문학회 1993년도 추계연구발표회(서울대학교 인문관, 1993년 10월 23일)

제3장 《권태로운 왕》

《권태로운 왕》 역자 후기, 이학사, 1998년.

제4장 《권태로운 왕》에서의 서술자의 문제

원제: 〈J. Giono의 *Un Roi sans divertissement*에서의 화자의 문제〉, 《한불연구》, 연세대학교 한불문화연구소, 1993년 12월.

제5장 《지붕 위의 기병》

《지붕 위의 기병》 역자 후기, 문예출판사, 1995년.

제6장 《지붕 위의 기병》의 초점화와 거리두기

원제: 〈장 지오노의 《지붕 위의 기병》 연구—초점과 거리두기를 중심으로〉, 《불어불문학연구》(제34호), 한국불어불문학회, 1997년 봄.

제7장 《지붕 위의 기병》에 나타난 독백과 대화

원제: 〈장 지오노의 《지붕 위의 기병》에 나타난 독백과 대화의 기술〉, 《인문과학》(76,77합집), 연세대학교 인문과학연구소, 1997년 6월.

제8장 《보뮈뉴에서 온 사람》

《보뮈뉴에서 온 사람》 역자 후기, 이학사, 1998년.

제9장 《폴란드의 풍차》

〈《폴란드의 풍차》 서평: 운명은 신의 저주가 아냐!〉, 《조선일보》, 2000년 10월 21일.

제10장 소설에서의 인칭의 문제

《불어불문학연구》(제37호), 한국불어불문학회, 1998년 가을.

《서술이론과 문학비평》, 석경징 외 서술이론연구회 편, 서울대학교 출판부, 1999년.

이 책의 출판을 흔쾌히 수락해 주신 동문선의 신성대 사장님, 논문을 지도해 주신 파리 제3대학의 미레유 사코트 선생님, 지오노의 친구였던 파리 제3대학의 피에르 시트롱 선생님, 강사 생활을 독려해 주신 어머니와 남편, 씩씩한 딸 현진이, 연세대학교 불문과의 모든 선생님과 친구들, '서술이론연구회'의 모든 선생님들, '지오노연구회'의 박지구 선생님 · 안보옥 선생님 · 안영현 선생님 · 유재홍 선생님 · 김수현 선생님께 깊은 감사를 드린다.

2004년 봄 송지연

차 례

제III부 《지붕 위의 기병》

제IV부 《보뮈뉴에서 온 사람》과 《폴란드의 풍차》

제V부 서술 이론

제1부

장 지오노

제1장

장 지오노 작품론: 상상 속의 사막 여행

프랑스 문학사에서 차지하는 장 지오노(Jean Giono; 1895-1970)의 위치를 생각해 볼 때, 우리나라 독자들에게 그의 작품이 그토록 알려지지 않은 것은 참으로 안타까운 일이다. 앙드레 말로는 "20세기의 프랑스 작가 가운데 세 사람을 꼽는다면 나는 당연히 지오노 · 몽테를랑 · 베르나노스를 꼽겠다"고 했고, 르 클레지오도 "장 지오노는 20세기의 가장 위대한 작가 중 한 사람이다. 지오노 작품의 힘은 인간 내부에서 인간보다 더 위대한 것을 발견한다는 데 있다"고 말했다. 지오노가 세상을 뒤로 한 지도 30여 년이 지난 지금 그는 프랑스에서 '향토색이 짙은 작가' '대독 협력자'라는 세간의 오해를 씻고 새로이 각광받으며 현대의 고전작가로 인정받고 있다.[1)]

장 지오노는 다방면에 걸쳐 활동한 다작의 작가이다. 20세기 중반 40여 년에 걸쳐 활동하는 동안 수십 편의 장편 소설, 단편 소설과 수필, 시집과 역사서를 발표했으며, 희곡과 시나리오 집필은 물론 직접

---

1) "프랑스 문학사에서 (…) 이 거인작가가 우리 나라에 전혀 소개되지 않은 것은 생각할수록 기이한 일이다. 아마도 지극히 시적이며 범신론적 이미지가 종횡무진으로 누비고 있는 그의 작품들이 스토리 전달만으로는 이해시키기 어려운 번역상의 난점을 지니고 있기 때문이었을까?" 김화영, 〈범신론적 아나키스트, 쟝 지오노〉, 《프랑스 문학 산책》, 세계사, 1989, 161쪽. (필자가 이 글을 썼던 1993년 당시에 우리말로 번역된 지오노의 작품은 거의 전무했다.)

메가폰을 잡고 영화를 감독하기도 했다. 이 글에서는 그의 대표적인 장편 소설들을 중심으로 세계관과 소설기법의 변천을 살펴보도록 하자. 자연의 아름다움을 시적으로 노래한 초기 작품들은 제2차 세계대전을 거치면서 두 개의 가지로 분기하는데, 하나는 스탕달의 소설을 닮은 '앙젤로' 라는 기사의 서사시적 모험 소설들이고, 다른 하나는 인간의 어두운 내면 세계를 그리면서 소설기법에 혁명적인 메스를 가한 '소설 연대기' 의 작품들이다. 이제 《권태로운 왕》의 프레데릭이 하얀 눈 위에 또렷하게 박힌 발자국을 따라 '새로운 세계' 로 나아가듯, 하얀 종이 위에 가지런히 박힌 검은 글자들을 따라 '지오노의 세계' 로 나가는 상상 속의 사막 여행을 떠나 보자.

1. 자연 속의 인간과 《영원한 기쁨》

구두 수선공인 아버지, 세탁부인 어머니 밑에서 태어난 장 지오노는 가난한 집안 사정 때문에 고교 2학년 때 학교를 떠나 은행에 들어간다. 그에게 유일한 위안은 책이었다. 그의 독서가 현대 소설이 아니라 고전으로부터 시작된 것은 오로지 당시에 고전의 책값이 훨씬 쌌기 때문이라고 한다. 그가 섭렵한 고전작가――호메로스 · 베르길리우스 · 단테 · 세르반테스 · 아리오스토 등――중에서 젊은 그에게 가장 큰 영향을 끼친 작가는 호메로스와 베르길리우스였다. 지오노의 처녀작이라 할 수 있는 《오디세이의 탄생》(1930)은 호메로스의 《오디세이》에 대한 대담한 패러디이며, 시의 습작들에서 가장 두드러진 것은 베르길리우스의 영향이다. 《전원시》《아이네이스》의 작가인 로마의 시인 베르길리우스는 우주의 범신(pan)이 깃들어 있는 자연의 모든 요소의 완벽한 조화, 그 자연의 일부가 된 인간의 에피쿠로스적인 행복을 노래했다. 이러한 범신론적이고 서정적인 분위기는 《언덕》《보뮈뉴에서 온 사람》《소생》이 이루는 '목신의 삼부작' 에서 잘 느낄 수 있다.

1929년 출간 당시 《신프랑스평론》지와 앙드레 지드로부터 극찬을 받은 《언덕》으로 지오노는 일약 프랑스 문단의 새별로 떠오른다. 프로방스의 바스티드 블랑쉬라는 마을에는 몇몇 집이 자연과 더불어 평화롭게 살고 있다. 그 마을에 늙은 술주정뱅이 자네가 등장하여 불길한 전조를 퍼뜨리면서 마을의 삶은 균형을 상실한다. 마을의 샘물은 이유 없이 고갈되고, 재난을 예고하는 검은 고양이가 출몰하며, 어린 아이는 병이 들고, 화재가 일어나면서 사람이 불에 타 죽는다. 이 모든 재앙의 원인인 자네를 제거하기 위해 마을 사람들이 힘을 모으지만, 그는 이미 죽어 있는 모습으로 발견된다. 샘물은 다시 흐르고, 삶이 다시 피어나며, 사람들이 멧돼지를 잡아 제사를 지내는 것으로 이야기는 막을 내린다.

표면적으로는 프로방스 농부들의 삶을 사실적으로 그리고 있는 듯한 이 소설은 사실상 시공을 초월하여 원초적인 인간의 삶을 보여 준다. 《언덕》은 시골 마을의 평범한 사건을 신화적인 시로 변모시킨 작품이라 할 수 있다. 이 작품은 일종의 산문시로 되어 있다. 소설에서 일반적으로 사용되는 '장' 대신, 마치 시의 '연' 처럼 한 줄의 공백을 사이에 두고 짧은 호흡으로 이야기의 단위가 끊어진다. 하나의 연은 하나의 장면 혹은 하나의 그림을 이룬다. 흰 벽을 사이에 두고 띄엄띄엄 떨어져 있는 화랑의 그림처럼 《언덕》의 연들은 그림과 여백이 교체되면서 이어지고 있다. 젊은 시절 오랫동안 무명 시인이었고, 이미 한 권의 시집을 냈던 지오노는 자신의 데뷔 소설에서 이렇게 시의 형식을 빌린다.

《언덕》에 이어 출간된 《보뮈뉴에서 온 사람》(1929)은 '보뮈뉴'에서 온 알뱅의 사랑 이야기다. 깊은 산 속의 보뮈뉴는 사람들이 언어가 아니라 음악으로 이야기하는 신비한 땅이다. 사람들은 그곳에 대해 들었을 뿐, 아무도 가보지는 못했다……. 알뱅은 친구 아메데의 도움으로 유폐당한 소녀 앙젤을 구해낸다. 이 소설을 지탱해 주는 것은 이야기의 서술자, 늙은 떠돌이이며 알뱅의 보호자 역할을 해주는 아메데이다. 사람의 마음에 다가설 줄 아는 이 이야기꾼은 프로방스의 한 카페에 앉아 이야기를 들려 주는데, 독자는 마치 그의 앞에 앉아 생생한 이야기를 직접 듣고 있는 듯한 느낌을 갖게 된다. 그는 알뱅과 함께 앙젤을 구하는 모험에 동참하면서 주인공에 대해 증인 역할을 하는 1인칭 서술자이다. 또한 아메데의 서술에 간간이 알뱅의 이야기가 끼어들면서 이른바 '액자 소설'의 구조가 되는데, 이러한 기법은 후기의 '소설 연대기'를 예고한다.

《소생》(1930)은 고원의 죽어가던 마을에 다시 공동체적 삶이 소생하는 이야기이다. 대지와 생명의 부활은 한 남녀의 사랑을 바탕으로 가능하게 되고, 이 사랑은 또한 마메쉬라는 노파의 희생으로 이루어진다. 자연과 어머니를 상징하는 마메쉬는 대지에 남편과 아들을 바치고 이어 자신을 몸을 희생함으로써 새로운 삶이 부활되도록 한다.

《언덕》《보뮈뉴에서 온 사람》《소생》의 세 작품은 함께 '목신의 삼부작'을 이룬다. 그리스 신화에 자주 등장하는 목신은 자연의 화신이다. 이 목신은 선하면서도 악하고, 공포를 불러일으키면서도 친근한 두 개의 얼굴을 가졌다. 《언덕》의 자네와 《소생》의 마메쉬는 각각 대지의 악한 면과 선한 면을 보여 준다. 대지의 정령인 자네는 샘물을 고갈시키는 신비한 힘이 있으며, 대지의 비밀을 알고 있는 마메쉬는 사랑을 통해 대지를 소생시킨다. 때로 자연은 인간에게 공포를 불러일으킨다. 이유 없이 마르는 샘물이나 휘몰아치는 폭우, 《소생》의 고원 위에 쉬지 않고 불어대는 바람은 인간은 이해할 수 없는 자연의 무서운 힘이다. 제데뮈스와 아르쉴이 고원을 지나면서 느끼는 이유 없는 공포를, 지오노 자신도 혼자만의 산책길에서 감지했던 것이다. "범신적 공포, 예를 들어 그리스 사람들이 야생의 풍경에 홀로 있을 때 느꼈을 법한 그 범신적 공포 말이다." 반면 자연은 행복의 근원이 되기도 한다. '목신의 삼부작' 속의 인물들이 느끼는 기쁨은 인간이 자연의 요소와 합일하고 그 일부가 되는 데서 온다. 인간과 동물, 별과 식물은 서로 합쳐지면서 분해되는 끊임없는 과정을 계속하는 하나의 유기체이다. 주체와 객체, 자연을 바라보는 인간과 관찰의 대상인 자연 사이의 경계는 사라지고 모든 것이 하나가 된다.

인간과 자연의 교감이 완벽의 상태에 이르는 작품이 《세상의 노래》(1934)이다. 지오노 초기 소설의 종합이자 궁극점이라 할 수 있는 이 작품에서 자연은 끊임없이 의인화되면서 살아 있는 존재로 화한다. "문득 붉게 타오르는 언덕은 들판을 둘러싸며 원무를 추고, 붉은 태양은 말울음 소리를 내며 하늘로 뛰어오른다." 마드뤼는 황소의 말을 사용하고, '황금의 입' 앙토니오는 나무에게 말을 걸며 별에게 이름을 붙여 준다. 이러한 자연 속에는 어떠한 적대성도 내재해 있지 않으며, 인간은 오감을 통해 자연과 합일하고, 그 아름다움은 우주적 환희와 행복을 가져다 준다.[2] 지오노는 이처럼 프로방스 농부들의 삶을 사실적으로 그리는 '향토 작가' 라기보다, 신화적이고 원초적인 자연인의 삶을 묘사하는 상징적 작가로 보아야 한다.

---

2) 초기의 알베르 카뮈에게도 이러한 범신론적 분위기를 엿볼 수 있다. 특히 《안과 겉》《결혼》에 실린 미려한 산문들을 보라.

인간의 내면 세계보다는 외계가 주인공이 되는 지오노의 초기 작품 가운데 《영원한 기쁨》(1935)은 지금까지의 '순수 소설'을 넘어선 일종의 '사상 소설(roman à thèse)'이라고 볼 수 있다.[3] 적어도 1930년대의 지오노 독자들은 이 소설 속에서 하나의 가르침과 희망을 찾아냈다. 지오노를 찾아 스승으로 삼고자 했던 최초의 '콩타두리앵'들은 무엇보다도 이 《영원한 기쁨》의 열광적 독자들이었고, '콩타두르'라는 반전 평화주의 모임을 통해 지금까지 개인적으로 활동해 왔던 지오노에게 일종의 공생애가 시작된다.

그러면 이 소설의 내용, 그 가르침은 무엇인가? 세상과 떨어진 그레몬 고원, 몇몇 농가가 잿빛 생활 속에서 외로이 지내고 있다. 어느 날 밤, 막연히 이 고원에 기쁨을 가져다 줄 사람을 기다리던 주르당 할아버지 앞에 한 낯선 이가 나타난다. 이 사람은 밤하늘의 아름다운 별자리를 '오리온-당근꽃'이라 이름하고, 주르당 할아버지의 "문둥병을 고치지 않았느냐?"는 뜬금없는 질문에 전혀 놀라지 않는 신비한 인물이다. 보비라는 이름의 이 사람은 이 고원에 조금씩 조금씩 유토피아와 같은 평화를 가져다 준다. 그는 사람들에게 자연의 아름다움과 기쁨을 일깨워 주며 가축들을 풀어 자유를 누리게 한다. 외롭던 고원의 생활은 디오니소스적인 삶의 축제로 변하고, 마을 사람이 모두 모여 봄을 맞는 성대한 축연을 벌인다. 이들은 조금씩 공동체 의식을 가지게 되고, 공동으로 작업하여 생산된 농작물을 공동으로 분배하는 체제를 시도하게 된다. 그러나 유토피아란 무너지기 쉬운 것이다. 작물의 공정한 분배를 두고 사람들이 다투기 시작하고, 보비를 사랑하

3) 원제인 '(주여) 나의 기쁨이여 영원히(Que ma joie demeure)'는 바흐의 유명한 칸타타에서 따왔다.

던 소녀 오로르는 자살한다. 예기치 않은 사건에 놀란 보비는 고원을 떠나려 하지만, 사나운 뇌우 속에서 벼락을 맞아 죽고 마는 것으로 소설이 끝난다.

공동체주의적이고 공산주의적 영감에 의해 쓰인 이 소설은 현대 문명과 자본주의를 비판하면서 많은 사람들에게 공감을 불러일으킨다. 1934년 지오노는 '예술가 · 작가 혁명동맹'에 가입하고 평화주의 운동을 위해 공산당에 지지를 표시한다. 《뤼마니테》지에 실린 공산주의 작가 아라공의 기사에 힘입은 지오노는 《영원한 기쁨》 속에 한 범상치 않은 인물, 마담 엘렌의 일꾼을 등장시키는데, 이 인물은 의심의 여지없이 공산주의자이다. 그는 보비와 많은 대화를 주고받으면서 땅의 공유화를 유도하고, 대지주가 지배하는 이웃의 평원에 대항해 싸울 길은 농부들 사이의 단결밖에 없음을 일깨워 준다. 보비는 고원을 떠나며 그를 만나 이렇게 말한다. "내가 떠나는 이상, (…) 모두를 위해 기쁨을 추구할 사람은 당신밖에 없소."

지오노는 나중에 공산주의와 결별하지만 제2차 세계대전을 반대하는 평화주의 운동의 중심이 되면서 그 메시지를 담은 많은 에세이들(《진정한 풍요》(1936) · 《복종의 거부》(1937) · 《가난과 평화를 주제로 농민에게 보내는 편지》(1938))을 발표한다. 이 시기의 지오노에게 있어 소설가의 사명은 인간의 상처 입은 영혼을 치유하고, 삶의 고통에 대항하여 싸우면서 '기쁨'을 퍼뜨리는 데 있다. 그는 자연으로 돌아가는 것만이 구원이라는 루소의 생각에 동의하면서, 자본주의와 도시 문명 때문에 잃어버린 자연과의 조화를 회복할 것을 역설한다.

지금까지 살펴본 소설들 외에도 초기 작품으로 제1차 세계대전을 암시하면서 전쟁과 평화의 두 세계를 번갈아 보여 주는 《양떼 군단》, 빙하의 균열로 생긴 자연 재해를 인간의 의지로 막아내는 《산중의 전투》, 그리고 소설적 자서전《푸른 눈의 장》 등이 있다.

지오노 초기 소설의 서술기법은 19세기의 전통적인 소설기법에서 크게 벗어나지 않는다. 1인칭 소설인《보뮈뉴에서 온 사람》과 자서전《푸른 눈의 장》은 별도로 하고, 초기 작품의 서술자는 전통적인 3인칭 소설의 서술자로서, 소설 속에 인물로 등장하지 않는 '이종 서술자' 이다.[4] 그러나 이 서술자는 발자크식으로 마음대로 이야기에 끼어들어 평을 하거나 일반론을 늘어놓는 서술자가 아니라, 보다 중립적이고 보이지 않는 서술자이다. 그는 소설 내부의 모든 상황과 인물을 인도하고, 특히 인물들의 내면으로 침투하여 그들의 심리를 보고한다. 예를 들어《세상의 노래》에서 서술자는 근본적으로 전지전능한 시점(=무초점화)의 서술자이지만, 주로 가변적 내적 초점화를 사용하여 여러 작중 인물의 심리를 차례차례 보고한다. 소설은 앙토니오의 시점으로 시작되나 그 다음에는 마틀로가 초점 인물이 되고, 다음에는 서술자가 등장하여 상황에 대해 설명한다. 이야기의 전개에 따라 초점화는 이와 같이 계속 이동한다. 시간의 측면에서도 초기 소설기법은 비교적 단순하여 과거로의 회상(analepse)이나 미래 사건에 대해 미리 언급하는 예상(prolepse)이 거의 없이, 사건이 일어난 순서대로 서술되어 있다.

---

4) 이러한 용어는 현대 서술학(narratologie)의 용어로, 이 책 제11장의 〈주네트의 서술학〉 참고.

2. 기사의 낭만적 모험—'기병 연작'

제2차 세계대전을 거치면서 대독협력의 혐의로 두 번에 걸친 투옥에서 풀려난 후, 파리의 문단과 고향 사람들의 배척으로 고통받던 지오노는 마르세유에 잠시 은신한다. 수녀원의 음침한 담장길을 따라 걷던 지오노의 뇌리 속에 문득 한 인물이 떠오른다. 이 인물이 바로 '흑마 위에서 황금빛 이삭처럼 빛나는 기사,' 영웅적이고 매혹적이며 정열적인 귀족, 앙젤로였다.[5)]

가장 암울하고 절망적이던 세월에 현실의 반대극을 꿈꾸던 지오노는 이 인물에 의해 현실로부터의 도피를 시도한다. 드넓은 공간에서 말을 타고 달리며 노상에서 드라마틱한 사건들을 만나는 피카레스크식 모험 소설, 현대로부터 멀리 떨어진 19세기의 낭만적인 세계 속에서 지오노는 마음껏 상상의 나래를 폈다. 그는 앙젤로를 주인공으로 10부의 연작을 계획했으나 세상에 빛을 본 것은 네 편뿐으로, 《앙젤로》《지붕 위의 기병》《열광적 행복》, 그리고 앙젤로의 손자가 등장하는《한 인물의 죽음》이다.

'기병 연작'의 공통적 주인공 '앙젤로'는 지오노의 인물 중에서 가장 로마네스크한 인물이다. 그는 두 명의 인물, 실존했던 인물과 허구의 인물로부터 탄생했다. 한 명은 지오노의 할아버지, 장 밥티스트 지오노로서, 북이탈리아 피에몬테 지방 출신의 헌병대장이었고, 알제

5) 지오노의 전기작가 피에르 시트롱에 의하면, 앙젤로는 지오노가 되고 싶었지만 될 수 없었던 그가 꿈꾸던 인물을 대표한다. '장(Jean)'의 앞뒤 음절을 뒤집으면 '천사(ange)'라는 뜻이 되고, 거기에 이탈리아식 성 Giono의 -o로 운을 맞추어 Angelo라는 이름이 탄생했다는 것이다.(Pierre Citron, *Giono*, Seuil, 1990, 393쪽)

리 외인부대에서 콜레라 환자들을 치료하기도 했으며, 후에 프랑스의 프로방스 지방으로 건너와 토목공사의 지휘를 했던 사람으로, 손자 장 지오노에게는 전설적인 인물이었다. 또 하나는 파브리스 델 동고, 즉 스탕달의 소설《파름의 수도원》의 주인공이다. 앙젤로는 파브리스처럼 19세기의 이탈리아인이며, 귀족이지만 공작 부인의 사생아이고, 순진하고, 정열적이며, 고상한 영혼을 가지고 행복을 추구하는 인물이다. 지오노가 스탕달에게서 빌려 온 것은 인물의 유형뿐 아니라 수많은 디테일과 어휘적 요소에까지 이른다. 스탕달의《바니나 바니니》에서처럼 상처입은 귀족 로랑 드 테위스를 폴린의 아버지가 보호해 준다. 파브리스가 워털루 전쟁 때 기병의 제복을 입었던 것처럼 앙젤로도 기병이며, 그는 파브리스처럼 '나는 과연 사랑할 수 있을까' '나는 행복한가' 하고 수십 번 자문한다. 스탕달의 특징적 어휘인 매우(très)·강한(fort)·숭고한(sublime) 같은 표현 역시《앙젤로》에서 자주 등장한다. '기병 연작'은 무엇보다도 스탕달 소설의 패러디이다. 그러나 이것은 물론 표절이 아니라 창조적 모방으로서 이미 존재하고 있는 텍스트와의 상호 텍스트성(intertextualité)을 드러낸다. 지오노의 독자는 앙젤로에게서 비쳐 보이는 스탕달의 흔적을 찾아내는 그림자놀이를 하면서 독서의 흥미를 배가할 수 있을 것이다.[6]

앙젤로 시리즈에서는 또한 지오노의 변모된 세계관을 엿볼 수 있다. 이전 소설의 주제가 되었던 인간과 우주와의 교감, 살아 있는 자연이 주는 범신적 공포나 기쁨 등은 더 이상 문제되지 않는다. 이제 중요한

---

6) 1990년대초 우리나라에서 있었던 '혼성 모방'이나 '포스트모더니즘' 논쟁을 떠나, 상호 텍스트성(더 엄밀하게는 파생 텍스트성(hypertextualité))은 서구 문학에서 장구한 전통을 가지고 있다. 주네트의 방대한 연구를 참조할 것.(G. Genette, *Palimpsestes, La Littérature au second degré*, Seuil, 1982)

것은 인간의 심리나 인간들 사이의 관계이며, 풍경이나 자연의 요소도 인물의 감정과 연결되어 나타난다. 앙젤로에게 인간은 명백히 두 그룹으로 나누어진다. 하나는 영웅적이고 고상한 영혼을 가진 인간으로서 이들은 행복할 수 있는 '자질'을 가진, '태생으로 된 것이 아니라 영혼으로 된 귀족'이다. 이러한 소수의 선택된 자들(스탕달의 happy few) 옆에 어리석고 비속한 '보통 사람들'이 있다. 초기 소설의 신화적이고 원초적인 인간, 자연 상태에 가까운 인간 대신 앙젤로 시리즈의 인물들은 영혼의 귀족과 평민으로 갈린다.

출간 년도는 늦었지만 내용상으로 첫번째 소설인《앙젤로》(1958)의 배경은 1830년대로, 이탈리아에서 도피해 온 기병 장교 앙젤로가 프랑스의 왕당파 귀족들과 만나 겪는 모험을 그리고 있다. 그중 로랑 드 테위스 후작과 그의 아내 폴린은 앙젤로 시리즈에 계속해서 등장한다.

다음 작품인《지붕 위의 기병》(1951)은 가장 재미있고 완성도가 높은 소설이다. 이탈리아를 떠난 앙젤로는 프랑스의 바농으로 향해 가는 길에 콜레라가 전염되기 시작하는 것을 본다. 사람들은 죽어가고, 버려진 시체를 짐승들이 파먹는 와중에서도 한 젊은 프랑스인 의사는 희망을 버리지 않고 환자들을 돌보다가 앙젤로의 팔에 안겨 죽는다. 콜레라가 창궐하는 길을 따라 모험을 거쳐 가던 앙젤로는 (지오노의 고향) 마노스크에 도착한다. 이방인인 그는 연못에 독을 탄 범인으로 오해되어 붙잡히지만, 곧 탈출하여 마노스크의 지붕 위에 숨어 지낸다. 거기서 그는 폴린 드 테위스, 검정머리에 초록빛 눈을 가진, 중세의 낭만적 귀부인 같은 그녀를 처음으로 만나게 된다. 이후 헌신적으로 병자들을 돌보고 버려진 시체를 염하여 거두는 수녀와 만나 그녀를 열심히 돕다가, 마노스크를 떠나 긴 방랑 끝에 소꿉친구였던 기셉과 해후한다.

다시 혼자가 된 앙젤로는 우연히 폴린과 재회하여 함께 길을 가게 된다. 강도를 만나고 격리 수용소에 갇혔다 탈출하는 모험을 겪으면서 두 사람 사이에는 지고지순한 사랑이 싹튼다. 그러나 남편 로랑 드 테위스가 기다리는 성으로 가는 도중 폴린이 콜레라에 걸린다. 밤새 간호한 앙젤로 덕분에 폴린은 기적적으로 살아나고, 앙젤로에게 처음으로 친밀감을 표시한다. 폴린은 남편의 성에 무사히 도착하고, 앙젤로는 모험이 기다리고 있는 이탈리아를 향해 다시 길을 떠나는 것으로 소설이 마무리된다.[7]

1951년《지붕 위의 기병》의 출간과 함께 지오노는 10여 년간의 길고 길었던 터널에서 빠져나온다.[8] 폭발적인 선풍을 몰고 온 이 소설에 대해《푸른 경기병》의 로제 니미에는 '지금까지의 지오노 소설 중 가장 걸작품'이라며 칭찬을 아끼지 않았고, 지오노는 오명을 씻고 문단과 독자들의 인정을 되찾는다. 이 소설의 매력은 모험의 빠르고 경쾌한 진행과 순수하고 고결한 주인공의 성품에 있다. 그러나 소설의 숨은 주인공이라고 할 수 있는, 소설 어디나 편재하면서 놀랄 만큼 끔찍하게 묘사되어 있는 콜레라의 다의성도 흥미롭다. 제2차 세계대전 직후 카뮈는《페스트》로, 지오노는《지붕 위의 기병》에서 콜레라로 전쟁을 상징했다는 사실은 우연이 아니다. 또한 콜레라는 보다 일반적

---

7) 시인 이성복 씨는《지붕 위의 기병》(문예출판사, 송지연 역, 1995)의 서평에서 "어느 날 우연히 펼친 이 책 속에서 나의 20대는 문득 깨어났다"고 말하면서 앙젤로와 폴린의 사랑에 대해 다음과 같이 평한다. "앙젤로와 폴린 사이에는 어떤 육체적인 만남도 없었다. 몇 번이나 그리려다 그만둔, 고작 몇 개의 선만이 눈에 띄는 화폭과 같이 그들의 사랑은 가까스로 시작되자마자 끝난다. 그러나 그 화폭의 견딜 수 없는 여백은 중세적 혹은 '코르네유적 의미'로 충만해 있다(코르네유는 프랑스의 대표적 극작가로 육체나 현실보다는 명예 · 이념 · 고귀함을 추구했다)."(동아일보, 1996년 2월 1일자)

8) 이 작품은 1995년에 지오노 탄생 백주년을 맞아 영화로 만들어진다. 감독은 장 폴 라프노, 줄리엣 비노쉬와 올리비에 마르티네즈가 주연을 맡았고, 개봉 당시 프랑스에서 공전의 히트를 기록했다.

으로 악의 표상이다. 전쟁 이전의 지오노에 있어서 악은 자연에 반하는 인간의 문명 자체였으나, 이제는 인간들간의 전쟁과 전체주의이다. 콜레라는 또 보다 심리적인 것으로 이해될 수도 있다. 앙젤로가 만난 괴짜 의사의 이야기처럼 콜레라가 불러일으키는 공포가 인간의 가면을 벗기고 그들의 추악함과 욕심 · 이기심을 드러낸다.

《열광적 행복》(1957)은 1848년의 이탈리아로 돌아가 밀라노 폭동에 가담한 앙젤로의 모험을 그리고 있다. 구상하고 자료를 모으는 준비에 7년, 그리고 집필에만 4년이 걸렸던 이 소설은 플레야드 전집으로 4백70쪽에 달하는 지오노 작품 중 가장 긴 소설이다. 가에탕 피콩의 말처럼 이 소설은 요약이 불가능하다. 방랑과 모험, 우연이 계속되는 가운데 비슷한 상황——전투 · 병영 · 싸움과 도망 · 여관 · 사람들——이 전개되면서 순환되는, 불연속적인 소설이기 때문이다.[9] 《지붕 위의 기병》의 독자들이 기다리는 폴린에 대한 사랑의 뒷이야기는 다루어져 있지 않으며, 그녀의 모습도 다만 주인공의 뇌리에서만 존재할 뿐이다. 소설은 다만 한없이 얽히고설키는 전쟁과, 정치와, 음모의 이야기이며, 그 속에서 앙젤로는 행복의 길을 찾아 나선다. 그는 정의로운 혁명과 위대한 우정을 통하여 행복에 도달하려 하지만, 끝내 '열광적 행복'에는 이르지 못한다. 앙젤로가 가담한 게릴라의 활동은 결국 이탈리아군의 패배로 끝나 버리고, 형제와 같던 배신한 친구(frères ennemis) 기셉을 결투 끝에 살해하는 것으로 소설의 막이 내리기 때문이다. 이제 그에게 남은 것은 폴린에 대한 불가능한 사랑밖에 없지만, 그 사랑도 더 이상 '열광적 행복'이 아니라 '두 사람의 멜랑콜리'일 뿐이다. 이

9) Gaëtan Picon, 《장 지오노와 열광적 행복 *Jean Giono et Le Bonheur fou*》, *Les Critiques de notre temps et Giono*, Garnier, 1977, 132쪽.

사랑은 다만 정치에 환멸을 느낀 기사 앙젤로의 씁쓸한 조소에 위안이 될 뿐.

'기병 연작'에서 내용상의 순서로 맨 나중에 위치하는《한 인물의 죽음》(1948)은 두 세대의 시간을 건너뛰어 20세기로 간다. 마르세유의 학교에서 한 소년이 집으로 돌아온다. 그는 자기 집 앞 계단에 앉아 있는 한 초라한 노파를 본다. 그녀는 묻는다.

"이름이 뭐니, 얘야?" "앙젤로 파르디에요." 나는 대답했다. "거짓말!" 그녀는 격렬하게 외쳤다. 그녀는 나의 할머니였다.

이 노파는 바로 폴린 드 테위스, 그리고 소년은 앙젤로의 손자로 같은 이름을 가졌다. 소년의 아버지 '파르디 씨'는 시각장애인을 위한 요양원 원장이다. 소년은 자라서 집을 떠나 선원이 되지만, 10년에 한번 할머니를 만나러 집에 돌아온다. 소설의 진정한 주제는 이 할머니, 폴린의 느린 죽음의 과정과, 손자인 앙젤로의 그녀에 대한 따스한 사랑이다.

'기병 연작'에서는 많은 사실이 미스터리로 남아 있다.《열광적 행복》이후 폴린은 어떻게 해서 앙젤로와 재회하고 그의 아들을 낳았는가? 앙젤로는 어떻게 죽었으며, 그 아들은 어떤 삶을 살았는가? 그들은 어떻게 해서 마르세유에 살게 되었는가? 이 모든 과정은 괄호 속에 넣어지고, 우리들에게 주어진 것은 죽어 가는 폴린, 앙젤로에 대한 애타는 그리움으로 삶과 죽음의 경계선에서 살아가는 늙은 폴린의 모습과 그녀를 지켜보는 또 하나의 앙젤로뿐이다. 폴린이 끊임없이 찾고 생각하는 것은 단지 앙젤로, 이 '어둠 속의 인물'일 뿐이다. 그의 이름은 거의 언급되지 않으나 소설에는 그에 대한 암시로 가득 차 있다. 폴린은 할아버지와 닮은 소년의 이마에서, 성 조르주의 성상에서 안타깝게 앙젤로의 모습을 찾아내지만, 죽음의 문턱에서 서서히 시력

을 상실하면서 혼자만의 세계 속에서 죽어 간다.[10]

《한 인물의 죽음》은 《보뮈뉴에서 온 사람》에서처럼, 주인공 할머니의 옆에서 그녀의 모습을 지켜보는 손자라는 증인 서술자를 등장시키고 있다. 또한 모든 사건이 그의 시선을 통해 보여지는 '고정된 내적 초점화' 를 사용, 서술자와 초점 인물이 가장 일관되게 통일되어 있다.

그 외에 '기병 연작' 의 모든 소설은 초기 소설과 마찬가지로 전체적으로 이종 서술자와 무초점화를 사용하고 있으나, 주인공인 앙젤로가 초점 인물로 등장하여 내적 초점화를 사용하는 빈도도 높다. 내적 초점화에서 이야기는 처음부터 끝까지 주인공의 행위 · 생각 · 꿈을 좇아 전개되며, 다른 인물들은 주인공의 시선에 의해 묘사된다. 이러한 기법 역시 스탕달의 '주관적 사실주의(réalisme subjectif),' 주인공의 독백과 주관적 시점으로 다른 인물들을 관찰하는 기법으로부터 전수되었다.[11] '기병 연작' 에서 두드러지게 눈에 띄는 문체적 특징은 역시 앙젤로의 독백에 있다. 소설에서 가장 많이 등장하는 도입동사는 '……라고 앙젤로는 혼잣말을 했다' 이다. 그는 스스로를 1인칭과 2인칭으로 번갈아 지칭하면서 내면을 분석하는 혼자만의 대화를 계속한다. 독백의 길이는 매우 다양하며, 때로는 연속되기도 하고, 때로는 한 에피소드 속에 분산되어 있기도 하다. 혼자서 모험할 때는 물론이고, 폴린의 옆에 있을 때도 앙젤로의 독백은 멈추지 않는다.

그러나 때로 서술자는 앙젤로를 떠나 두 가지 상황을 동시에 보여

---

10) 폴린 드 테위스의 죽음을 집필하는 시기에 같은 이름을 가진 지오노의 어머니 폴린 지오노 역시 죽어 가고 있었다. 이미 88세에 눈도 먼 채 서서히 죽음을 준비하는 그녀의 모습과, 그녀를 지켜보는 아들 지오노의 심정이 소설 속에 투영되어 있다.

11) 조르주 블랭(Georges Blin), 《스탕달과 소설의 제문제 *Stendhal et les problèmes du roman*》 참조(José Corti, 1954).

주기도 한다(무초점화). 예를 들어 《열광적 행복》에서는 앙젤로의 모험을 따라가기도 하고 전투 장면을 보여 주기도 하면서 두 가지 상황을 대비시킨다. 또는 주인공을 아주 떠나서 전투의 중심 인물, 실제의 역사적 인물인 라데츠키 장군이나 샤를 알베르 왕의 시점으로 상황을 묘사하기도 하며, 이쪽 진영에서 저쪽 진영으로 시점을 자유로이 이동하면서 전쟁의 총체적 상황이 드러나는 파노라마적 관점도 사용한다. 이러한 기법, 실제 인물과 허구 인물의 시점이 교차되는 기법은 톨스토이의 《전쟁과 평화》를 연상시킨다. 또한 이 소설의 마지막 장면에서 앙젤로와 기셉의 결투 장면이 특히 놀라운 이유는, 기셉의 배신을 알고 난 이후의 앙젤로의 심리 상태가 소설 내에 전혀 묘사되어 있지 않기 때문이다. 내적 초점화에서 당연히 있어야 할 내면의 묘사를 생략하는 이러한 기법은 '정보 생략(paralipse)' 이라 불리며, 소설에 놀라움과 서스펜스의 효과를 가져온다.

3. 서술기법의 실험실— '소설 연대기'

'기병 연작' 이 스탕달이라는 깃발을 들고 앞으로 전진했다면, '소설 연대기' 는 윌리엄 포크너의 음산한 남부와 같은 '상상적 남부(Sud imaginaire)' 에 사는, 파스칼적인 '권태' 에 사로잡힌 인물들의 세계를 그리고 있다. 대독협력의 죄목으로 두 번이나 투옥된 지오노는 프랑스에서는 작품 활동이 어렵게 된다. 그는 이미 높은 명성을 얻고 있던 미국에서 작품을 출판할 계획으로 일련의 짧은 소설들을 구상한다. 이 소설들은 후에 '소설 연대기(Chroniques romanesques)' 라 이름할 작품군이 되어, 1947년부터 1970년의 긴 세월에 걸쳐 여덟 편의 작품으로 발표된다. 지오노는 자신의 작품 전체에 대해 재미있는 비유를 든 적이 있다. “《기병》은 담배의 가운데 부분이며, 《언덕》은 입을 대는 필터 부분이다. 다음에는 담배의 반대쪽 끝에서 잉걸불의 책들이 나올 것이다.” 이 불타는 책들, 다이너마이트로 폭파되는 헌병대장 랑글루아의 머리처럼 활활 타오르는 책들이 ‘소설 연대기’ 이다.

인간의 조건과 피할 수 없는 죽음에 대해 성찰하는 인간은 어쩔 수 없이 권태(ennui)에 사로잡힌다. 이 숙명적 조건으로부터 생각을 돌리기 위해 지오노의 인물들은 다양한 ‘기분 전환(divertissement)’ 에 몰두한다. 《대로》의 ‘예술가’ 는 자신의 목숨까지 내놓고 도박에 열중하지만, 모든 기분 전환――도박도, 사냥도, 축제도, 전쟁도, 사랑도――은 ‘지속되는’ 놀이가 아니다. “그러나 5분 후에는, 무엇인가? 증오하는 것 역시 지속되지는 않는다. 여기에 범죄가 있다면 다 겨울에 일어나는 범죄이다(《대로》).” 지오노에게 있어서는 살인이야말로 ‘극치의 기분 전환’ 이다. ‘소설 연대기’ 는 환상적인 심리 소설들로, 살인과, 간접 살해와, 자살의 이야기이며, 타인의 심리를 마음대로 조정하고 지배하는 마키아벨리적인 배덕자들의 이야기이다. 여기서의 인간은 더 이상 자연과 합일하는 원초적 인간도, 앙젤로처럼 행복을 추구하는 귀족적 인간도 아니며, 단지 치유될 수 없는 존재의 병 권태에 사로잡혀 신음하는 인간이다.

그러나 ‘소설 연대기’ 가 진정으로 독창적인 점은 이러한 이야기들을 서술하는 ‘방법’ 에 있다. 지금까지의 지오노 소설은 전통적인 범주에서 크게 벗어나지 않는 기법들을 구사했으나, ‘소설 연대기’ 에서 지오노 자신은 물론 프랑스 소설가들이 그때까지 생각해 내지 못했던 혁신적인 서술기법들이 사용된다. 초기의 ‘소설 연대기(1947-1952)’ 에서 지오노는 1950-60년대에 프랑스를 풍미했던 ‘누보로망(Nouveau

Roman)' 의 서술기법들을 그보다 한발 앞서 사용했다. 그러나 이 작품들의 발표 당시에는 지오노와 '누보로망' 을 연결시키고자 하는 어떤 시도도 없었으며, 근래에 와서 몇몇 연구가들이 '소설 연대기' 의 혁신적 기법과 '누보로망' 과의 유사성에 관심을 갖게 되었다.[12] 그 중《권태로운 왕》《노아》《강한 영혼》《대로》의 서술기법을 살펴보자.

《권태로운 왕》(1947)은 3단계의 서술 층위를 가지고 있는 액자 소설이다. 첫번째 이야기인 연대기 기자(chroniqueur)의 서술은 이야기 외 층위에 있고, 두번째 이야기인 마을 노인들의 이야기는 이야기 층위에 위치해 있으며, 세번째 소시스의 이야기는 이야기 내 층위에 있다. 이 세 층위의 이야기는 30여 년씩 사이를 두고 1백 년에 걸쳐 서술되면서, 랑글루아의 진실을 밝히고자 한다. 사건의 시간(temps de l'histoire)은 선형적으로 흐르지만, 그것을 서술하는 시간(temps de la narration)은 층위가 바뀔 때마다 수십 년씩 뒤로 물러선다. 첫번째 이야기의 서술자인 연대기 기자는 도스토예프스키의《카라마조프의 형제들》의 서술자와 마찬가지로, 자기 마을에서 옛날에 일어났던 살인 사건에 흥미를 갖고 조사를 시작한다. 그는 프랑스어의 포괄적 인칭대명사 'nous/on' 을 사용하여 사건이 일어났던 1백 년 전의 마을 사람들 사이로 잠입, 마치 그가 모든 사건의 목격자인 것처럼 서술을 진행한다. 첫번째 이야기의 후반부에서는 프레데릭의 시선으로 사건을 묘사하면서 서술자/프레데릭 두 사람의 다음적 서술을 보여 주기도 한다. 두번째 이야기는 이제 노인이 된 마을 사람들이 당시의 사건을 연대기 기

12) 특히 1989년의 지오노학회에서는 그의 문체와 기법이 집중적으로 다루어지고 재평가받았다.(*Les Styles de Giono, Actes du IIIe colloque internationale Jean Giono*, Roman 20-50, 1990) 필자의 박사학위 논문이 '소설 연대기' 의 서술기법에 관한 것이다.(*Narrateurs et techniques narratives dans les Chroniques romanesques de Jean Giono*, 파리 제3대학(소르본 누벨), 1992)

자에게 들려 준 것을 전사한 것이다. 노인들은 때로는 한 사람, 때로는 다른 사람이 서술자가 되면서 집단적 서술을 한다. 마지막 이야기는 랑글루아와 가까웠던 카페 주인 소시스의 이야기다. 소시스의 이야기는 모두 노인들을 서술청자(narrataire)로 하는 직접화법으로, 노인들의 이야기 속에 둘러싸여 있다.

이렇게 계속해서 릴레이되는 서술자들의 위상은 모두 동종서술자의 '증인'으로서, 이야기의 층위가 바뀔 때마다 랑글루아와 시간적·심리적으로 거리가 가까운 서술자들이 등장하게 된다. 그러나 이들이 증언하는 랑글루아의 모습은 불완전하고 한계가 있으며, 그 어떤 서술자도 그의 진실에 접근하지 못한다. 그가 왜 V씨를 개인적으로 처형하고 자살을 선택했는지는 끝내 미스터리로 남아 있다. 이 소설은 랑글루아에 대해 외부적으로 관찰할 수 있는 행동만을 묘사하는 외적 초점화를 이용, 내면에 도달할 수 없는 신비한 주인공으로 만들고 있다. 지오노는 여기서 부재를 통해 그 존재를 느끼게 하는 방법, 주변의 것을 언급하면서 본질적인 것은 공백으로 남겨 놓는 음화의 기법을 사용하고 있다.[13]

《노아》(1947)는 소설의 자기 반영성(auto-réflexivité)을 주제로 한 메타 소설이다. 이 소설은 디드로의 《운명론자 자크》 계열에 위치하며, 현실과 허구의 갈등 자체를 테마로 삼는다. 이 작품에서 '작중 인물'인 소설가 지오노는 마노스크에 있는 자기 집 다락방에 앉아 이제 막 끝낸 소설 《권태로운 왕》의 인물들이 방 안을 돌아다니고 있는 것을 바라본다. 소설의 현실과 지오노의 현실은 두 개의 '겹쳐진 세계(monde

13) 이 책의 제4장 〈《권태로운 왕》에서의 서술자의 문제〉에 보다 자세한 분석이 나와 있다.

superposé)' 이다. 지오노는 마르세유로 여행을 가서 실제 인물인 친구를 만나기도 하고 가족들이 있는 집으로 돌아와 올리브를 수확하기도 하는 등, 마치 자서전적 소설의 주인공처럼 서술하고 행동한다. 그러나 그 사이사이에 태어나기 시작하는 상태의, 부분적이고 완성되지 않은 여러 소설들의 조각이 모자이크처럼 끼워져 있다. 허구 인물인 툴롱의 구두닦이, 괴상한 공증인 생 제롬, 우베즈 계곡의 샤를마뉴, 쥘 황제, 그리고 《지붕 위의 기병》의 허구 인물인 앙젤로, 《멜빌을 위하여》의 화이트 양, 또 새로 구상중인 소설 《결혼》의 이야기가 조각조각 단편적으로 그려져 있다. 지오노는 문득 새로운 인물의 이야기를 시작하고, 한참 다른 이야기를 하다가 잊어버렸다는 듯 다시 먼저의 이야기를 시작한다. 이야기를 끝맺을 듯하면 또 다른 이야기로 넘어가고, 아니면 그 이야기의 종말에 대한 여러 가능성들을 열거한다. 이야기는 모두 씨앗의 형태로 있으며, 수만 가지 다른 이야기로 싹틀 준비를 갖추고 있는 상태이다. 앞으로 전 인류의 조상이 될 형제들을 방주에 태우고 있는 《노아》야말로 가공의 인물들을 창조하는 소설가의 비유이다.[14]

《강한 영혼》(1949)은 더욱 문제 제기적인 작품이다. 초상집에 밤을 새러 온 마을의 아낙네들이 밤새도록 이야기꽃을 피운다. 소설 전체

14) 지오노는 또 《노아》에서 모든 화음이 함께 울려 퍼지는 교향악이나 모든 세세한 장면이 한꺼번에 그려져 있는 브뤼겔의 그림처럼 소설도 동시에 읽혀질 수 있기를 꿈꾼다. 그러나 근본적으로 시간 예술인 소설은, 독서의 시간을 따라 선형적으로 읽혀질 수밖에 없는 근본적인 한계를 가지고 있다. 보르헤스가 《두 갈래 오솔길이 있는 정원》에서 이야기한 바 있는 '미로' 도 수 없는 미래를 향해 영원히 분기하는 소설의 상징이다.(《허구들》, 녹진, 1992) 컴퓨터를 이용한 '하이퍼픽션' 은 이야기의 구조가 시간적 · 단선적이 아니라 다중의 방향을 갖고 있으며, 독자의 선택에 의해 스토리가 분기된다는 점에서 종이 위에 인쇄된 '소설' 이 가지고 있는 한계를 넘어서며, 지오노가 《노아》에서 꿈꾸었던 '한계넘기' 를 일부 실현하고 있다.

는 대화체의 형식을 빌리고 있지만, 희곡과는 달리 이야기하는 사람의 이름이 나와 있지 않다. 서두의 마을 아낙들의 수다 부분에서는 대화의 시작이 단지 짧은 줄(–)로만 표시되어 있기 때문에 말하는 사람의 정체를 파악하기가 불가능하다. 그 중 유일하게 이름이 밝혀져 있는 90대의 노파 테레즈가 젊은 시절의 이야기를 시작하는데, 이야기를 듣던 한 여인이 여러 증인들(어머니 · 이모 · 테레즈의 오빠 등)을 내세워 그녀의 이야기를 반박한다. 두 여자는 이런 식으로 5막에 걸쳐 번갈아 서로 반대되는 이야기를 주장한다. 소설의 1,3,5막은 테레즈의 서술이며, 2,4막은 반박하는 여인(지오노가 창작 노트에서 부르듯 '대항자(le Contre)' 라 하자)의 서술이다. 1막에서는 부호였던 뉘망스 부부의 파산에 대해 테레즈가 이야기를 들려 주는데, 2막에서는 그 파산의 원인이 테레즈의 욕심 많은 남편 피르맹의 교활한 술책에 있다고 대항자가 주장한다. 3막에서는 다시 테레즈가 등장, 그 남편을 조종한 것이 사실은 자기 자신이라고 말한다. 4막에서는 대항자가 서술자가 되면서 그후의 생활을 서술하고, 5막은 다시 테레즈가 서술자가 되어 그녀가 어떻게 해서 남편을 교묘하게 살해했는지 실토한다.

이 소설은 두 여인의 주장 중 어느것이 옳은지 도저히 파악할 수 없는 구조로 되어 있다. 여기에는 복수의 진실(vérité plurielle)만이 있다. 이 모순적인 진실을 무대에 올리기 위해 지오노가 사용한 기법이 바로 다중적 초점화의 방식으로, 같은 사건이 테레즈와 대항자라는 두 초점 인물의 시각으로 서술되어 있다. 1,3,5막에서의 1인칭 서술자 테레즈는 '내적 초점화' 를 사용하고 있으나, 2,4막에서 대항자는 다양한 초점화의 기법을 자유자재로 사용한다. 원칙적으로 대항자는 테레즈나 뉘망스 부부와 관련된 사건에 대해 국외자인 이상 증인을 동원하는 간접적인 서술밖에는 할 수 없으나, 2막의 어느 시점에 이르면 그녀는 이종서술자이면서 이야기에 대해 완전한 정보를 가지고 있는 무초점화를 사용한다. 그녀는 테레즈를 비롯한 모든 작중 인물에 대해 정치한 심리 묘사를 하면서, 특히 동일한 사건에 대해 피르맹 · 마담 뉘망스 · 테레즈의 복수적 시선을 동원하는 '다중적 내적 초점화'와, 위의 세 초점 인물이 돌아가면서 다른 사건들을 관찰하는 '가변적 내적 초점화'을 사용하는 등, 매우 복잡한 초점화 기법을 보여주고 있다.[15] 《강한 영혼》이야말로 미하일 바흐친이 말하는 대화적 소설(roman dialogique), 인물들의 다성악을 지배하는 어떠한 절대적 서술자도 존재하지 않는 소설의 전형이다.[16]

《강한 영혼》은 시간의 기법 역시 복잡하다. 같은 사건을 여러 번 반복하는 만큼 회상(analepse)과 예상(prolepse)이 빈번히 사용되는 반복 이야기(récit répétitif)이다. 서술자와 초점 인물의 변화와 함께 같은 사건이 두 번, 세 번, 심지어는 네 번까지 반복 서술된다. 네 번까지 반복되는 이야기는 테레즈와 피르맹이 토끼장 같은 움집에서 살고 있을 때의 이야기다. 첫번째 서술(예상)은 대항자의 서술과 무두장이 부인의 시점으로, 두번째 서술은 대항자의 서술과 시점으로, 세번째 서술

---

15) 이 '다중적 내적 초점화'는, 서술을 담당하는 이종서술자는 바뀌지 않은 채 초점 인물만이 교체되는 '순수 초점화이행(transfocalisation pure)'의 기법으로서, 주네트(G. Genette)가 《새로운 서술의 담론 *Nouveau discours du récit*》에서 아직까지 "그 어떤 예도 보지 못했다"면서 소설가들에게 사용을 추천한 기법이다.(Seuil, 1983, 44-45쪽 참조) 그러나 지오노는 주네트가 지적하기 30여 년 전에 이미 《강한 영혼》에서 이 기법을 사용했다.

16) 토도로프(T. Todorov), 《미하일 바흐친과 대화의 원리 *Mikhail Bakhtine et le principe dialogique*》 참조(Seuil, 1981). 또한 《권태로운 왕》은 비밀을 둘러싼 마을 사람들의 집단적 서술이라는 점에서 포크너의 단편 《에밀리에게 장미를》을 연상시키며, 《강한 영혼》은 서술자와 시점이 달라진다는 점에서 《음향과 분노》를 연상시킨다. 지오노는 포크너의 오랜 독자였으며, 같은 '남부'의 작가라는 점에서 동질감을 느꼈다. 《르 몽드》지도 "장 지오노는 마노스크의 포크너다"라고 쓴 바 있다.(1995. 5)

(회상)은 대항자의 서술과 테레즈의 시점으로, 네번째 서술(반복적 회상)은 테레즈의 서술과 시점으로 되어 있다. 테레즈와 대항자의 해석이 결정적으로 갈라지게 되는 이 중심적인 사건에 서술적 · 초점화적 · 시간적으로 모든 요소가 집중되면서 다양한 시각차를 드러내고 있다.

마지막으로 《대로》(1951)는 표면적으로 피카레스크 소설과 유사하여, 서술자와 그의 친구인 '예술가' 가 길에서 우연히 만나는 삽화들을 열거해 놓은 '삽화식 구조' 에, 끊임없이 새 모험이 가능한 '열린 구조' 로 되어 있다. 그러나 《대로》의 1인칭 현재형 서술과, 그로 인해 사건의 시간과 그 서술의 시간이 일치하는 동시 서술 행위(narration simultanée)는 내적 독백의 기법을 환기시킨다. 제임스 조이스의 《율리시스》에 의해 유명해진 이 기법은 독자들이 소설의 첫 구절부터 인물들의 생각 속에 자리잡을 수 있는, 도입 동사가 없는 무매개 화법(discours immédiat)이다. 인물의 모험을 그리는 것 같으면서도 서술자의 가장 내밀한 독백을 담고 있는 이중성을 보여 주는 《대로》는, 후에 누보로망의 소설들에서 나타나는 것처럼 '가장 객관적인 사건의 서술' 인 동시에 '사건에 의해 촉발되는 주관적인 주인공의 의식에 대한 서술' 이라는 양면성을 갖고 있다.[17]

그 외에도 '소설 연대기' 의 계열에 속하는 작품들로, 신에게서 저주받은 한 가족의 비극을 다루고 있는 《폴란드의 풍차》, 인간 사회 자체를 견디지 못하고 사회를 영원히 탈주하는 《탈주자》, 남편을 살해한 후 그 목격자들을 차례로 해치우는 《엔몽드》, 그리고 감춰 놓은 장물보다는 '부재하는 여인(L'Absente)' 에 대한 헌신적 사랑을 선택하는 기

17) 누보로망 작가인 로브 그리예의 《질투 *La Jalousie*》(1957) 역시 사건에 대한 기하학적 · 객관적 묘사인 동시에, 질투하는 남편의 가장 주관적인 내밀한 의식을 드러낸다.

이한 도둑의 이야기 《쉬즈의 붓꽃》 등이 있다. 여러 기법의 실험장인 '소설 연대기'는 자전적 서술자보다는 증인 서술자나 연대기 기자가 서술을 담당하며, 초점화의 측면에서도 완전한 정보를 주는 무초점화보다는 한계가 있고, 때로는 왜곡된 정보를 흘리는 외적 초점화와 내적 초점화를 선호한다. 또한 그 아무것도 분명히 이야기하지 않으면서 끊임없이 어떤 비밀의 존재를 암시하는, 양화보다는 음화를 보여주는 생략기법이 두드러진다.

후기의 지오노 작품 중에서 하나 언급할 것은 우리나라에 가장 널리 알려진 《나무를 심은 사람》(1954)이다. 우리나라의 초등학교 교과서(제7차 교육과정, 5학년 2학기)에 실리기도 한 이 단편은 초기 지오노의 생태주의적 면모를 엿볼 수 있다. 프로방스의 거친 황야에 수십 년 동안 매일 혼자 나무 씨앗을 뿌려 황량한 사막을 샘이 흐르는 옥토로 바꾸어 놓은 고집스런 양치기의 이야기는 많은 사람들에게 깊은 감동을 주었다. 이 작품은 프레데릭 백에 의해 애니메이션 영화(1987)로 만들어지면서 세계적인 명성을 얻었다.[18]

마노스크의 은행 창구 뒤쪽의 좁은 공간에 갇힌 지오노는 광대한 공간으로의 모험을 꿈꾼다. 이 여행은 그가 스스로를 일컫듯 '움직이

---

18) 소설가 박완서 씨는 "이 영화를 통해 유년기 이후 처음으로 가슴 울렁이는 희열과 깊은 평화를 맛보았다"(《조선일보》, 1994년 7월 27일자)고 평했다. 양치기 엘제아르 부피에가 혼자만의 씨뿌리기 끝에 사막을 숲으로 가꾸어 낸 것처럼 프레데릭 백은 대규모 제작 인력이 동원되는 애니메이션의 제작 원리에 맞서, 혼자 힘으로 그림을 그려 5년 6개월만에 작품을 완성한다. 하지만 프레데릭 백은 길고 고독한 작업 끝에 오른쪽 눈을 실명하고 만다……. 이 영화는 그의 노력에 답하는 듯 프랑스의 '안시 애니메이션 영화제'에서 대상을 받고, 미국 '아카데미 영화제'에서 최우수 단편 애니메이션 상을 수상했다. 한편 우리나라에서도 창작 뮤지컬로 만들어져 2003년 9월, 극단 유(대표 유인촌)에 의해 초연되었다.

지 않는 여행자(voyageur immobile)' 가 하는 상상적 여행이다. 그는 은행에 오는 사람들을 관찰하며 그들의 삶을 상상하고, 한가한 시간이 나면 은행 마크가 찍힌 용지 뒤편에 조그만 필체로 깨알같이 글을 쓴다. 한번 글을 쓰기 시작하면 상상 속의 인물들이 그에게로 다가온다.

> 《동 쥐앙》의 한 구절, 《브란덴부르크 협주곡》의 한 소절에 감명받는 것, 이것으로 충분하다. 이러한 것들은 인물에게 빛깔을, 일종의 광채를 부여한다. 이런 광채 속에서 인물이 자신의 형태와 함께 갑자기 솟아오르고, 자기 뒤에 모든 이야기를 가지고 나온다.[19]

지오노는 놀라운 상상력으로 인물을 창조해 내는 이야기꾼이다. 그는 자신의 내부 세계에서 일어나고 있는 상상 속의 인물과의 '놀이'를 즐거워한다. 앙젤로가 행복을 찾아 모험을 떠나고, 랑글루아가 죽음과 살인 속에서 기이한 '기분 전환'을 추구하듯 지오노 역시 글쓰기를 통해 존재의 파스칼적 '권태'를 치유하려 한다. "내가 인물들을 창조하고 글을 쓰는 이유는, 단지 내가 우주에서 가장 큰 저주, 권태에 사로잡혀 있기 때문이다." 파스칼의 말처럼 "인간의 모든 불행은 방 안에서 휴식할 줄 모르는 데서 온다." 그러나 방 안에 틀어박힌 작가는 상상의 여행을 통해서, 닫힌 공간의 불행을 글쓰기의 행복으로 전환시킨다.

움직이지 않는 여행자——내가 가는 곳에는 아무도 가지 않고, 간

19) 지오노와의 《인터뷰》에서(*Entretiens avec Jean Amrouche et Taos Amrouche*, Gallimard, 1990, 177-178쪽).

적이 없으며, 가지도 않을 것이다. 나는 홀로 거기에 간다. 처녀지인 그 땅은 나의 발자국 뒤로 지워진다. 순수한 여행. 어느 누구의 흔적도 없다. 사막이 진짜 사막인 나라.[20]

20) 지오노의 일기에서(P. Citron, *Giono*, 위의 책, 151쪽에서 재인용).

제2장

'소설 연대기' 론: 장 지오노의 '소설 연대기' 에나타난사실성과 허구성

1. 장 지오노와 서술학

프랑스 문학비평에서 장 지오노에 대한 연구는 1980년대초까지는 거의 이루어진 바 없다가, 1980년대 중반 이후 새로운 비평의 방법을 이용한 연구가 활발해졌다. 지오노의 소설 중 특히 제2차 세계대전 이후에 발표된 '소설 연대기(Chroniques romanesques)' 의 그룹에 속하는 작품들은 누보로망을 한발 앞선 혁신적인 서술기법에 의해 비평가들의 주목을 받아 왔다.

창작 중의 작가 자신을 주인공으로 하고, 자신의 다른 소설들에 나오는 여러 작중 인물이 작가의 현실 세계에 등장하는 일종의 반소설(antiroman)인 《노아》(1947), 다양한 릴레이식 서술자와 3단계의 서술 층위를 가지고 있는 《권태로운 왕》(1947), 하나의 이야기에 대해 2인의 서술자가 각각 대립되는 견해를 주장하는 《강한 영혼》(1949), 직설법 현재형 시제를 사용하는 1인칭 서술자의 독백으로 이루어진 《대로》(1951), 그리고 한 사람의 믿을 수 없는 서술자(narrateur indigne de confiance)가 자신의 위상을 끊임없이 바꾸면서 진실을 모호하게 만드는 《폴란드의 풍차》(1952), 마지막으로 서술자의 서술과 주인공의 내적 독백이 교차되는 《쉬즈의 붓꽃》(1970) 등 사실상 모든 '소설 연대기' 하나하나가 새로운 서술기법의 실험장이며, 글쓰기의 모험(aventure de l'écriture)으로 불릴 만하다.

이러한 혁신적인 서술기법들을 분석하는 가장 효율적인 방법론으로 서술학(narratologie)이 있다. 멀리는 아리스토텔레스에까지 그 연원을 더듬어 올라갈 수 있는 서술학은 20세기 초반부터 영미와 독일·러시아에서 발전했으며, 프랑스에서 제라르 주네트의 〈서술의 담론〉에 의해 크게 혁신되어 이후 주네트의 많은 신조어들이 그 분명한 개념 규정 덕분에 비평의 용어로 정착되었다.[1]

서술학이란 서술(récit)의 이론으로서, 서술의 세 가지 차원인 스토리(histoire)·서술(récit)·서술 행위(narration) 간의 관계를 연구한다. 여기서 스토리란 서술의 내용을 의미하며 서술이란 서술 텍스트 자체를, 서술 행위란 서술의 행위와 그 상황을 의미한다. 주로 스토리(서사)를 분석 대상으로 삼는 서술기호학(sémiotique narrative, 프로프·브레몽·그레마스 등이 대표)과 달리, 서술학은 언어를 통해 스토리를 재현하는 방식으로서의 서술을 분석하여 서술자와 서술의 문제, 층위의 문제, 초점화의 문제, 그리고 스토리·서술·서술 행위의 세 가지 시간의 공존에서 발생하는 서술적 시간의 문제 등을 다룬다.

지오노의 소설을 이같은 서술학적 방법으로 분석하는 작업은 사실상 거의 무한한 연구를 낳을 수 있는데, 특히 '소설 연대기'는 서술기법의 측면에서 매우 문제 제기적인 작품들이다. 예를 들어 《대로》의 1인칭 현재형 서술자는 다음과 같은 여러 가지 문제들을 제기한다. 서술자

1) G. Genette, *Figures III*, Seuil, 1972, 그리고 새로이 문제점을 보완한 *Nouveau discours du récit*, Seuil, 1983을 보라. 이 책의 제11장 〈주네트와 서술학〉 참조.

는 자기 이야기를 하는 서술자인가, 아니면 증인에 불과한가(narrateur autodiégétique ou témoin)? 이야기는 내적 독백인가, 아니면 피카레스크식 모험 소설인가(monologue intérieur ou récit picaresque)? 서술자의 내적 초점화는 주인공인 친구에게 사용된 외적 초점화에 어떤 영향을 미치는가(focalisation interne ou externe)? 시간적 측면에서도 현재 시제를 독점적으로 사용함으로써 동시 서술 행위(narration simultanée)이며, 소설에서는 보기 드문 회상(analepse)이나 예상(prolepse) 없는 직선적 시간이 보이는데, 그렇다면 이 현재 시제는 담화적 현재인가 서술적 현재인가(présent du discours ou présent du récit)?

하지만 이 글은 '소설 연대기'에 속하는 소설들의 다양한 서술기법을 미시적 관점에서 자세히 분석하기보다, 좀더 거시적인 관점에서 '소설 연대기'에 독특하게 나타나고 있는 사실성(factualité)과 허구성(fictionalité)의 대립에 대해 주목해 보고자 한다. 그것은 '소설 연대기'의 서술기법들이 이 두 항과 많은 상관 관계를 맺고 있으며, 그 두 항의 대립으로 인해 서로 모순되는 서술기법들이 한 작품 안에 공존하기 때문이다. 또한 분석 대상을《권태로운 왕》《강한 영혼》《폴란드의 풍차》의 세 작품으로 제한하고, 서술자와 초점화의 문제를 중심으로 살펴보자.

2. '연대기'와 사실성

허구성은 '허구 이야기(récit fictionnel)'인 소설의 특징이며, 그에 대립하는 사실성은 '사실 이야기(récit factuel, 즉 팩트의 서술 récit de faits, 논픽션 récit non-fictionnel)'인 역사 · 자서전 · 일기 · 신문 기사 등의 특징이다.[2] '소설 연대기'에서 이 두 항의 대립이 중요한 이유는 이 작품들이 '허구 이야기(즉 소설)'라는 자신의 근본적인 위상에도 불구하고, '사실 이야기(즉 연대기)'를 모델로 택하여 '연대기'에 대해 일종의 형식적인 모방(mimèsis formelle)을 하고 있기 때문이다.[3] '소설 연대기'라는 명칭이 시사하듯 '소설' 장르와 '연대기' 장르라는 이질적인 두 장르 원칙의 공존이 그 서술기법에 일종의 긴장과 갈등을 야기한다.

이러한 긴장 관계는 '소설 연대기'에 두 가지 모순된 '계약(pacte)'이 이중으로 존재하고 있다는 사실에 의해 설명될 수 있다.[4] 우선 저자인 지오노와 독자 간에는 **소설**이라는 계약, **허구성의 계약**이 묵시적으로 맺어져 있다. 작품의 허구성은 무엇보다도 곁텍스트(paratexte)적 표식들[5]——표지 위에 나와 있는 저자의 이름과 제목, 속표지의 '**소설** 연대기'라는 장르 표시, 소설 장르가 속하는 총서 내에서의 출판, 또 1962년 갈리마르 출판사에서 나온 '소설 연대기' 전집에 붙은 지오노 자신의 서문 등——로 공시되어 있다. '소설 연대기'의 작품들은 근본적으로 허구이며, 그것이 그 공식적인 위상이자 독자의 최초의 기대 지평(horizon d'attente)이기도 하다.

그러나 책표지가 열리고 소설이 시작되면, 또 하나의 묵계가 점진적으로 맺어진다. 이것은 서술자(narrateur, 여기서는 주로 연대기 기자 chroniqueur)와 피서술자(narrataire, 결국 잠재 독자 lecteur virtuel) 사이

---

2) 서술의 사실성과 허구성에 대한 분석은 주네트의 *Fiction et diction*(Seuil, 1991) 참조.

3) '형식적인 모방'의 개념은 폴란드의 비평가 글로빈스키 참조, M. Glowinski, 〈Sur le roman à la première personne〉, *Poétique*, 72호.

4) '계약'의 개념은 Ph. Lejeune, *Le Pacte autobiographique*, Seuil, 1975 참조.

5) 곁텍스트에 대해서는 G. Genette, Seuils, Seuil, 1987 참조.

에서 이루어지는 **연대기**라는 계약, **사실성의 계약**이다. 이 계약은 연대기 기자의 사실성에 대한 명시적 주장에 의해 성립된다. 그는 자신이 보고하는 사건들이 실재하는 시공 속에서 실존하는 인물들에게 일어났다고 주장한다. 텍스트 내에서 이야기는 허구가 아니라 실제로 일어난 이야기로 소개되고 있다. 이처럼 '소설'이라는 독자의 최초의 기대 지평은 실제 독서가 진행됨에 따라 '연대기'라는 새로운 기대 지평으로 서서히 전환된다.

그러나 주의할 것은 '소설 **연대기**'의 사실성은 오로지 텍스트 내의 서술자의 태도에 근거한 것이며, 보고된 줄거리 자체가 텍스트 외부의 현실 세계에서 실제로 일어났는가 아닌가 하는 문제, 그래서 그 역사적 사실이 확인 가능한가 아닌가 하는 문제와는 전혀 관계 없다는 사실이다. 달리 말하면 여기서의 계약은 실제의 역사나 연대기 · 자서전 등의 '사실 이야기'가 독자와 맺고 있는 지시적 계약(pacte référentiel)은 아니다.[6] 나폴레옹과 같은 실존하는 역사적 인물이 등장하는 19세기의 역사 소설과는 달리 지오노의 '소설 연대기'에 묘사된 인물과 사건들은 현실 세계에 존재하지 않으며, 작가의 상상력에 의한 허구적 사료일 뿐이다. 그러므로 여기서 서술학적으로 제기되는 문제는 전통적인 비평에서처럼 스토리가 지시하는 현실이 사실인지 아닌지 확인하는 데 있는 것이 아니라, 연대기 기자인 서술자가 어떠한 방식으로 스토리를 서술하여 그 사실성을 독자에게 납득시키는가 하는 데 있다.

그렇다면 그는 과연 어떤 방식에 의해서 사실성을 주장하고 있는가? 여기서 잠시 소설의 서술과 역사(연대기) 서술의 차이점을 살펴보도록 하자.

---

6) '지시적 계약'은 Ph. Lejeune, 위의 책, 36쪽 참조.

> 소설의 담론과 달리, 역사의 담론은 수집 가능한 사료를 바탕으로 집필된 실제 사건에 대한 진실한 보고이다. (…) 역사가는 이야기의 몸체를 이루게 될 사건이나 인물을 꾸며낼 자유가 없다.[7]
>
> (역사 서술의) 한계는 다음과 같다. 역사가가 사건이라고 부르는 것은 어떤 경우에도 직접적으로, 그리고 완전하게 포착될 수 없다. 그 포착은 언제나 문서나 증언, 말하자면 흔적에 의해서 불완전하게, 간접적으로 이루어질 수밖에 없다.[8]

즉 소설가에게는 원칙적으로 인물이나 사건을 창조할 자유가 있는 반면, 연대기 기자에게는 일정한 제약이 있다는 것이다. 그 제약은 사건에 대한 지식이 어떻게 나왔느냐를 정당화하는 일, 즉 사실의 원천(sources)을 밝혀야 하는 일이다. 연대기 기자가 사실에 접근하는 방법은 두 가지이다——하나는 증인들의 증언에 기초한 것이고, 또 하나는 기록된 문서와 자료에서 확인하는 방법이다. '소설 연대기'의 서술자들은 '연대기'에 대한 '형식적인 모방'에 의해, 진짜 연대기 기자에게 부과된 이러한 제약을 스스로에게 부과하고 있다.

서술자

사실 이야기라는 전제와 연대기의 기법을 모방하는 서술은 '소설 연대기'의 서술기법에 많은 영향을 미쳐서 여러 특이한 서술기법에 동기를 부여한다. 《권태로운 왕》에서는 후대의 연대기 기자가 주서술

---

7) A. Rigney, 〈Du Récit historique〉, *Poétique*, 75호, 268쪽.
8) Paul Veyne, *Comment on écrit l'histoire?*, Seuil, 1971, 14쪽.

자로 등장, 한 마을에서 옛날에 일어났던 연쇄 살인 사건을 다양한 증인들의 구술된 자료를 바탕으로 조사하는 방식으로 서술되어 있다. 이 소설은 증인들의 릴레이식 교체에 따른 3단계의 서술층위로 이루어져 있다. 이야기 외 층위는 연대기 기자 자신의 서술이고, 이야기 층위는 마을 노인들의 집단적 증언의 기록이며, 이야기 내 층위는 소시스라는 노파가 훗날 노인들에게 들려 준 이야기의 재기록이다.

또한《강한 영혼》은 초상집에 밤샘하러 온 마을 아주머니들이 이야기꽃을 피우는 장면으로 시작되는데, 그 중 2인의 서술자가 이야기의 대결을 벌이게 된다. 한 명의 서술자는 테레즈라는 노파로, 자신의 파란만장한 일생을 주제로 일종의 자서전적 구술을 하고 있으며, 또 한 명의 서술자는 한 마을 여인으로서, 여러 증인들을 동원하여 같은 사건을 놓고 그녀의 이야기에 대치되는 또 다른 이야기를 주장한다. 이처럼 두 사람의 이야기가 5막으로 교차되면서 하나의 사건에 대한 두 가지 해석을 제시한다.

마지막으로《폴란드의 풍차》의 서술자는 동시대의 연대기 기자로서 가장 다채롭게 자료들을 이용하고 있다. 그는 한편으로 자기 자신을 포함한 여러 이웃 사람들의 증언과 구전되어 오는 소문 등 구술된 자료를, 다른 한편으로는 공증 문서, 재판 기록, 경찰서와 행정기관의 서류 · 신문 등 문서화된 자료를 바탕으로 하여 의문 모를 저주를 받은 한 가족의 역사를 재구성하고 있다.

여기서 '소설 연대기'의 서술의 특징을 살펴보면, 우선은 하나가 아니라 다수의 목소리가 서술을 담당하는 다음성(polyphonie/polytonalité)에서 그 공통적인 특징을 발견할 수 있다. 이 다음성은 매우 다양한 형태로 나타나다. 주로 연대기 기자의 서술에 다양한 증인들의 증언이 개입되어 서술자가 일시적으로 변화되거나 아니면 릴레이식으로 교체되는 형태가 있고, 때로는 우리(on/nous)를 사용하는 집단적 서술자로 나타나기도 하며(《권태로운 왕》의 2부), 때로는 다수의 서술자가 돌아가면서 이야기하는 형태로 나타나기도 한다. (《강한 영혼》 서두의 마을 아주머니들의 수다 장면은 이야기하는 사람의 수나 아이덴티티가 불분명한 상태에서 서술이 이어진다.) 이와 같이 '소설 연대기'의 서술을 담당하는 목소리는 고정적이 아니라 가변적이며, 때로 집단적 목소리가 등장하고, 때로 말하는 사람이 정확히 누구인지 알 수 없기조차 하다. '소설 연대기'의 발화 주체는 이처럼 불안정하고, 가변적 · 복수적이며, 결국은 분간할 수 없는 무음조(atonalité)의 특징을 보여 준다고 결론지을 수 있다.

'소설 연대기'의 서술기법의 또 다른 특징은 전반적으로 1인칭 서술을 이용하고 있으나, 그 '나'는 대부분 이야기의 주인공이 아닌 증인(je-témoin)이라는 데 있다. 서술자로서 증인을 채택하는 우회적인 방식은 소설이 제공하는 정보(information)의 측면에서 지대한 영향을 미친다. 3인칭의 전통적인 전지적 서술자나 1인칭의 자전적 서술자에 비해 그들이 가진 정보의 양은 매우 적다. 증언된 내용은 한계가 있는 한 개인의 고유한 주관으로 여과된 것이며, 그는 직접 목격한 사건에 대한 정보 외에는 제공할 수 없다. 어떤 증언은 다른 증언에 의해 보완될 수 있으나, 아무리 많은 증인을 동원한다 해도 정보의 한계는 명확하다. (여기서 우리는 역사 서술의 한계와 다시 조우한다. 증언에 바탕한 불완전한, 간접적인 사실에의 접근.) 예를 들어 《권태로운 왕》에서 서술자들이 가진 정보는 부분적이며 구멍 투성이어서 스토리에 연속성이 결여된 채 많은 부분이 어둠 속에 남아 있다. 《폴란드의 풍차》의 서술자는 정보의 양이 제한적일 뿐 아니라, 때로는 독자에게 서술의 핵심이 되는 정보를 일부러 주지 않기까지 한다. (의도적인 '정보 생략' 기법이다.) 서술자는 자신이 꼽추라는 사실을 소설의 마지막 페이지에 가서야 밝히며, 그 결과 서술의 객관성과 신뢰도에 대해 때늦은 의혹을 던져 주어 독자로 하여금 '속았다' 는 기분으로 책을 덮게 한다. 이러한 제한된 정보는 초점화의 문제와 연관된다.

초점화

이번에는 '사실 이야기' 와 관련하여 초점화(focalisation, 전통적 용어로 시점 point de vue)의 문제를 살펴보기로 하자. 이미 살펴본 대로 '소설 연대기' 의 서술자는 연대기 기자나 증인의 1인칭 서술자이며, 따라서 이 1인칭 서술자는 내적 초점화를 사용하게 된다. 이와 같이 '소설 연대기' 는 독자들이 그 서술자와 '함께' 다른 인물과 사건들을 바라보는 내적 초점화를 주로 사용하고 있는데, 자세히 살펴보면 《권태로운 왕》에서 가변적 내적 초점화를, 《강한 영혼》에서는 다중적 내적 초점화를 사용하고 있다.

그런데 이야기에 인물로 등장하는 초점화자(focalisateur)는 자기가 관찰한 인물, 사건과 자신의 심리에 대해 보고할 수 있을 뿐, 타인의 심리나 생각에 관한 정보는 보고할 수 없다. 사실상 독자의 관심은 1인칭인 증인의 심리에 있는 것이 아니라 3인칭으로 묘사된 주인공의 심리에 있지만, 증인인 초점화자는 원칙적으로 타인인 주인공의 의식 내부로 침투하여 그의 내적인 생각들을 서술할 권리가 없다. 결과적으로 주인공에 대해서는 그 외부만이 묘사되는 외적 초점화가 사용된다. 이런 초점화 방식에서 주인공에게서 관찰될 수 있는 것은 겉으로 드러나는 행동과 대화뿐이며 그들의 생각이나 감정, 즉 내면의 생활은 침투될 수 없는 어둠의 영역이다. 그리하여 주인공들에 관한 한 '소설 연대기' 는 헤밍웨이의 일부 단편과 흡사한 지극히 객관적이고 행동주의적인(behaviouriste) 묘사 방식을 사용하고 있다.

'사실 이야기' 라는 전제에서 영향을 받은 외적 초점화의 결과는 주인공의 내면 세계에 대한 극히 제한된 정보이다. 심리 묘사가 가능하게 해주는 내적 투명성(transparence intérieure)을 상실하고 설명이 생략된 채 외부로만 묘사된 주인공은 하나의 비밀(énigme)로 남는다. 랑글루아(《권태로운 왕》)·테레즈(《강한 영혼》)·조제프 씨(《폴란드의 풍차》)는 각 소설의 주인공들이면서도 가장 신비한 사람들이다. 비밀의 열쇠를 지니고 있는 주인공들은 침묵하고 있으며, 그들의 완전한 이름도, 과거도, 현재의 생각과 감정도 모두 베일에 싸여 있을 뿐이다. 이야기의 결말조차 열려진 채로 남아 있는, 침묵의 미학에 기초하여 씌어진 '소설 연대기' 의 진실은 불완전하거나(vérité partielle, 《권태로운 왕》), 복수적인 것이거나(vérité plurielle, 《강한 영혼》), 도달할 수 없는 것(vérité inaccessible, 《폴란드의 풍차》)이다.

지금까지 살펴본 것처럼 연대기 기자가 '사실 이야기' 의 한계들을 스스로에게 부과한 결과는 불완전하고 간접적인 자료에 의한 서술 작업과, 주인공의 외부자라는 위치이다. 이러한 전제에서 영향을 받은 서술기법은 연대기 기자와 증인들에 의한 다성악적 서술이며, 주인공에 대한 외적 초점화이다. 초점화의 문제는 다음 장에서 다시 한 번 제기된다.

3. '소설' 과 허구성

이제부터는 지금까지 괄호 안에 넣고 '판단 중지' 를 하고 있었던

'소설 연대기'의 '소설'이라는 항에 주목해 보기로 하자. 그 이유는 '소설 연대기'가 아무리 연대기에 대해 '형식적인 모방'을 하더라도 소설이라는 본질은 소멸하지 않기 때문이다. 그 모든 사실성의 주장에도 불구하고 텍스트 내부에서 허구성 자체는 사라질 수 없으며, 조만간 연대기 계약이 파기되면서 보다 근원적인 소설 계약이 환기된다.

그 증거는 우리가 '소설 연대기'에서 여러 가지 허구성의 징표들(indices de fictionalité)을 찾아볼 수 있는 데 있다. 독일의 비평가 함부르거에 의하면 '특정한 과거 시제의 사용, 자유 간접화법, 내적 독백, 그리고 내적 과정을 나타내는 동사의 사용' 등이 허구성의 징표가 된다. 그 중 '타인의 주관성에 대한 직접적 접근'을 나타내는, 제삼자의 생각과 감정을 드러내 주는 '내적 과정의 동사'의 경우를 살펴보자.

> 내적 과정을 나타내는 동사들――**생각하다 · 성찰하다 · 믿다 · 느끼다 · 희망하다** 등――은 소설가의 어떤 필요에 부응한다. (…) 이것을 이해하려면 우리가 실재하는 다른 사람에 대하여 그가 '생각했다 · 생각한다 · 느꼈다 · 느낀다 · 믿었다 · 믿는다' 등이라고 절대 이야기할 수 없다는 사실을 기억해 보면 충분히 알 수 있다.
>
> 언어학적 관점에서든 인식론적 관점에서든, 소설은 (…) 3인칭 인물의 주관성이 그대로 표현될 수 있는 유일한 공간이다.[9]

어쩔 수 없이 허구성을 드러내는 이러한 생각과 감정의 심리 동사들은 '소설 연대기'에서 때때로 발견된다.

---

9) K. Hamburger, *Logique des genres littéraires*, Seuil, 1986, 88쪽, 128쪽.

"랑글루아는…… 그날 밤이 유괴 없이 지나가게 되리라고 **확신했다**."(《권태로운 왕》)

이 예문에서 랑글루아의 심리를 보고하고 있는 인물은 그로부터 1백 년 후에 이야기의 진상을 조사하고 있는 연대기 기자이다. 그러므로 그가 심리 묘사를 사용하게 될 경우에는 그 정보의 출처를 밝히거나(예를 들어 "랑글루아가 나중에 고백한 바에 따르면……"), 불확실성이나 가정을 나타내는 특정한 양태(modalisations)를 선택해야 한다. (예를 들어 "랑글루아는 확신하는 **것처럼 보였다**." "확신했음이 **틀림없다**.") 그러므로 '확신했다' 는 종류의 단언은 연대기의 원칙에 어긋난다. 또 다른 예를 들어 보자.

"테레즈는 방랑이라는 **생각에 몸을 떨었다**. 지금까지는 길이 **두렵지 않았다**."(《강한 영혼》)

이 예문의 서술자는 테레즈의 자전적인 이야기를 반박하는 마을 여자이다. 그녀는 다른 증인들(이모 · 어머니 · 테레즈의 오빠 등)을 통해 이야기를 알게 되므로, 테레즈의 심리를 묘사하는 일은 그녀가 수집한 정보의 한계를 넘어선다. 그러나 어느 순간 이 서술자는 교묘한 방법으로 전지적 시점의 서술자로 변모되어, 테레즈뿐 아니라 그녀의 남편을 비롯한 다양한 작중 인물의 의식 속을 마음대로 넘나든다.

두 예문에서 서술자들은 어떻게 해서 사실성의 원칙에 위배되는 이런 심리 동사들을 사용할 수 있는지, 달리 말하면 어떻게 해서 근거를 밝히지 않은 채 인물들의 주관적 생각에 접근할 수 있는지에 대해 설명하지 않는다. 우리는 여기서 작품의 근원적 허구성을 배후에서 드러내 보이는 소설가, 혹은 전지적인 서술자의 존재를 엿볼 수 있다. 사실 이야기의 전제는 여기서 균열을 일으키고 그 틈새로 보다 근본적인 허구성이 드러난다. 연대기 기자와는 반대로 소설가는 자신이 '어떻게' 인물들의 내면에 대한 정보를 얻었는지 밝힐 필요도 의무도 없는데, 그것은 소설가가 바로 이 허구 인물들과 그들의 내면 생활을 창조한 사람이기 때문이다.

또 글로빈스키에 의하면 직접화법의 대화에서, 특히 매우 길고 글자 그대로 보고된 대화의 인용에서 '허구성의 징표'를 찾아볼 수 있다.

> 대화는 더 이상 자연스러운 현상이 아니라 소설 세계의 변별적 기호의 하나로서, 일종의 허구성의 징표가 된다. (…) 1인칭 소설에서 상당한 길이의 인용은 서술자인 '나'를 전지적 서술자와 비슷한 존재로 만들고 있다. (…) 왜냐하면 이런 종류의 소설을 읽는 독자는 그가 서술자의 시점을 택하고 있다는 사실을 의식하고 있는데, 그 시점은 반드시 제한되어 있기 때문이다.[10]

다시 말해 1인칭 소설의 제한된 시점에서 직접화법의 긴 대화가 글자 그대로 인용될 때는 인물 서술자가 가진 정보의 출처가 어디인지 문제되며, 그 출처에 대한 침묵은 결국 이 서술자를 전지적 소설가의 존재에 접목시키게 된다는 것이다. 《폴란드의 풍차》에서 한 가지만 예를 들어 보자.

> 그러자 코스트는 말했다. "나는 돈을 지불할 수 있네. 얼마든지 그들

---

10) M. Glowinski, 〈Sur le roman à la première personne〉, *Poétique*, 72호, 503쪽.

이 원하는 대로. 만일 자네가 내가 원하는 바로 그것을 제공할 수 있다면, 우리가 동의를 못할 이유가 없네. (…)"

이런 식으로 길게 이어지는 코스트와 오르탕스 양의 대화는 단지 둘 사이에서만 이루어진 것인데, 연대기 기자는 1백여 년 전에 있었던 이 대화를 증인도, 서류상의 증거도 제시하지 않은 채 글자 그대로 시시콜콜 재현하고 있다. 여기서 연대기 기자는 전지적 지식을 은연중 나타냄으로써, 사실성의 주장에 위배되는 허구성의 징표를 드러낸다. 지금까지 상술한 두 가지 허구성의 징표들——심리 동사의 사용, 직접 화법 대화의 인용——은 결국 전지전능한 시점, 무초점화와 관계된다. 다른 작중 인물들의 심리를 읽고, 그들의 대화를 보고하는 것은 무초점화의 서술에서나 가능한 일인 것이다.

사실 이야기와 허구 이야기의 근본적인 차이점은 주네트의 말대로 그 초점화 방식의 차이에 있다.

> 가장 근본적인 차이는 역사가의 제한적 · 간접적 · 부분적 지식과, 이야기를 창조하는 사람이 원칙적으로 가지고 있는 탄력적인 전지성의 대립에 (…) 있는 것 같다.[11]

'소설 연대기'의 초점화 방식은 사실상 연대기 기자의 제한적 지식과 소설가의 전지적 지식 사이, 사실 이야기의 제약과 허구 이야기의 자유 사이에서 표류하고 있는 것처럼 보인다. 사실 이야기의 전제에 대응하는 내적 초점화와 외적 초점화의 제한적 정보의 체제가 허구 이

11) *Fiction et diction*, Seuil, 1991, 91-92쪽.

야기의 전유물인 무초점화, 즉 완전한 정보의 간헐적인 사용으로 인해 무너져 내리고 있기 때문이다. '소설 연대기' 곳곳에서 우리는 외부만이 묘사되고 내면을 드러내 보이지 않던 객관적 인물들에 대한 느닷없는 심리 묘사, 혼자만의 생각, 내적 독백 등을 발견할 수 있다. 원칙적으로 선택된 제한적 초점화 방식을 넘어선 이런 과다한 정보의 누출은 서술학에서 정보 누설(paralepse)이라는 명칭으로 불린다.

'소설 연대기'에서 지오노는 사실성과 제한된 정보의 원칙에 충실하면서도, 소설가의 특권인 전통적인 전지성을 부분부분 끼워 넣음으로써 소설을 더욱 흥미로운 것으로 만들고 있다. 이러한 '정보 누설'의 방식은 증인들만의 제한된 정보를 보충, 때로 이야기에 비밀의 열쇠를 암시해 주기도 하지만, (전체적으로 무초점화를 사용하는 전통적인 소설과 달리) 종국에는 주인공의 비밀을 더욱 강화한다. 예를 들어 《강한 영혼》에서는 전지전능한 시점의 서술자로 변모한 마을 여인이 사실의 전모를 밝히는 듯하지만 곧 테레즈의 반박에 의해 그 진실성이 문제화되며, 《폴란드의 풍차》에서도 자신이 상상력을 동원하고 있다는 사실을 감추지 않는 2장의 연대기 기자가 오히려 진실을 더 흐리고 있기 때문이다.

여기서 '소설 연대기'의 초점화 방식을 정리해 보면, 결국 세 가지 방식의 초점화(외적 초점화 · 내적 초점화 · 무초점화)가 공존하면서 갈등과 긴장을 불러일으키고 있다. 이러한 세 가지 초점화의 동시 발생은 프루스트의 《잃어버린 시간을 찾아서》에서와 마찬가지로 전통적인 소설의 단순한 전지적 시점의 사용과는 비교될 수 없는 교묘한 기법이며, '소설 연대기'라는 특이한 장르의 사실성과 허구성의 갈등을 반영하고 있다. 그 서술기법이 다성악(polytonalité) · 무음조(atonalité)로 특징지어지는 것처럼, 그 초점화기법 역시 다양식(polymodalité) · 무양식(amodalité)으로 정의될 수 있을 것이다.

장 지오노는 이미 모순적인 두 용어의 결합(oxymoron)인 '소설 연대기'에서 이중의 유희를 하고 있다. 작가는 자기 작품을 허구로 소개하는 동시에, 소설의 내용이 현실이라는 환상을 창조하기 위해 의식적으로 연대기기법을 흉내내는 여러 가지 교묘한 전략을 짠다. 전지적 서술자의 개입은 조만간 그 허구성을 폭로하지만 그 개입은 일시적인 것이며, 이야기는 곧 제한적 정보만을 보유하고 있는 사실 이야기로 돌아간다. 사실성의 요소와 허구성의 요소는 이처럼 서로 자리를 양보하고 순환하면서 복잡하게 뒤얽힌다.

독자의 입장에서 문제를 다시 살펴보면 '소설 연대기'에서는 독서의 계약이 계속해서 변화하고 있음을 알 수 있다. 독자의 최초의 기대 지평인 소설의 지평은 독서가 진행됨에 따라 연대기 지평으로 전환되나, 이따금씩 본래적인 소설의 기대 지평을 환기시키며 복원시킨다. 야우스에 의하면, 독자들에게 장르와 연관되는 최초의 지평을 떠오르게 하고 나서 차츰차츰 그 지평을 파괴시키는 작품들(예를 들어《돈 키호테》나《운명론자 자크》)은 비판적 의도로 사용될 수 있을 뿐 아니라 새로운 문학적 효과의 원천이 될 수 있다. 또한 그는 "기대 지평과 작품 사이의 거리, 이전의 심미적 경험에 익숙한 것과 새로운 작품의 수용으로 인한 '지평의 변동' 사이의 거리야말로, 수용 미학적으로 볼 때 한 작품의 예술성을 결정한다"고 이야기한다.[12] 이렇게 볼 때 '소설 연대기'는 독자에게 익숙한 지평을 파괴하면서 새로운 지평의 전환을 가져오는 혁신적인 작품이다.

---

12) H. Jauss, *Pour une esthétique de la réception*, Gallimard, 1978, 53쪽.

상상의 세계에 안주하는 수동적인 독서에 만족하는 일부 독자들의 의표를 찌르고, 의혹과 가정 속에서 진행되며 수수께끼의 해답을 끝내 제공하지 않는 이야기를 제시함으로써, 롤랑 바르트가 이야기하는 대로 독자 스스로 이야기를 재구성하고 다시 쓰게(ré-écrire) 하는 능동적인 독서를 요구하는 작품, 개연성의 원칙에 충실한 줄거리의 전개보다는 그 기법과 형식에 대한 흥미를 불러일으키는 작품이 바로 '소설 연대기' 이다.

'소설 연대기' 의 출현과 같은 시기에 나탈리 사로트가 지적한 것처럼, 오늘의 독자는 더 이상 작가가 상상해서 창조해 낸 '작중 인물' 을 믿지 않으며, 오직 사실(petits faits vrais)과 '정확하고, 날짜가 있으며, 입증되고, 진실한' 문서만을 신뢰하는지도 모른다.[13] 지오노가 여기서 사실성의 요소를 개입시키고 연대기의 외양을 빌려 온 것도 더 이상 소설이라는 상상 세계를 믿지 않는 반성적인 독자들의 요구에 부응한 것이다. 그러나 지오노는 여기서 한발 더 나아가 사실적 환상(illusion réaliste)을 창조함과 동시에 그것이 환상이라는 것을 드러내 보임으로써(révélation de cette illusion), 사실성의 가면을 벗기고 소설이라는 장르가 가지고 있는 근원적 허구성을 밝혀내는 고도의 유희를 하고 있다. (여기서 같은 시기에 비슷한 실험을 한 보르헤스의 《소설》(1944)을 생각해 볼 수 있다.)

사실상 모든 사실주의 소설, 더 나아가 모든 소설은 현실을 있는 그대로 재현하고자 하는 사실성의 환상을 쫓지만, 동시에 본질적인 허구성을 내포하고 있다. 소설 자체를 겉에서 볼 때는 허구 이야기이지만, 소설 내부에서 서술자는 이야기를 지어내고 있는 것(inventer)이 아

---

13) N. Sarraute, *L'Ere du soupçon*, Gallimard, 1950, 63쪽.

니라 보고하고(rapporter) 있다. 폴 리쾨르 말대로 허구 이야기가 역사에 근접하는 이유는 그 비현실적인 사건들이 적어도 서술하는 목소리 자신에게는 과거에 일어난 일이기 때문이다.[14] 모든 소설은 결국 작가와 독자 사이에서 이중 계약――허구의 계약(pacte de fiction)과 진실이라는 허위 계약(faux pacte de vérité)――을 체결하는 패러독스 위에서 있다. 이러한 의미에서 '소설 연대기'는 소설의 본질인 사실적 환상과 허구성 사이의 모순과 긴장을 여실하게 보여 주면서, 소설이라는 장르의 외연을 확장시킨 작품들이다.

14) P. Ricœur, *Temps et récit III*, Seuil, 1985, 277쪽.

제II부

《권태로운 왕》

제3장

《권태로운 왕》

제2차 세계대전중 오해에 의해 두 차례나 투옥되었다 풀려난 1946년, 장 지오노는 깨닫는다. 초기의 시적인 작품 《언덕》이나 《보뮈뉴에서 온 사람》에서 그려 온 목가적인 삶, 자연과 밀착된 삶은 유토피아에 지나지 않는다는 사실을. 악은 바로 인간의 내부에 있다는 사실을. 이런 깨달음은 소설을 전개해 나가는 방식에도 근본적인 변화를 가져온다. 이제는 모든 것을 분명하게 보여 주는 '양화(positif)'의 방식이 아니라, 암시와 생략이 주도하는 '음화(négatif)'의 기법이 소설을 이끈다.

비밀의 중심에는 랑글루아가 있다. 랑글루아가 만들었던 산책용 '미로(labyrinthe)'는 그의 '독해할 수 없는 내면'의 상징이다. 랑글루아가 세상을 떠난 지 수십 년이 지난 후에도 여전히 풀 길 없는 비밀처럼 그 미로를 굽어보는 마을 노인들은 소설을 읽는 독자들의 모습과 오버랩된다. 비밀의 핵 랑글루아를 중심으로 소설의 모든 등장 인물들이 동심원처럼 겹겹이 둘러쳐진다. 소설의 서술은 동심원 밖에 있는 무명의 연대기 기자로부터 시작된다. 최초의 사건(1843년)으로부터 1백여 년(1946년) 떨어진 시간적 거리를 뛰어넘기 위해 서술의 릴레이가 도입된다. 연대기 기자는 소설의 제1부에서 마을 사람들과 하나가 되어 '환상적인 증인'으로 당시의 사건을 이야기한다. 소설의 제2부는 1916년에 연대기 기자가 노인들에게서 채록한 1846년의 늑대 사냥 이야기이다. 따라서 제2부는 마을 사람들의 집단적 서술의 형태를 띠게 된다. 마지막으로 소설의 제3부는 1867,68년에 마을 사람들이 랑글루아와 가장 가까웠던 인물 소시스로부터 1847,48년의 사건을 듣는 방식이다.

연대기 기자 → 마을 노인들 → 소시스에 이르는 서술의 릴레이를 통해 동심원의 꺼풀이 한겹 한겹 벗겨지면서 랑글루아에 이르는 시간적 · 공간적 · 심리적 거리는 차차 좁혀지지만, 독자는 끝내 미궁의 중심에 위치하는 랑글루아에 대해 '경외의 거리(distance respectueuse)'를 유지할 수밖에 없다. 그 이유는 랑글루아가 직접 서술에 참가하지 않고(그랬다면 '나는' 으로 시작하는 1인칭 서술이 되었을 것이다), 사건을 바라보는 그의 관점도 밝혀지지 않으며(그랬다면 '내적 초점화' 가 되었을 것이다), 주인공을 제외한 모든 사람들이 스토리 서술에 참여하면서 주인공을 겉에서만 바라보는 '외적 초점화' 가 구사되어 있기 때문이다. 지오노는 이러한 '음화' 의 서술기법을 통해 독보적인 새 소설 문법을 개척했다.

《권태로운 왕》을 처음 읽는 독자는 우선 이 소설을 '추리 소설' 의 문법에 맞추게 된다. 눈과 구름으로 밀폐된 오지 산골 마을의 겨울, 마리 샤조트, 라바넬 죠르쥬, 베르그의 이어지는 실종. 그리고 '메시아처럼' 나타나는 헌병대장 랑글루아…… '가해자와 위험에 처한 한 집단, 그리고 그 집단을 악에서 구해 주러 오는 영웅적 주인공' 의 간단한 구조는 민담 형태와 닮아 있다. 이어 프레데릭 2세의 우연한 추적 끝에 살인자가 발견되고 범인을 잡기 위해 헌병대장이 출동한다. 여기까지는 일반적인 추리 소설과 궤를 맞출 수 있다. 하지만 제1부의 끝에서 헌병대장은 '합법적으로' 살인자를 재판에 회부하는 대신 직접 사형(私刑)을 가한다. 여기서 추리 소설의 논리가 삐걱거리면서 《권태로운 왕》은 추리 소설의 그물에서 빠져나간다.

이어지는 늑대 사냥의 이야기에서 살인마 V씨는 늑대로, 프레데릭 2세가 담당했던 추적자의 역할은 마을 사람 전체로 확대된다. 위험에 처한 집단-가해자(늑대)-영웅적 주인공의 구조는 제1부와 같지만, 랑글루아가 늑대를 V씨와 마찬가지 방식으로 처형하는 것은 다른 의미를 띤다. 이번에는 '불법적인' 방식이 아니라 합법적으로 늑대를 살해한 것이다. 하지만 지오노는 왜 본질적으로 똑같은 이야기를 두 번씩이나 반복한 것일까? 독자의 의문은 여기서 멈추지 않는다. 이어 소설은 아무것도 명백히 밝히지 않은 채 서술자를 소시스로 바꾸어, 수놓는 여인을 방문한 이야기, 생보디유에서 벌어지는 잔치, 랑글루아의 결혼 이야기 등 제1,2부보다 훨씬 더 느슨한 구조의 이야기들을 두서없이 늘어놓는 듯하다. 그리고 소설은 랑글루아의 급작스런 자살로 막을 내린다…….

'추리 소설' 도 아니고 '사실주의' 소설이라 하기에는 환상적 요소가 많고, '심리 소설' 이라 하기에는 인물의 내면 묘사가 너무 부족한 이 소설은 어떤 장르에도 딱 맞아떨어지지 않는다. 하지만 이 미궁과 같은 소설을 안내해 주는 '아리안의 실(fil d'Ariane)' 역할을 해주는 것이 있다. 바로 소설의 제목과 그 마지막 문장이다. 《권태로운 왕》은 제목부터 독자에게 질문을 던진다. 소설을 읽는 독자는 '누가' '권태로운' '왕' 이며 그 의미는 무엇인지 촉각을 곤두세우지 않을 수 없다. 소설 중간에서 랑글루아가 단 한번 V씨의 '권태' 에 대해 슬쩍 언급할 뿐이며, 대답의 실마리는 소설의 맨 마지막 문장에 가야만 주어진다.

그 누가 말했던가? '권태로운 왕은 불행으로 가득한 사람이다' 라고?

이 문장은 랑글루아의 다이너마이트처럼 소설 전체에 대한 이해에 '금빛의 거대한 폭발' 을 일으키며 어둠을 환히 밝힌다. 표면적인 '줄거리 독해' 만 가지고는 독자를 좌초시킬 수밖에 없는 이 소설은 이 문장으로 인해 상징의 시스템으로 재편입된다. 여기서 소설의 재독에 들어가는 독자는 새로운 상징의 빛을 따라 미궁의 중심에 진입할 수 있다. 인용문 속의 질문을 던진 사람은 물론 파스칼이다. 파스칼에게 있어서 '권태(ennui)' 와 '기분 전환' 은 동전의 양면과 같은 말이기 때문에 우리말로는 '권태로운 왕' 으로 번역했지만, 소설의 원제는 '기분 전환 없는 왕(Un Roi sans divertissement)' 이다. 파스칼은 《팡세》에서 죽을 수밖에 없는 인간은 자신의 인간 조건으로부터 눈을 돌리기 위해 '기분 전환' 을 추구한다고 말한다. 놀이 · 사냥 · 춤이나 전쟁 등이 파스칼이 예로 드는 기분 전환거리들이다. 다채로운 기분 전환 거리에 둘러싸여 있던 왕이라도 혼자 있게 되면 죽을 수밖에 없는 불행한 인간 조건에 대해 성찰하며, 어쩔 수 없이 형이상학적 '권태' 에 빠져든다. 절망과 권태에 빠진 파스칼의 인간은 신에게 눈을 돌리게 되지만, 신이 부재하는 세계에 사는 지오노의 인물들은 살해와 자살이라는 극단적인 기분 전환에 빠져든다.

소설 제1부의 '권태로운 왕,' V씨는 눈과 어둠으로 밀폐된 세계의 권태를 견디지 못하고 극치의 '기분 전환' 으로 연쇄 살인을 저지른다. 프레데릭이 이해한 대로 그는 '새로운 세계' 에 사는 인간이다. 그는 아무도 밟아 본 적이 없는 미지의 눈의 대양을 자유롭게 활보하며, 비교(秘教)의 사제처럼 '선택된 제물의 심장에 흑요석 칼을 꽂는다.' 그는 죽음을 상징하는 아름다운 너도밤나무를 공범으로 갖는다.

[너도밤나무의] 이 빼어난 아름다움은 뱀의 눈동자나 눈에 물든 야생

거위의 핏자국처럼 최면을 걸었다. 그리고 이 아름다운 나무에 이르는 오르막이나 내리막길에는, 푸주한처럼 피를 뚝뚝 흘리는 단풍나무들의 행렬이 내내 이어져 있었다.

알제리에서 전쟁을 치른 바 있는 베테랑 랑글루아는 그 비밀스런 살인마와 피의 유혹에 은밀히 매혹된다. 'V씨와의 싸움에서 패배한 맞수' 베르그나, V씨의 놀랍고도 새로운 삶의 방식을 이해한 프레데릭과 마찬가지로 랑글루아는 '다른 사람들과 똑같은 인간' 인 V씨의 존재 방식을 깊은 성찰 끝에 이해한다. (끝까지 이니셜로만 표기되는 V씨는 프랑스어의 Voisin, 즉 '이웃' '보통 사람' 의 의미로 해석된다.) 랑글루아는 'V씨의 울타리 안에 갇힌 양' 꼴이었던 마을 사람들을 구해주지만, V씨를 개인적인 방식으로 처형하면서 그와 똑같은 '기분 전환' 을 느끼고, 그와 '무언의 합의' 를 봄으로써 V씨와 똑같은 '권태로운 왕' 이 된다.

소설 제2부는 제1부와 같은 주제의 변주이다. 이 늑대 사냥을 통해 랑글루아는 합법적인 방식으로 겨울의 폐쇄된 공간에 갇혀 있는 오지의 마을 사람 전체에게 집단적 '기분 전환' 을 제공한다. 마을 사람들 중에서도 제2부의 후반부에 1인칭 '나' 로 서술을 맡은 형안의 농부는 이 사냥이 얼마나 '비정상적' 이며 '기묘한' 지 잘 이해하고 있다. 화려하게 차려입은 팀 부인과 소시스를 비롯하여 모든 사람이 성장하고 나온 이 사냥-축제는 성탄절의 촛불 행렬이나 성당의 화려한 장식, 신부의 호사스런 제의와 마찬가지로 '기분 전환' 을 위한 것이다. 랑글루아는 V씨와 똑같은 방식으로 늑대를 처형하지만, 이 '같은 것의 반복' 속에서 그의 본질적인 권태는 치유되지 않는다.

소설의 제3부는 랑글루아가 이런저런 '기분 전환' 거리를 추구하는 과정으로 이해된다. V씨의 과부로 추측되는 '수놓는 여인'을 방문하여 V씨를 보다 깊이 이해하고, 세 친구들이 열어 주는 화려한 파티에 참석하며, 보통 사람과 똑같이 살아 보려고 독신 생활을 청산하면서 집도 짓고 결혼도 해보지만 아무 소용이 없다. 주위 사람들에 대해 스스로 유리벽을 쌓아 올리는 그의 내면에서 고독은 점점 깊어가고, 멜랑콜리에 빠진 랑글루아는 마침내 살해보다 더욱 지고한 '기분 전환'이 될 수 있는 자살을 선택한다. 스스로 목숨을 끊는 이 행위는 새 아내를 살해하려는 유혹을 벗어날 수 있는 유일한 방법이기도 했다…….

랑글루아의 신부 델핀은 소설 속에 라이트모티프로 등장하는 '거위'가 육화된 모습이며, '눈 위에 물든 야생거위의 피'에 마약처럼 현혹되는 랑글루아에게 마지막 욕망의 대상이다. 흑백 영화처럼 색깔도 없이 회색의 농담만이 지배하는 이 소설에서, 눈에 물든 피의 붉은색은 징검다리처럼 일정한 간격을 두고 등장하면서 단연 두드러진다. 권태를 상징하는 하얀 눈 위에 아로새겨진 붉디붉은 인간의 피, 그것이 인간이 사로잡힐 수 있는 최대의 기분 전환이라는 것을 다시 한 번 깨달으면서 랑글루아는 자살의 길을 선택한 것이다.

파리 생제르맹의 천장이 높은 외딴 방에서 처음으로 이 소설을 읽은 지도 10여 년이 흘렀다. 처음에는 논문 때문에, 그 다음에는 이런저런 참고 서적으로, 또 번역하느라 문자 그대로 10년 동안 이 책을 끼고 살았다. 읽으면 읽을수록 지오노가 보여 주는 사고의 깊이와 소설의 놀라운 상징의 망에 찬탄을 금할 수 없었다. 그 어느 낯모르는 독자가 결이 전혀 다른 우리말로 옮겨진 이 소설을 읽고서 지오노를 조금이라도 이해해 준다면 더 바랄 것이 없겠다.

제4장

《권태로운 왕》에서의 서술자의 문제

소설에 있어서 '누가 이야기하는가?(Qui parle?)' 의 문제, 즉 서술자의 문제만큼 중요한 것도 없다. 같은 이야기라도 3인칭으로 이야기하는가, 1인칭으로 이야기하는가에 따라 독서의 자세는 전혀 달라진다. 또한 하나의 이야기를 한 사람의 서술자가 담당하는 경우도 있지만, 여러 사람의 서술자가 담당하는 경우도 있다. 고전적인 소설에 있어서는 발자크식으로 이야기에 끼어들거나 플로베르식으로 최대한 침묵하거나 간에 하나의 고정된 서술자가 등장하기 마련이다. 이러한 전통 옆에 다수의 서술자가 등장하는 이야기의 전통 역시 존재하는데, 그것은 《천일야화》에서 이미 시작되고 있는, 여러 층위의 이야기가 중첩되는 액자 소설(격자 소설)의 전통이다. 토도로프의 설명에 의하면 《천일야화》의 한 이야기에는 무려 5개의 층위가 있다. 즉

세헤라자데가 이야기하기를
　자파르가 이야기하기를
　　양복장이가 이야기하기를
　　　이발사가 이야기하기를
　　　　그의 형은(그의 형제는 다섯인데)……[1]

다층의 액자 소설로서 프랑스 소설에서 가장 빈번히 인용되는 예는 프레보 신부의 《마농 레스코》이다. 이 회상록의 서술자인 르농쿠르 후작은 우연히 데 그리외라는 기사를 만나게 되고, 이 기사가 다시 서술자가 되어 자신과 마농 레스코와의 사랑 이야기를 후작에게 들려 주게 된다. 주네트는 이 소설을 예로 들어 서술의 층위에 관한 신조어를 만들어 내고 있는데, 그에 의하면 허구적 회상록의 집필자인 르농쿠르 후작은 '이야기 외 층위' 에 있고, 회상록에서 이야기된 사건들은 '이야기 층위' 에 위치하며, 이야기 속의 이야기인 데 그리외의 이야기는 '이야기 내 층위' 에 있다.[2]

장 지오노의 《권태로운 왕》 역시 다층의 이야기로서, 크게 세 개의 층위를 가지고 있다. 랑글루아를 주인공으로 하는 1840년대의 사건을 조사하여 기록하려는 1946년의 한 연대기 기자의 서술이 첫번째 이야기이고(이야기 외 층위), 두번째 이야기는 그로부터 30년 전(1916년) 이제 노인이 된 당시의 마을 사람들이 연대기 기자에게 들려 준 이야기의 기록이며(이야기 층위), 세번째 이야기는 랑글루아의 하숙집 주인 소시스가 1867년에 들려 준 이야기를 노인들이 연대기 기자에게 다시 해준 것이 최종적으로 기록된 것이다(이야기 내 층위). 즉

연대기 기자가 (독자에게) 이야기하기를
노인들이 (연대기 기자에게) 이야기하기를, 랑글루아는……
소시스가 (노인들에게) 이야기하기를, "랑글루아는……"

---

1) T. Todorov, 〈Les Milles et une nuits〉, *Poétique de la prose*, Seuil, 1971, 38쪽.
2) G. Genette, *Figures III*, Seuil, 1972, 238쪽. 이 책의 제11장 〈주네트의 서술학〉 참조.

첫번째 이야기: 서술자 1=연대기 기자, 피서술자(narrataire) 1=독자

두번째 이야기: 서술자 2=노인들, 피서술자 2(=서술자 1)=연대기 기자

세번째 이야기: 서술자 3=소시스, 피서술자 3(=서술자 2)=노인들(직접화법)[3]

이렇게 세 층위의 이야기로 분류될 수 있는 이 소설에서 서술자의 문제는 그리 간단하지 않다. 그것은 이야기의 층위가 바뀔 때마다 서술자와 피서술자의 위치가 상호 교환되고 있을 뿐 아니라, 새로 등장하는 서술자와 이전 서술자의 서술의 릴레이가 점진적으로 이루어지면서 두 서술자의 목소리가 서로 겹쳐지고 혼성을 이루기 때문이다. 또한 서술자나 인물을 지시하는 인칭 대명사의 사용도 예사롭지 않아서, 한 인칭 대명사의 지시대상을 알아내는 문제도 쉽지 않다. 이제 세 가지 이야기를 차례대로 살펴보자.

1. 환상적 증인—첫번째 이야기

첫번째 이야기의 앞부분에는 일종의 서두(prologue)라고 할 수 있는 연대기 기자의 서술이 있다.(9-12) 그는 자신이 살고 있는 산촌에서 한 세기 전에 일어났던 일련의 사건에 대해 관심을 갖게 된다. 그래서 그 근방을 답사하기도 하고, 친구인 역사학자를 찾아가기도 하며, 옛 기록을 조사하기도 하지만 많은 성과를 얻어내지 못하고, 단지 마

3) 《권태로운 왕》, 송지연 역, 이학사, 1999, 첫번째 이야기는 9-65쪽, 두번째 이야기는 65-107쪽, 세번째 이야기는 107-184쪽에 해당한다. 본문의 괄호 안에 든 페이지 번호는 모두 같은 책에서 인용했다.

을 노인들에게 전해들은 이야기로만 사건을 알게 된다. "하지만 사즈라는 그 이야기를 알고 있었다. 그 이야기는 누구나 다 알고 있었다. 이쪽에서 먼저 이야기를 꺼내야지, 그렇지 않으면 아무도 들먹이려고 하지 않는다." 결국 그의 손은 정확한 사건의 진상까지 미치지 못해서 그는 이런 말로 서두를 끝맺는다. "실제로 일어났던 일은 더 아름다웠을 것이다. 나는 그렇게 믿는다." 이 1인칭의 연대기 기자는 전통적인 3인칭 소설의 전지전능한 시점의 서술자와는 반대로, 이야기에 대해 완전한 정보를 보유하고 있지 않다.

서두의 연대기 기자는 이처럼 '시간적 거리'와 '증언에 의한 간접적 지식'이라는 두 가지 근본적 한계를 가진 서술자이다. 그러나 한 줄의 여백을 건너뛰고 본격적으로 1843년의 이야기가 시작되면, 이러한 서술자의 위상이 묘하게 변모되는 것처럼 보인다. 우선 1백 년이라는 시간적인 거리가 소멸되고, 연대기 기자는 현재와 과거라는 두 개의 시간을 자유롭게 넘나든다.

때때로 그는 이야기의 과거 시간과 서술 행위 당시 현재 시간의 차이를 강조한다.

> 아직까지는 여인숙이 잘 보였다. (벽에 휘발유 선전 간판이 있어서 오늘날 텍사코라 부르는 그 건물 말이다.)(13)
>
> 자, 이제 프레데릭에 대해 이야기해야 한다. 할아버지 프레데릭 말이다. 제재소는 프레데릭 1세 때 생겼고 프레데릭 2세와 3세를 거쳐 현재의 프레데릭 4세까지 이어져 내려왔으니까, 그를 프레데릭 2세라고 부르기로 하자.(25)

이 예문에서처럼 연대기 기자는 이야기에 등장하는 선조(프레데릭

2세)와, 자신과 동시대인인 후손(프레데릭 4세)을 대비시키며 과거와 현재를 구별하고 있다. 그러나 그는 '역사적 현재' 시제를 사용하여 느닷없이 1세기의 시간을 뛰어넘어 1843년에 자리하고, 마치 그 자신이 진행중인 사건의 와중에 있는 것처럼 이야기를 서술하기도 한다.

> 날짜는 확실하지 않지만, 하여간 15,16,17일 중 한날 저녁, 마리 샤조트를 더 이상은 볼 수 없게 되었다. (…) 그 다음날, 눈신을 신은 베르그가 펑펑 쏟아지는 눈을 헤치며 지나가는 것이 보인다.(14-15)

이렇게 1843년의 이야기 자체는 그 과거성을 상실하고 현재화되면서, 연대기 기자가 시간을 거슬러 올라가고 있는 것인지 혹은 이야기 자체가 현재화되어 현대 독자들의 시간과 동화되고 있는 것인지 모호해진다. 시간성을 상실하고 표류하던 시간은 결국 다음과 같은 현기증 나는 변환을 거쳐 무시간성의 극점인 영원에 이른다.

> 그렇다. 아이들과 남자들, 장정들이 많이 있어야 한다. 천장이 둥근 마구간에서, 완벽한 보호를 느낄 수 있는 동굴에서 살아야 한다. 튼튼하지 않고, 진지하지 않고, 1843년을 현대처럼 보이게 하는 저런 똑바른 벽이나 저 위처럼 각이 진 곳은 안 된다. 한편 바깥에는 이미 현대가 아니라 영원한 시간 속에 영원한 위협이 서성이고 있다.(23)

바로 이런 시간의 전복을 통해 연대기 기자는 근본적인 시간적 거리를 교묘히 극복한다. 그는 사건에 대해 후대에 살면서도 그 동시대성을 누리고 있는 것이며, 이야기를 직접 체험하지 않았으면서도 일종의 증인의 역할을 하고 있다.

장 지오노가 연대기 기자를 진짜 증인에 동화시키는 방법에는 **시간성의 전복** 외에도 **인칭대명사**의 특이한 사용이 있다. 이야기의 서두에서 연대기 기자는 1인칭, 즉 '나'를 사용하고 있다. "이제 시실리안에 V성을 가진 사람들이 남아 있는 것 같지는 않다[고 **나는** 믿는다]."(10) 또한 그는 '작가의 우리'라 부를 수 있는 '우리(nous)'를 사용하기도 한다. "방금 이야기했던 **우리** 시대에 사는 사람들은 모두 정직하며……."(16)

그러나 본격적인 이야기가 시작되자마자 그는 곧 또 다른 성격의 '우리(on/nous)' 속으로 함몰한다.

> 43년(물론 1800년대이다). 12월. (…) 그 모든 구름들이 **우리들** 머리 위에 쌓인 채 꼼짝달싹하지 않고 있다.(12-13)

여기서의 이야기하는 사람은 누구인가? 당대의 마을 사람들인가 아니면 연대기 기자인가? 다음과 같은 예문에서는 어떤가?

> 천사라는 단어는 안 나왔지만 그런 거나 마찬가지였다. 베르그가 (…) 빈손으로 돌아왔을 때, 어쨌든 악마 이야기가 나오기는 했다.(16) (**On** ne parla pas d'ange mais c'est tout juste. Quand Bergues (…) rentrèrent bredouilles, **on** parla de diable en tout cas.)[4]

이처럼 첫번째 이야기에 빈번히 등장하는 '우리'라는 인칭대명사의 지시대상은 모호하다. 독자는 다만 이 복수의 인칭대명사 속에는

---

4) Jean Giono, *Oeuvres romanesques complètes III*, Gallimard, 1974, 461쪽.

연대기 기자도 포함되어 있음을 감지할 뿐이다. 벤베니스트에 의하면 '우리(nous)' 라는 대명사는 사실 '나(je)' 와 '나 아닌 것(non-je)' 의 결합으로 이루어져 있는데, 다음과 같은 두 가지로 분석될 수 있다.[5]

포괄적 우리(nous inclusif)=나+당신

배제적 우리(nous exclusif)=나+그들

《권태로운 왕》에서 이야기 바깥 세계의 서술자인 연대기 기자는 바로 배제적 형태로서의 '우리=나(연대기 기자)+그들(마을 사람들)' 을 사용함으로써 사실상 '그들' 만의 이야기의 세계로 끼어든다. 하지만 연대기 기자는 다음 예문에서 '포괄적 우리' 까지 사용하고 있다.

> 그 다음에 우리(on)에게는 참 좋은 날씨가 계속되었다. 내가 '우리(on)' 라고 하는 것은, 이 모든 일이 1843년에 일어난 이상 나는 물론 거기 없었지만 그 진상을 조금이나마 알아내기 위해 하도 많이 조사를 다니고 한몫 끼다 보니 결국은 나까지도 그 사건의 일부분이 되어 버렸기 때문이다. 하여튼 당신들과 나, 우리들(vous et moi, nous)이 잘 알고 있는 그 풍요로운 가을이 왔다.(28)

예문에서 서술자는 어떻게 해서 '우리' 속에 '나' 가 포함될 수 있는지에 대해 설명한다. 이 '우리(on)' 는 우선 배제적 우리(연대기 기자+마을 사람들)이다. 그러나 마지막 구절 '당신들과 나, 우리들' 에서 새

---

5) 〈Structure des relations de personne dans le verbe〉, *Problèmes de linguistique générale II*, Gallimard, 1966, 233-235쪽 참조.

로운 우리, '포괄적 우리' 가 나타난다. 여기서 '당신들' 은 곧 이 소설을 읽고 있는 잠재적인 독자, 피서술자를 지칭한다. 연대기 기자는 '포괄적 우리' 를 사용함으로써 이번에는 독자들까지 이야기 세계로 끌어넣는다. 결국 '우리' 가 내포하는 인칭은 서술자의 1인칭, 피서술자의 2인칭, 그리고 마을 사람들의 3인칭 전체이다(on=moi+vous+ eux).[6] 결국 소설의 서술자 · 등장 인물 · 피서술자 모두가 이 '우리' 속에 용해되어 그 아름다운 가을을 감상하기에 이른다.[7]

이와 같이 하여 연대기 기자는 마침내 소설의 일부분이 되어 버리고, 옛날의 마을 사람들 사이로 숨어든다. 첫번째 이야기에서는, 두번째나 세번째 이야기에서처럼 사건을 목격한 증인을 직접 동원하지 않으면서 연대기 기자 자신이 그 겨울의 사건들에 대한 진짜 증인의 역할을 모방한다(simuler). 이런 유형의 서술자가 동종 서술자인지 이종 서술자인지의 문제는 매우 애매한데, 그것은 연대기 기자가 이종 이야기의 서술자처럼 보이지 않는 무명의 기록자도 아니고, 동종 이야기의 증인 서술자도 아니면서, 환상적인 증인으로서 둘 사이의 경계에 머물고 있기 때문이다. 주네트는 《새로운 서술의 담론》에서 바로 이 작품을 예로 들어 서술자로서 연대기 기자의 문제를 설명하고 있다.

> 동종 이야기/이종 이야기를 위해 [문법적 인칭에 의한 분류를] 버린다면, 혼합된 것이든 모호한 것이든 그 경계에 걸친 상황이 가능함을 인정

6) 프랑스어에 있어서 on은 사실상 그 지시대상이 매우 포괄적이다. 특히 구어체에서 많이 쓰이는 on은 상황에 따라 모든 인칭을 지시할 수 있다. 여기서의 on은 nous와 쉽게 교체되면서 혼용되어 쓰이고 있으므로 주로 '우리' 로 번역했다.

7) 이야기 외 층위에 속하는 연대기 기자나 독자가 작중 인물들의 이야기 세계로 함몰하는 이러한 기법은 이야기 층위 사이의 경계를 무너뜨리는 층위 허물기(métalepse)로 불린다. G. Genette, *Figures III*, 243-246쪽 참조.

하고 그 존재를 관찰해야만 한다. 그것은 (…) 당대의 연대기 기자의 상황으로, 언제나 참여의 경계에 있거나 최소한 그저 증인의 역할로 행위에 참여하는 경우이다. 또한 더 희귀하고 교묘한 경우이지만 후대의 역사가의 경우가 있는데, 《카라마조프의 형제들》의 서술자처럼 이야기하는 사건이 근방에서 일어났지만(지리적 근접성), 그가 태어나기 훨씬 전의 사건이며(시간적 거리), 단지 증언의 중계를 통해 알게 된 경우이다. 이것은 전형적으로 《권태로운 왕》의 제1서술자의 상황이다. (…) 동종 이야기/이종 이야기의 분명치 않은 경계선은 아마 이 두 가지 유형[당대의 연대기 기자/후대의 역사가]의 사이를 지날 것이다.[8)]

이처럼 모호하며 문제 제기적인 연대기 기자는 현재와 과거의 시간의 거리를 뛰어넘고, 인칭대명사의 지시대상을 모호하게 하는 방법으로 환상적인 증인의 지위를 확보한다.

지금까지의 이야기는 V씨로 인한 연쇄적인 실종 사건 때문에 마을 전체가 공포에 휩싸이는 이야기였다. 마을 사람 전체가 문제되는 이 이야기에서는 연대기 기자를 포함한 집단적인 '우리' 의 사용이 지배적이다. 그러나 첫번째 이야기의 마지막 부분은 프레데릭 2세의 개인적인 모험에 관한 에피소드이다.(45-65) 그는 우연히 너도밤나무 속 시체들을 발견하고 4시간 여에 걸쳐 V씨를 추적, 그가 시실리안이라는 먼 마을에 사는 평범한 부르주아라는 사실을 알아낸 후 마을로 돌아와 랑글루아에게 이 사실을 보고한다. 랑글루아는 추적대를 조직하여 프레데릭과 함께 시실리안으로 가는데, V씨와의 독대 후에 그를

8) *Nouveau discours du récit*, Seuil, 1983, 71쪽.

체포하는 대신 눈밭 위 너도밤나무에 기대서 있는 그를 권총 두 발로 쏘아 죽인다.

이 이야기는 일견 이 에피소드의 주인공이라 할 수 있는 프레데릭의 시점으로 그려져 있어서, 독자는 이 극적인 사건의 전개 과정 하나하나를 프레데릭과 동시에 경험할 수 있다. 여기서 그 숨막히는 서스펜스의 효과가 나온다. 이 에피소드에서 시점은 통일되어 있으나 서술자는 그렇지 않다. 그것은 첫번째 이야기의 서술을 담당하던 연대기 기자와 프레데릭 사이의 서술 릴레이가 아주 교묘하게 이루어지고 있기 때문이다. 등장 인물에 불과하던 프레데릭이 어떻게 해서 서술자로 나서는지 그 과정을 세세히 지켜보기로 하자.

이 에피소드는 우선 연대기 기자의 서술과 묘사로 시작된다. 2월 어느 날, 프레데릭은 새벽에 일어나 커피를 끓이면서 혼자만의 오붓한 시간을 갖는다. 등장 인물인 프레데릭은 3인칭으로 지칭되어 있으며, 그의 내적인 생각들은 서술자에 의해 분석되어 있다.

> 프레데릭 2세는 세상 만금을 다 준다 해도 매일 아침의 이 자유로운 두 시간과 바꾸지 않을 터였다. 그는 젊은 시절을 회상했다. 처자식이 없다면 할 수 있을 모든 일을 꿈꾸었다.(45)

이 구절은 '서술화된 화법(discours narrativisé),' 즉 서술자가 나름대로 인물의 생각을 서술한 담화로 이루어져 있다. 발화된 것이든 생각 속에 머무는 내적인 것이든, 인물의 담화를 표현하는 데 있어 '서술화된 화법' 은 인물의 실제 담화와 가장 거리가 멀고 가장 축소된 형태이다. 그러나 에피소드가 진행됨에 따라 인물의 내적인 생각들은 서술자에 의해 분석되는 대신 직접 인용되기 시작한다. 프레데릭의 내적인 담화는 '인용된 화법(discours rapporté),' 즉 인물의 생각을 문자 그대로 보고한 담화로 인용되어 직접화법으로 나타난다.[9]

> "저 위에서 대체 무슨 짓을 하고 있었던 거지?" 하고 프레데릭 2세는 중얼거렸다. (…) "아이구, 이게 뭐지? 수상한 녀석인데? 올라가 봐야겠다" 하고 중얼거리며 프레데릭 2세는 올라가기 시작했다.(48)
>
> 그러나 그는 소리질렀다. "도로테다! 죽은 도로테야!"(49)

아직까지는 주서술자가 연대기 기자이지만, 프레데릭의 담화들이 직접화법으로 인용되기 시작하면서 서술에서 이 인물의 담화 몫이 점점 커진다. 연대기 기자는 또 에피소드의 모든 사건이 끝난 후 마을로 돌아간 프레데릭이 마을 사람들을 앞에 놓고 해줄 이야기를 상상하면서, 프레데릭의 미래의 서술을 현재 진행중인 이야기 속에 삽입시킨다. 이 서술은 주서술자의 서술과 구별되기 위해 괄호 속에 들어 있다.

> (나중에 그는 말할 것이다. "그를 놓칠까 봐 두려웠어.") 사실 이제 그는 거기까지 자신을 이끌었던 이유와는 또 다른 이유로 그 발자국에 집착하고 있었다.(52)
>
> (프레데릭 2세는 말할 것이다. "내가 이내 생각한 것은……" 그는 자기가 생각한 것에 대해 실상 말하지 않을 것이다. 왜냐하면 여기서 그는 거의 늑대로 변해 버린 여우의 탈을 벗어야 했기 때문이다.)(55)

---

9) '서술화된 화법' '인용된 화법' 등 인물의 담화에 대해서는 G. Genette, *Figures III*, 189-194쪽, *Nouveau discours du récit*, 39-43쪽, 그리고 보다 깊이 있는 분석으로는 D. Cohn, *La Transparence intérieure*, Seuil, 1981 참조.

이와 같이 추적 이야기 속에는 서술자의 서술과 프레데릭의 미래 서술이 나란히 등장한다. 여기서 인칭을 살펴보면 서술자의 서술 속에서는 3인칭으로 지칭되어 있는 프레데릭이, 미래의 서술에 삽입된 직접 화법의 담화 속에서는 당연히 1인칭으로 지칭되어 있다. 이러한 중간 단계를 거쳐 어느 순간 독자도 눈치채지 못하고 있는 사이, 이야기의 서술자가 연대기 기자에서 프레데릭으로 교체되고, 3인칭 서술에서 (프레데릭의) 1인칭 서술로 변환된다. 그 변환의 순간은 다음과 같다.

> **그[프레데릭]는** 털모자를 마다하고 귀밑까지 베레모를 눌러 썼다. (그는 말하리라. "……" 그는 이 시간에 금빛 촛대 아래서 4수짜리 담배를 피우고 있을 V씨를 상상했다.) (59)
>
> 그리고 나서 그[랑글루아]는 **우리들**[프레데릭+병사들]에게 말한다. "줄줄이 우로 가!" 그러자 우리는 아까 그 거리로 들어간다(라고 프레데릭 2세는 말할 것이다). 길목에서 그는 **나[프레데릭]에게** 읍사무소가 어딘지 묻는다.(60)
>
> **나는** 랑글루아에게 말한다. "왜 안 들어가는 겁니까? 이쪽은 네 사람이나 되는데?"(61)

이 1인칭 서술은 여기서부터 첫번째 이야기의 끝까지, 랑글루아와 함께 시실리안에 다시 간 후에 일어난 사건을 다루는 데 사용되고 있다.(60-65) 그때까지 괄호 속에 들어 있던 프레데릭의 (미래의) 서술이 괄호 안에서 빠져나와 지금까지 연대기 기자가 담당했던 이야기의 주서술을 담당한다. 재미있는 것은 주객이 전도되어 이제 괄호 속으로 들어가는 것이 연대기 기자의 서술이라는 사실이다. "나는 소리를 지르거나 총을 쏘거나(프레데릭 2세는 이 말을 할 때 자신에게는 무기가 없었다는 사실을 깜박하고 있었다), 뒤따라가고 싶은 생각이 전혀 없었다."(63) 프레데릭은 이렇게 하여 잠시나마 공식적인 서술자로서 목소리를 낸다.

지오노는 이 에피소드에서 서술자와 인물의 두 개의 목소리가 혼합될 수 있는 모든 가능성을 실험하는 듯하다. 서술자에 의해 서술화된 담화, 인물의 직접화법 담화, 괄호 속에 들어간 인물의 서술, 마침내는 인물이 서술 자체를 담당하나 이번에는 서술자의 서술이 괄호 안에 남아 사라지지 않고…… 3인칭 서술이 1인칭 서술로 변환되는 과정에서 지오노가 얼마나 정교한 장치들을 사용했는지 알 수 있는 대목이다. 이러한 단계적인 인칭 변환의 이유는 물론 연대기 기자보다 더욱 직접적인 증인, V씨를 처형하는 과정을 직접 목격한 프레데릭을 서술자로 끌어들이는 데 있다.

연대기 기자의 서술에서 증인-인물의 서술로 교묘히 변환시키는 과정에 성공한 지오노는 두번째 이야기에서 환상적인 증인이 아니라 진짜 증인인 마을 노인들로 하여금 이야기 전체를 담당하게 한다.

2. 노인들의 메아리—두번째 이야기

V씨의 이야기가 끝나고 랑글루아가 본격적으로 주인공으로 등장하는 두번째 이야기는, 마을 노인들이 연대기 기자에게 들려 준 이야기 그대로가 전사된 것이다. 연대기 기자는 다음과 같이 서술자의 교체를 명백히 알린다.

그후 나는 그 랑글루아에 대한 오랜 메아리를 들었다. 지금으로부터

30여 년 전의 어느 한때, 보리수나무 아래 돌 벤치에는 영감들이 가득 앉아 있었다. 그들은 제대로 늙는 법을 아는 사람들이었다. 다음은 그들이 나에게 들려 준 이야기로, 어떤 때는 이 사람이, 다른 때는 저 사람이 이야기를 맡았다.(65)

'이야기 층위'에 위치한 두번째 이야기에서 이 노인들은 '집단적 증인'의 위상을 가진 동종 서술자이다. 산촌 전체가 참여한 기념비적 사건인 늑대 사냥의 이야기를 위해서는 집단적 증언의 형태를 빌린 서술이 보다 유리하기 때문이다.

새벽 6시부터 우리 모두는 학교에 모였다. 80명의 아버지 · 아들 · 할아버지들이었다.(88-89)

우리의 랑글루아가 우리들의 이름을 잊어버렸을까? 아! 그럴 리가 있나! (우리들이 눈동자처럼 소중히 여기는) 우리들의 이름과 친척 관계가 그의 손바닥 안에 있었다.(89)

마을을 위기에서 구한 랑글루아에 대한 마을 사람 전체의 흠모와 존경을 잘 나타내기 위해서도 집단적 서술자의 서술은 유용하다. 고대 비극의 합창대(choeur)와 유사한 노인들의 집단적 서술에서는 위 예문에서와 같이 주로 우리(on/nous)라는 인칭대명사가 사용된다.

그러나 노인들 개개인이 용해되어 있는 이러한 집단적 대명사 속에서 그 지시대상을 꼭 집어 알아낼 수 없는 '나'의 존재가 때때로 부상한다. 이 '나'는 '어떤 때는 이 사람이, 다른 때는 저 사람이' 이야기를 들려 주었다는 연대기 기자의 말처럼, 이름 없는 노인의 집단 속에서 솟아오른 어느 불특정 노인을 지시한다. '우리'의 그룹 내부에서

'나' 는 그 어느 누구도 될 수 있기에, 서술의 순간 이야기의 주도권을 잡은 어느 노인이 바로 '나' 가 된다.

> 내가 이미 말한 것처럼 사람들은 이런 호의를 사람에게 나타낼 기회를 빼앗기자 대신 말에게 표현했다.(69)

문제는 이 '나' 가 지시하는 대상이 단지 노인들 중 어느 한 명이 아니고, 연대기 기자가 될 수도 있다는 데 있다. 예를 들어 연대기 기자가 서술을 담당한 첫번째 이야기를 회상하는 경우, 그 '나' 는 명백히 연대기 기자를 지칭한다. "우리는 **내가 전에 한번 말했던** 성당에서 성물을 관리하는 수녀 마르튼으로부터 이야기를 들었다."(72) 또한 다음의 예처럼 서술의 어조나 교양으로 보아 촌부가 아니라 연대기 기자의 개입으로 돌릴 수밖에 없는 경우도 있다. " '진짜예요, 사령관님' 하고 그녀는 대답했다. 랑글루아는 이 호칭에 질겁을 한 것 같았다(그녀는 할망구 나름으로 애교를 떤 것이었다)."(74) 이처럼 두번째 이야기의 '나' 의 성격은 불투명하고 모호하다. '나' 의 지시대상은 노인 중의 불특정한 한 사람과 연대기 기자 사이에서 표류한다.

또한 두번째 이야기의 뒷부분, 즉 본격적인 늑대 사냥의 이야기는 노인들의 집단적 서술이 아니라 특정한 한 노인의 서술로 되어 있다.(94-107) 역시 '나' 를 사용하는 이 무명의 노인은 첫번째 이야기의 프레데릭 2세와 마찬가지로 특별한 증인이다. 그 이유는 그가 늑대의 발자국을 발견하는 첫번째 그룹에 속해 있고, 늑대의 사냥과 처형 과정을 가까이 목격한 증인이기도 하지만, 날카로운 의식과 훌륭한 통찰력을 지닌 관찰자이기도 하기 때문이다.

그 연로한 나이에도 불구하고, 그 눈에 담겨 있는 그 **도서관**에도 불구하고, 그날 저녁 나는 그의 눈에서 사람들이 말하던 그 형안…… 그리고 슬픔을 보았다.(93)

나는 어디에 있는 걸까? 무슨 일이 일어난 거지? 무척이나 묘한 아침이었다. 우리 모두는 한두 번쯤 고독의 심연에 맞닥뜨린 적이 있다.(94)

횃불로 휘황한 한밤중의 늑대 사냥 이야기는 이와 같이 '나'를 사용하는 한 특정한 노인에 의해 서술된다. 지금까지 살펴본 것처럼 두번째 이야기는 '우리'의 사용과 함께 '우리'에서 떨어져 나온 '나'라는 인칭대명사의 복잡한 사용이 특징이다. 이 1인칭 대명사는 연대기 기자도 될 수 있고, 노인들 중 아무나 또는 한 특정한 증인이 될 수도 있다.

지오노는 이와 같이 언어학에서 지시소(déictique)인 '나'가 가지고 있는 모든 모호성을 이용하여 서술의 다양성을 도모한다. 일반적인 대화에서는 "'나'가 되기 위해서는 말을 함으로써 충분하다."[10] 화자와 청자가 상호 대면하고 있는 직접적인 언술 행위(énonciation)가 아니라 지연된 언술 행위인 문학에 있어서, 작가는 어떤 상상적 언술 상황 속에서 이야기하고 있는 그 어느 누구도 '나'로 지칭할 수 있다. 그러나 그 언술 상황 속에 참여할 수 없고 나중에야 텍스트를 읽게 되는 독자에게, 각각의 '나'는 그 대상에 대한 충분한 지표(예를 들어 '나'의 이름을 밝힌다든가 객관적 묘사로 그 신원을 명확히 한다든가)가 없는 경우에는 지시적으로 텅 비어 있는 기호이다. 지오노는 이렇게 1인칭 대명사의 지시소적 성질을 이용하여 두번째 이야기의 서술자의 정체를

10) D. Maingueneau, *Eléments de linguistique pour le texte littéraire*, Bordas, 1986, 6쪽.

극도로 모호한 것으로 만든 것이다. 마지막으로 세번째 이야기를 살펴보자.

3. 최후의 증인—세번째 이야기

세번째 이야기는 마을 사람들 중 랑글루아와 가장 가까웠던 소시스의 이야기이다. 그녀는 '이야기 내 층위'의 서술자로서, 1인칭을 사용하는 동종 이야기의 증인 서술자이다. 전직 창녀였던 그녀는 그르노블에서 문제의 벽촌으로 '은퇴,' 주막과 여관을 운영하고 있었다. 그녀는 랑글루아의 하숙집 주인으로서 그의 가장 친근한 벗이 되고, 그의 길고 짧은 여행의 동반자가 된다. 다음은 소시스와 랑글루아의 대화 한토막.

> '길주막'은 겨울에는 한가했다. (…) 소시스는 랑글루아 곁에 앉아 세상 돌아가는 이야기를 하곤 했다.
>
> "당신이라면 죽은 사람을 가지고 무얼 하겠소?" 하고 랑글루아는 물었다.
>
> "아무것도 안 해" 하고 소시스는 대답했다.
>
> "당연히 그렇지."(40)

첫번째 이야기와 두번째 이야기에서 중요 인물로 등장하던 소시스가 세번째 이야기의 서술자가 되리라는 사실은 두번째 이야기에서 미리 예고된다.

> 사실 어떤 시기에 이르러, 그러니까 당신에게 하고 있는 이 이야기의 비극적 종말이 있은 후 소시스란 별명의 이 여인은 더 이상 슬픔을 감당하지 못하고, 마음의 짐을 덜고 회생하기 위해 엄청나게 많은 이야기를 털어 놓기에 이르렀다. 그녀는 랑글루아에 대해 이야기했다. 우리가 요즘 랑글루아 이야기를 할 때면 늘 가지기 마련인 그런 어조로.(76-77)

두번째 이야기에서 서술자는 소시스의 훗날의 증언을 은연중 인용하기도 한다. "검사가 방문한 것은 대장도 사령관도 아니었다. (소시스에 의하면) 그는 절친한 친구, 모든 것을 받아 주는 친구를 방문했다는 인상을 주었다."(77) 첫번째 이야기에서 연대기 기자가 프레데릭의 미래의 서술을 괄호 안에 넣어 인용하던 것처럼, 두번째 이야기의 서술자도 소시스의 미래의 서술을 암시하면서 같은 방식을 통해 자신이 가진 정보의 출처를 밝히고 있다. 이와 같이 이 소설은 현재의 서술자가 다음에 등장할 서술자를 미리 예고하면서 서술자들의 목소리가 혼성을 이루는 재미있는 방식을 사용한다.

세번째 이야기의 서두 역시 노인들의 목소리와 소시스의 목소리가 혼성을 이루면서 단계적으로 서술자의 교체가 이루어지고 있다. 처음에는 노인들의 이야기 사이에 소시스의 목소리가 직접화법으로 끼어들기 시작한다.

> "아니, 천만에. 애쓰지들 말아요! 제발 입 좀 다물어요" 하고 어느 날 소시스는 외쳤다! 먼 훗날, 아주 먼 훗날, 그로부터 적어도 20년의 세월이 흐른 후에.(107)

노인들의 서술이 계속되는 동안에도 소시스의 목소리는 이따금 끼어들면서 후렴처럼 되풀이된다. "'입 좀 닥치라니까요!' 하고 소시스는 소리를 질렀다."(113) "입 좀 닥쳐요!"(114)

노인들의 독점적인 서술 속에 소시스의 목소리가 간헐적으로 개입되는 단계를 거쳐, 노인들과 소시스 사이에 본격적으로 대화가 시작된다.

> "그리고 소시스, 그때부터 당신은 몇 번이나 그 예쁜 옷을 입었소?(…)"
>
> "공연히 일을 어렵게 생각하지 말아요(…)."
>
> "그런데 왜 갑자기 늑대 사냥 이후에 그렇게 된 거요?"(114-115)

노인들의 질문에 대한 소시스의 대답이라는 형식은 점진적으로 본격적인 서술로 발전하고, 이와 비례하여 노인들의 개입이 점점 줄어들게 된다. 대화는 결국 소시스 혼자만의 모놀로그로 정착되고, 소시스는 결국 서술자의 임무를 맡게 된다.

세번째 이야기에서는 새로운 단락이 시작될 때마다 대화를 표시하는 따옴표(프랑스어 문장에서는 인용 부호《 》)가 나타난다. 이야기 내 층위의 세번째 이야기는 그래서 두번째 이야기에 삽입된 직접화법의 기나긴 인용이 된다. 세번째 이야기는 발화되고 청취된 그대로 소시스의 구두 이야기를 성실하게 재현한 것이며, 노인들이나 연대기 기자의 개입이 거의 없기 때문에 발화의 측면에서 가장 동질적인 이야기가 된다.

소시스의 세번째 이야기의 끝부분에 이르면 두번째 이야기의 노인 서술자가 다시 등장, 세번째 이야기를 감싼다.(181-184) "우리는, 아.

그 시절을 잘 기억하고 있다."(181) 그들은 랑글루아의 최후를 회상하며 다시 한 번 다른 증인에게서 이야기를 듣는다. 이 증인의 이름은 앙셀미로, 랑글루아가 자살하던 날 오후 그에게 거위의 목을 따준 여자이다.

> 그 일이 있었던 다음날, 앙셀미네 집으로 몰려간 사람은 50명도 넘었고, 온종일 장사진을 쳤다. 사람들은 물었다. "그러지 말고 얘기해 봐요. 그가 뭐라고 하던가요? 무엇을 했소?" "그가 왔어요" 하고 그녀는 대답했다.(181)

앙셀미의 이야기가 끝나면 마지막으로, 첫번째 이야기의 연대기 기자가 재등장한다. 랑글루아의 비극적 최후를 이야기하고, 파스칼의 인용으로 소설을 끝맺는 서술자는 바로 최초의 서술자였던 연대기 기자이다.(184) 파스칼을 인용한 것은 더욱 직접적이고, 더욱 통찰력 있는 증인에게로 서술을 릴레이해 주는 경향이 반영된 것이었을까? 이 소설의 전반적 의미에 관한 열쇠는 바로 이 파스칼의 인용문이 쥐고 있다. 권태와 기분 전환의 변증법이라는 주제를 소급적으로 드러내 주는 것이 바로 이 인용문이기 때문이다. 두번째 이야기 역시 이렇게 첫번째 이야기로 완벽하게 감싸진다. 또 소설 전체도 소설의 제목과 최후에 있는 구절의 '기분 전환'이란 핵심어로 다시 한 번 감싸진다…….《권태로운 왕》은 이렇게 완벽한 세 겹 액자 소설의 구조를 보여 주고 있다.

여기서 다시 한 번 세 이야기의 서술자를 정리해 보면, 전체적으로 연대기 기자-노인-소시스-노인-연대기 기자의 흐름으로 서술자가 교체되고 있음을 알 수 있다. 그러나 좀더 자세히 들여다보면 각 이야기 안에서도 집단적 증인에서 개별적 증인으로, 일반적 증인에서 좀더 특별한 증인으로 서술자가 교체되고 있다. 즉

첫번째 이야기 연대기 기자-프레데릭

두번째 이야기 노인들-한 노인

세번째 이야기 소시스

두번째 이야기 노인들-앙셀미

첫번째 이야기 연대기 기자-(파스칼)

여기서 재차 강조되어야 할 점은 실제 소설 속에서는 위 도표에서처럼 기계적인 교체가 이루어지는 것이 아니며, 각 서술자들 사이의 서술 경계가 뚜렷하지 않음은 물론, 여러 서술자들의 목소리의 혼성이 오히려 이 소설의 특징이라는 것이다.

《권태로운 왕》에는 세 층위의 이야기에 걸쳐 다수의 서술자가 등장한다. 이 서술자들의 위상은 대체로 동종 이야기의 증인 서술자이다. 여기서는 지오노가 이 소설에서 한 사람의 서술자가 아니라 다수의 서술자, 그것도 다양한 증인들의 교체 방식을 서술기법으로 택한 이유에 대해 생각해 보자. 이러한 질문은 자연스럽게 그 반대 상황을 상상하게 하는데, 첫번째로 이야기에 대해 전지전능한 지식을 가진 발자크식의 이종 서술자를 가정해 볼 수 있다. 이런 서술자는 이 소설의 매력인, 추측과 암시 속에서 전개되는 추리 소설적 분위기를 반감했을 것이다. 두번째로 랑글루아 자신이 서술자로 등장하여 이야기를 회상하는 형식, 즉 자전적 서술자의 형식도 가능했겠다. 이러한 소설은 랑글루아의 내면을 묘사하는 정치한 심리분석 소설이 될 수 있었을지 모르

나, 역시 풀리지 않는 수수께끼의 서스펜스는 유지되지 못했을 것이다.

반면 여러 증인 서술자를 내세운 이 소설은 하나의 공백, 랑글루아의 존재를 부각시킨다. 소설의 주인공인 랑글루아는 단 한번도 서술자로 등장하는 법이 없으며, 그를 대신하여 랑글루아를 지켜본 많은 사람들이 그에 대해 증언하러 온다. 증인들이 교체됨에 따라 점점 더 랑글루아와 심리적 · 시간적으로 가까웠던 증인들이 등장하지만, 그들이 가진 정보는 언제나 부분적이고 불완전하다. 증인들은 진실을 스쳐 지나갈 뿐 완전한 진실에는 도달하지 못한다……. 사실상 현실 세계에서 일어나는 모든 일도 그렇다. 랑글루아는 이렇게 감히 내면 세계에 침투할 수 없는 신비에 싸인 존재가 된다. 비밀의 열쇠를 쥐고 있는 랑글루아의 자화상은 그려지지 못한 채, 끝내 침묵을 선택하는 그의 자살 위로 소설이 무겁게 닫혀지는 것이다.

《권태로운 왕》이 소설기법상 가장 현대적이고 혁신적인 점은 역시 그 난해한 인칭대명사의 사용에 있다. 지오노는 지칭대상이 불확실한 '우리'와 '나'를 이용, 서술의 주체를 모호하게 하는 방법으로 서술자의 정체를 흐린다. 연대기 기자는 이 모호한 '우리'의 일부가 되어 옛날 이야기 속으로 잠입한다. 소설 속에 무수히 등장하는 '나'들은 그때 그때 서술의 주도권을 잡은 불특정한 어떤 이이다. 마을 사람도 될 수 있고 연대기 기자도 될 수 있으며 때로는 그 속에 복화술사인 지오노도 숨어 들어간다. 《권태로운 왕》은 롤랑 바르트가 이야기하는 것처럼, 언술 행위의 기원(origine de l'énonciation)이 불확실한 그런 소설이다.

현대의 텍스트에 있어서 목소리들은 그 기원을 알아내기를 거부할 정도의 기법을 사용하고 있다. 담론, 아니 언어가 말하고 있을 뿐이다. 그 반대로 고전적 소설에 있어서는, 언표들의 대부분은 그 기원이 밝혀져 있어서 그 목소리의 아버지와 주인을 알아낼 수 있다.[11]

《권태로운 왕》은 진원을 알 수 없는 수많은 목소리가 명멸하면서 혼성을 이루지만, 끝내는 침묵으로 막이 내리는 소설이다. 이름과 신분이 확실한 '등장 인물' 대신 모호한 문법적 '인칭대명사'를 소설의 주체로 내세우는 방법은 프랑스에서 1950-60년대에 개화한 누보로망에서 주창된 기법이다.[12] 1947년에 발표된 지오노의 이 작품은 누보로망에 한발 앞서 현대 소설의 새로운 기법을 예고한 것이다.

---

11) *S/Z*, Seuil, 1970, 48쪽.

12) R. Ouellet, *Le Nouveau roman et les critiques de notre temps*, Garnier, 1972, 11쪽.

제III부

《지붕 위의 기병》

제5장

《지붕 위의 기병》

장 지오노

1895년 프랑스에서 영화와 같은 해에 탄생한 장 지오노는 살아 있다면 1995년에는 꼭 1백 살이 된다. '20세기의 가장 위대한 작가(르 클레지오),' '프랑스와도 바꿀 수 없는 작가(헨리 밀러),' '우리 세대의 가장 훌륭한 작가(앙드레 말로)' 등의 칭송을 들으며 영미권은 물론 전 세계적으로 열렬한 독자를 가지고 있는 지오노의 소설이 이제야 우리나라에 소개되기 시작했다는 사실은 참으로 유감스러운 동시에 다행한 일이 아닐 수 없다. 오해와 오명에 시달리던 이 작가가 가장 깊은 절망의 늪에 빠져 있을 때 현실을 잊게 해주는 동반자가 된 인물이 바로 흑마 위의 기사 앙젤로였고, 동시대인들의 불신을 일시에 씻으며 소설가로서 최고의 위치를 회복시켜 준 작품이 바로 이 《지붕 위의 기병》(1951)이었다. 이 작품은 출간된 지 50여 년이 지난 오늘에도 프랑스에서 꾸준히 사랑을 받으며 지오노의 대표작으로 자리매김되고 있다.

지붕 위의 기병

1832년 여름. 프랑스로 피신중인 이탈리아의 귀족 앙젤로는——젊고, 순수하고, 아름답고, 낭만적이며 기사도적인 영혼에, 멜랑콜리하지만 열광적이고, 행복을 느낄 줄 아는——프로방스에 창궐한 콜레라와 맞닥뜨린다. 사방에 흩뿌려진 푸르죽죽한 얼굴의 시체들, 이 시체를 태우는 '갈비 냄새' 나는 연기, 산 사람에게까지 달려드는 식인귀 같은 까마귀떼……. 이 아비규환의 와중에 앙젤로는 최후까지 죽어 가는 사람을 돌보는 헌신적인 의사와, 그 시체를 씻어 부활의 날을 대비해 주는 할머니 수녀를 만난다. 그는 이타주의의 스승인 그들의 뒤를 따라 힘이 다할 때까지 환자를 비벼 주고, 시체를 씻어 거둔다. 그러나 앙젤로는 샘에 독을 타는 자로 오인되고, 군중들의 린치를 피해 도시의 지붕 위로 올라간다. 마노스크의 뜨거운 지붕 위에서 숨어 지내다 갈증과 허기에 지쳐 내려간 어느 귀족의 저택에서, 그는 한 신비스런 여인을 만나 차 대접을 받는다. 그녀, 폴린 드 테위스는 검정머리에 초록빛 눈을 가진 씩씩하고 아름다운 여인이다. 그후 앙젤로와 폴린은 콜레라의 격류를 헤치며 함께 길을 떠난다. 기병대를 만나고, 격리 병사에 갇혔다 탈출하고, 강도와 싸우는, 그 1주일간의 모험중에 싹트는 그들의 순수한 사랑……. 앙젤로는 '행복의 절정'에 도달한다.

기 병

제2차 세계대전 후의 암울한 나날, 마르세유의 음침한 담장을 따라 걷던 지오노의 뇌리 속에 떠오른 매혹적인 이 인물은 긴칼을 신처럼 다루고 작은 여송연을 애호하는, '흑마 위에 황금빛 이삭처럼 빛나는 기사' 앙젤로였다. 19세기 사르데뉴 왕의 경기병 소속 대령, 공작 부인의 사생아, 이탈리아에서 혁명을 주도했던 비밀 결사 '카르보나로'

당원, 오스트리아의 스파이 슈바르츠 남작을 결투 끝에 죽이고 프랑스로 망명한다는 가장 로마네스크하게 설정된 이 인물은, 두 사람의 인물로부터 탄생했다. 그 한 명은 지오노의 친할아버지인 장 밥티스트 지오노로서, 피에몬테에서 1832년의 카르보나로 혁명에 참여했고, 알제리에서 콜레라 환자들을 간호하는 '까마귀'로 헌신했으며, 후에 프로방스 지방으로 건너와 정착했다. 지오노는 한 인터뷰에서 《지붕 위의 기병》에서 되찾고 싶었던 인물은 바로 이 전설적인 할아버지였다고 말한다.

앙젤로를 탄생시킨 또 한 명의 인물은 스탕달의 소설 《파름의 수도원》의 주인공, 파브리스 델 동고이다. 19세기 이탈리아 · 경기병 · 귀족 · 사생아, 자신이 몸담고 있는 비천한 사회에 살기에는 너무도 숭고한 영혼, 기사의 모범 아리오스트에 대한 숭배 등을 두 사람은 공유하고 있다. 지오노는 제1차 세계대전 참전 당시 이 책만을 유일하게 군낭 속에 넣고 다녔다고 한다. "제가 전장에 가지고 간 것은 탄약통이라기보다는《파름의 수도원》이었지요."[1] 스탕달을 사랑하는 독자들은 이 소설에 투명하게 비쳐 보이는 스탕달의 흔적, 팔랭프세스트(palimpseste)를 찾아보는 그림자놀이를 하면서 독서의 흥미를 배가할 수 있을 것이다.

지 붕

지오노가 평생 동안 떠나지 않았던 고향 마노스크를 굽어보는 언덕 중턱에 위치한 그의 집 '파라이스' 2층의 서재에서는 도시의 지붕들이

---

1) *Entretiens avec Jean Amrouche*, Gallimard, 1990, 294쪽.

내려다보인다. 프로방스의 전형적인 장밋빛 기와들, 부챗살처럼 나란히 퍼진 가지런한 지붕들을 바라보며 지오노는 지붕 위를 방황하는 그의 흑기사를 꿈꾸었으리라. 지오노는 이 소설에 대해 우선《피에몬테의 기병》이라는 평범한 제목을 생각했으나《지붕 위의 기병》이라는, 보다 궁금증을 불러일으키는 조금은 낯설고 조금은 유머러스한 제목 쪽으로 마음을 굳히게 된다. 린치를 피해 지붕으로 숨어든 앙젤로는 그곳에서 마노스크에서 일어나는 사건들을 거리를 두고 관찰할 수 있게 된다. 거기서 그가 본 것은 그 자신의 운명이 될 뻔했던, 집단 폭행당하며 짓밟혀 죽는 사람, 교회 광장에서 급사하는 사람들, 죽어 가는 사람을 내던져 버리는 가족들, 버려진 송장을 끊임없이 나르는 짐수레, 그 속에 실린 시체와 같은 종말을 맞는 '까마귀' 들, 하늘에서 존재하지도 않는 말을 가리키며 집단 환각에 빠지는 아낙네 등 공포와 이기주의에 사로잡힌 뒤집혀진 세계이다. 외적 재앙으로 사회가 허물어지면 그 사회의 구성원들은 가면과 위선을 벗고 진정한 모습을 드러낸다.

지오노 말대로 콜레라는, "인간을 일상 생활의 상황에서 드러나는 대로가 아니라 실제 모습 그대로 보여 주는 일종의 돋보기, 확대경"이다.[2] 범인들이 쉽게 빠지는 비천함과 욕심, 이기주의에 비해 숭고하고 관대한 영혼을 가진 앙젤로는 자기 자신 속에서 최소한의 이기심의 흔적을 잡아내고 끊임없이 반성하는 자의식이 강한 인물이다. 그의 이상은 타인에게 관대하되, 그 이타적 행위가 결국 스스로에 대한 만족과 오만으로 떨어지지 않게 하는 데 있다. 땅바닥에 엎드려 죽어 가는 인간들과 섞이지 않고, 앙젤로가 자유롭게 항해하는 지붕의 바다는 그의 이상과 고귀함을 공간적으로 상징화한 것이기도 하다.

---

2) Pierre Citron, *Giono*, Seuil, 1990, 399쪽.

콜레라

제2차 세계대전 직후, 알베르 카뮈는 《페스트》를, 지오노는 콜레라를 배경으로 하는 소설을 발표한 것은 우연이 아니다. 카뮈는 페스트를 통해 전쟁과 세계의 부조리를 고발하고, 묵묵히 일하는 의사 리외를 통해 그 부조리에 반항하는 인간의 연대 의식을 주창한다. 지오노에게 있어서도 콜레라는 인간이 그 앞에서 무력한 전쟁을 상징한다. 또한 아직도 그의 뇌리에 생생하게 남아 있는 제1차 세계대전의 끔찍한 기억들이 이 작품 속에 투영되어 있다. (그는 수년간 전선에서 보병으로 지내며, 유명한 베르당 전투에 참여했고, 옆에서 전우들이 죽어 가는 것을 보았다.) 그는 이 소설에서 콜레라와 전쟁, 혁명을 같은 카테고리에 넣는다. "이 말은 콜레라도, 전쟁도, 우리의 혁명조차도 무너뜨릴 수 없는 (…) 그의 단순성의 증거이다."

그러나 지오노의 콜레라는 보다 정신적이며 심리적인 차원에서 해석될 수 있다. 앙젤로는 생각한다. "사람들은 정말로 불행하다. 모든 아름다움은 그들이 없는 곳에서 이루어진다. 콜레라와 명령은 그들의 산물이다. 그들은 질투로 거품 물거나 권태로 죽어 간다." 여행중에 만나는 마르세유의 클라리넷 연주자도 이 생각을 확인시켜 준다. "그는 콜레라를 스스로 지어낼 수 있음을 깨달았다. 그것이 그가 하고 있던 일이었다." 최종적으로 이런 해석을 승인해 주는 것은 물론 제13장에서 만나는 독창적인 늙은 의사다. "(콜레라 환자가) 선택을 한다면, 그것은 전후 사정을 다 알고서이다." 이 해석에 따르면 콜레라는 세계의 부조리나 어쩔 수 없는 외적인 힘에 의한 질병이 아니라, 환자 스스로 (그야말로 사르트르적으로) '선택'하는 하나의 유혹이다. 보메이의 탑 꼭대기에서 모든 것을 포기하며 창문에서 떨어지고 싶은 유혹, '멜랑콜리의 유혹'에 폴린이 잠시 빠지는 것처럼, 콜레라 환자는 권태로운, 시간에 종속된 일상의 고리를 끊는, 강렬한 한순간의 죽음에의 유혹을 스스로 선택하는 것이다.

일단 선택이 이루어지면 '참을성 없는' 콜레라 환자는 죽음이 그의 눈앞에 펼쳐 보이는 불꽃놀이와 화산 폭발의 기가 막힌 장면을 끝까지 따라가고 싶은 호기심에 몸을 맡긴다. 이런 호기심은 앎에의 의지, 곧 오만으로 연결되고("그는 오만으로 죽는다. (…) 그는 그의 생각을 따른다"), 창세기에 의하면(이브의 호기심) 이는 곧 죽음으로 연결된다. 그래서 콜레라에 대한 유일한 치유법은 "죽음보다 더 강하거나, 더 아름답거나, 더 매혹적인" 그 무엇이다. 그것은 과연 무엇일까?

사 랑

앙젤로는 '작은 프랑스인'과 함께 혹은 혼자서, 기셉과 다른 사람들의 조소를 무릅쓰고 많은 콜레라 환자를 간호한다. 그러나 그는 단 한 명의 환자도 죽음에서 구해내지 못한다. 오직 하나의 예외는 소설의 클라이맥스에서 콜레라에 걸리는 폴린뿐이다. 폴린이 병에서 일어난 것은 그녀가 죽음보다 더 강한 사랑을 선택했기 때문이다. 그녀는 사랑의 행위와 똑같은 형태의, 앙젤로의 정열적인 간호로 밤을 지샌 다음날 아침부터, 앙젤로에게 연인 사이와 같은 친근한 호칭(tu)을 쓴다. 그러나 앙젤로는 소설이 끝날 때까지 거리를 두는 존댓말(vous)을 버리지 못한다…….

콜레라가 극에 달한 마노스크에서 우연히 이루어진 그들의 만남은 하나의 에피소드로 끝날 수도 있었다. 하지만 제10장에서 재회한 그들은 소설이 끝날 때까지 서로를 떠나지 않는다. 그들의 관계는 젊고 아름다운 남자와 늙은 귀족의 어린 부인 사이에서 상상될 수 있는 비속한 사랑놀이가 아니다. 그들 사이에는 전설적인 트리스탄과 이졸데 사이에 흰 검이 가로놓여 있었듯, 폴린의 사랑하는 남편, 그리고 앙젤로의 순진함과 그녀에 대한 기사도적 존중이 가로놓여 있다. 시간이 흐름에 따라 그들의 '길동무' 관계는 어느덧 고백할 수 없는 깊은 사랑으로 발전하지만, 그 사랑은 숭고하고 순수한 채로 남는다. 앙젤로의 어머니 에지아 공작 부인의 편지에서처럼 이 추악한 모든 인간과 콜레라 사이를 앙젤로와 폴린은 '자스민처럼' 향기를 풍기며 거닌다.

제6장

《지붕 위의 기병》의 초점화와 거리두기

장 지오노가 가장 왕성한 창작 활동을 벌이는 시기는 제2차 세계대전 이후의 5년간(1946-1951)이다. 그는 이 시기 동안 《지붕 위의 기병》과 동시에 '소설 연대기' 에 속하는 소설 다섯 편을 집필한다.[1] '흑마 위의 황금 이삭' 같은 로마네스크한 기사 앙젤로를 주인공으로 하는 10부작(기병 연작 cycle du Hussard)을 계획하던 지오노는 1945년과 46년초 《앙젤로》와 《한 인물의 죽음》의 집필을 끝내고, 1946년 3월 세번째 작품 《지붕 위의 기병》에 착수한다. 그러나 지오노는 《앙젤로》와 스토리가 얽히는 세번째 소설을 이어나가는 데 많은 어려움을 겪는다. 그는 자신의 야심작이 될 이 소설을 충분한 시간을 두고 집필하면서 그 사이사이에 '생계를 유지하기 위해' 출판 가능한 소품들을 쓰기로 마음먹는다.[2] 결국 《지붕 위의 기병》은 5년여에 걸친 기나긴 산고 끝에 빛을 보고, 같은 기간에 다섯 편의 '소설 연대기' 가 출간

---

1) 다섯 편의 '소설 연대기' 는 집필순으로 보아 《권태로운 왕》《노아》《강한 영혼》《폴란드의 풍차》《대로》이다.

2) 1946년 4월 23일 지오노의 창작 노트 참조. "평화롭게 내 책[지붕 위의 기병]을 쓸 시간을 갖고, 이걸 끝내기 전에 출판하지 않을 수 있도록, 미국을 위해 한 달에 콩트 하나씩 쓸 생각. 그동안 콩트로 먹고 살 수 있겠지……." R. Ricatte, 〈Le Genre de la chronique〉, Jean Giono, *Œuvres romaneques complètes III*, Gallimard, 1974, 1281쪽.

된다.[3] 이 소설들은 하나같이 걸작품들이지만 출판 당시에는 그다지 주목을 끌지 못한 반면, 《지붕 위의 기병》은 평단의 환영과 독자들의 열렬한 호응으로 지오노를 '20세기의 거장' 반열에 올려 놓는 데 일익을 담당하게 된다.

지오노 소설에서 차지하는 위치에도 불구하고 《지붕 위의 기병》에 대한 연구는 상대적으로 빈약한 편이며, 대부분 주제적 연구에 국한되어 있다. 반면 1980년대 이후 지오노의 실험적 서사기법들이 연구되면서 어둠 속에 있던 '소설 연대기' 들이 새로운 조명을 받기 시작했다. 이 소설들은 하나같이 전통적인 화자에 반기를 드는 혁신적인 서술기법들을 사용하면서 '누보로망' 에 앞서서 기법의 변화를 예고했다. 프로방스 한 구석에서 아무도 모르게 20세기 소설의 신기원을 열던 지오노는 '소설 연대기' 와 같은 시기에 《지붕 위의 기병》을 쓰면서 기법상 아무런 새로운 시도도 하지 않았을까? 《지붕 위의 기병》의 서술자는 지오노의 제2차 세계대전 이전의 초기 소설과 마찬가지로 그저 전통적인 서술자일 뿐일까?

《지붕 위의 기병》의 서술기법을 다룬 본격적인 논문은 아니지만 지오노의 '멜랑콜리' 를 주제로 한 드코티니의 뛰어난 논문에서 우리는 그 서술기법에 관한 몇몇 구절을 발견할 수 있다.

> 그런데 [앙젤로에 대한] 집중은 특별한 언술 행위 방식이라는 당연한 결과를 낳는다. 증언과 외적 화자의 말에 서술을 맡기는 이른 바 '배후 시각(vision par-derrière)' 을 서술의 말에 일반화하는 대신 이 소설에는

---

3) 《지붕 위의 기병》은 사실 세 시기로 나누어 씌어졌다. 제1장-제4장은 1946년 3월-6월, 제5장-제10장은 1947년 10월-48년 6월, 그리고 제10장-제14장은 1950년 12월-51년 4월에 걸쳐 집필되었고, 1951년 11월에야 출판되었다.

'동반 시각(vision avec)' 이 지배적이다. 이러한 시각에 의해 주인공은 완전히 투명한 자유간접화법 속에서 증언과 서술 행위의 책임 대부분을 맡고 있다.[4)]

소설 전반부에 두드러진 이러한 '동반 시각' 은 [모험과 거기서 나오는 개념]의 불일치를 나타내기에 부족하다. 이러한 필요성이 부차적인 서술자——전통적인 소설에서 일반적으로 서술 행위의 책임이 부과되는, 신원을 알 수 없는 그 말——의 더 빈번해진 개입을 정당화해 준다.[5)]

인용문에 의하면 서술의 측면에서 《지붕 위의 기병》의 주서술자는 주인공 앙젤로이지만, 후반부에 가서 부차적 서술자(전통적인 무명의 서술자)가 등장한다. 또 주된 초점화 방식은 장 푸이용의 용어로 '동반 시각' (보다 일반화된 주네트의 용어로 '내적 초점화')이며, '배후 시각' ('무초점화')은 후반부에 가서야 나타난다.[6)]

일견 문제가 없어 보이는 드코티니의 이러한 분석은 그러나 커다란 오해에 기초하고 있다. 주인공이 소설에 서술자로 등장하면 소설은 1인칭 형태로 나타나기 마련인데(동종 서술자), 《지붕 위의 기병》은 명백한 3인칭 소설로, 작중 인물로 등장하지 않는 무명의 서술자(이종 서술자)가 일관되게 서술을 담당하고 있다.[7)] 따라서 앙젤로가 소설의

4) J. Decottignies, *L'écriture de la fiction*, PUF, 1979, 97쪽.

5) 같은 책, 123쪽.

6) J. Pouillon, *Temps et roman*, Gallimard, 1946. G. Genette, *Figures III*, Seuil, 1972.

7) G. Genette는 1인칭, 3인칭이라는 전통적인 '인칭' 의 카테고리를 거부하고 '동종 이야기(récit homodiégétique)' '이종 이야기(récit hétérodiégétique)' 라는 신조어를 만들어 냈지만, 사실상 동종 이야기는 1인칭을, 이종 이야기는 3인칭과 2인칭을 내포하기 마련이다. D. Husson, 〈Logique des possibles narratives〉, *Poétique*, n° 87, 1991, 292-293쪽 참조. 인칭의 문제의 대해서는 제10장 〈소설에서의 인칭의 문제〉 참조.

서술자로 직접 나서는 경우는 전혀 없으며, 그가 1인칭의 '나'를 사용하는 것은 대화나 독백 속에서 뿐이다. 물론 드코티니의 분석대로 소설의 담론은 대부분 앙젤로에게 '집중' 되어 있지만, 그것은 서술자가 앙젤로를 주된 서술의 대상으로 삼고 있기 때문이지, 앙젤로가 서술을 담당하고 있기 때문은 아니다.

초점화 방식에서도 마찬가지로, 《지붕 위의 기병》의 서술자는 벽두의 제1장에서부터 인상적인 무초점화를 구사한다. 전체적으로 볼 때 소설의 초점화자(focalisateur)[8]가 주로 앙젤로가 되고 있는 것은 틀림없지만(내적 초점화), 후반부로 갈수록 시선은 중립적이 되어 주인공에 대해 외적 초점화의 효과까지 나타난다. 또 한 가지 주목할 점은 서술자와 주인공 사이의 거리(distance)로, 때로 서술자는 인물을 호의적으로 다루고, 때로는 비판하며 조롱하는 듯한 아이러니(ironie)를 드러내는 이중적 태도를 보인다.

이 글에서는 특히《지붕 위의 기병》의 다양한 초점화 방식과 거리두기(distanciation)의 문제를 중점적으로 논의해 보기로 한다. 이제부터 소설의 내부로 들어가 보자.

1. 무초점화와 동시주의의 시도

소설이 열리면서 우리가 보는 것은 높은 언덕 위의 앙젤로이다. 새벽이 오고, 잠에서 깨어난 앙젤로가 무더운 계곡을 내려와 농가를 만

---

8) '초점화자'란 소설에서 시점의 주체를 말한다. 이것은 발(M. Bal)의 용어이다. *Narratologie*, Hes publishers, Utrecht, 1984, 37쪽 참조.

날 때까지 우리는 주인공의 시선을 따라간다.

> 내려오던 계곡에서는 새들이 막 깨어나고 있었다. 아직 밤의 어둠이 가시지 않은 깊은 계곡도 시원한 기운이 없었다. (…) 그는 그때 길가의 작은 소작 농가와, 풀밭 속에서 밤이슬에 젖은 빨래를 걷고 있는 빨간 페티코트의 여자를 보았다.[9]

소설의 서두에서 우리는 서술자의 존재를 거의 의식할 수 없으며, 앙젤로와 함께 지각하고("시원한 기운이 없었다"), 앙젤로의 시선으로 함께 사물을 본다("그는…… 보았다"). 예의 "그는 보았다"식의 도입부는 외부 세계를 '인물이 지각하는 그대로 묘사'하기 위해 사실주의 소설가들이 사용하던 전형적인 기법이다.[10] 환언하면 이러한 도입부는 지각의 주체가 주인공에게 있는 '내적 초점화'를 드러낸다.

그러나 제1장 초반(240-249)에서부터 전적으로 내적 초점화가 사용되는 것은 아니다. 우리는 앙젤로의 시선 옆에서 서술자의 시선, 서술자만이 알 수 있는 정보를 만난다.

> 그는 자신의 서투르고 우스꽝스러운 꼴이 한심했다. 그로서는 돈을 냈으면 했고, 내성적인 성격을 감추기 위해 늘 방패막이로 삼는 무뚝뚝하고 초연한 듯한 표정으로 돌아가고 싶었다.(1, 13)
>
> 그는 직업 군인이었고, 마량징발병(馬糧徵發兵)으로서의 직감이 있었

9) 《지붕 위의 기병》 1,2권, 송지연 역, 문예출판사, 1995, 1권, 11-12쪽. 이하 《지붕 위의 기병》의 원전은 모두 같으며 본문 중에서는 괄호 안에 권수와 쪽수만 표시한다. 또한 《지붕 위의 기병》은 《기병》으로 약칭한다.

10) D. Cohn, *La Transparence intérieure*, Seuil, 1981, 67쪽.

다.(1, 18)

이렇게 앙젤로의 '수줍음'에 대해 언급하거나 그의 신원(직업 군인——보다 정확히 말해 이탈리아 출신 전직 경기병 대령)을 암시하는 정보를 줄 수 있는 것은 무초점화를 구사하는 전지적 서술자뿐이다.[11]

지오노는 마치 소설 초입에서 내적 초점화와 무초점화 사이에서 망설이는 것처럼 보인다. 그러나 서술자는 제1장 중반부(1, 26-46)에 이르러 전격적으로 무초점화를 사용한다. 지금까지 앙젤로가 말을 타고 가는 프로방스 언덕길의 한 지점을 응시하던 시선은 문득 거대한 새처럼 비상하여 엑스 · 리앙 · 드라기냥 · 라발레트를 굽어보고, 아비뇽 · 오랑주 · 카르팡트라로 옮겨가며 프로방스 지방 전체를 조망한다. 서술자는 광대한 지역에서 동시다발적으로 일어나고 있는 전대미문의 사건을 마치 시리우스별에서 바라보듯 파노라마적 시선으로 한눈에 포착하여 보고하고 있다.

서술자는 이렇게 곳곳에서 끔찍스럽게 죽어 가는 콜레라 환자들을 그저 나열하는 데 그치는 것이 아니라, 적당한 거리를 두고 앙젤로에게 시선을 돌린다. 카르팡트라에서 멀지 않은 곳에서 바농을 향해 말을 재촉하는 앙젤로는 방대한 프로방스를 굽어보는 시선의 움직이는 중심점이자 공간의 중심점이 된다.

리앙(Rians)에서는 아침 9시에 이미 두 명의 환자가 발생했다. (…)

---

11) 여기서 한 가지 지적할 것은 서술학에서 초점화라는 개념이 가진 이중성이다. 초점화는 "누가 말하는가"(서술)와 대비되는 "지각의 주체가 어디에 있는가" 하는 질문의 대답인 동시에, 그 지각의 결과 획득한 정보가 완전한 것인가(완전한 정보, 무초점화), 선택적인 것인가(선별적 정보, 내적 초점화와 외적 초점화)에 대한 대답이기도 하다. G. Genette, *Nouveau discours du récit*, Seuil, 1983, 43-52쪽 참조.

> 앙젤로가 말 위에서 졸고 있던 그때, 사람들은 그녀가 죽었다고 수군거리고 있었다. 드라기냥(Draguignan)에서는 도시를 에워싼 언덕들이 분지 안으로 열기를 뿜고 있었다.(1, 27)
>
> (…) 앙젤로는 다시 길을 떠났다. 문 밖에는 여전히 더위와 햇빛이 버티고 있었다. 저녁이 오리라고는 상상할 수도 없었다. 그때는 툴롱의 군의가 '딱한 일이군' 하고 말하고 돌아서는 그 순간이었다. 그때는 또한 유태인 의사가 황급히 집으로 돌아가 부인에게 이야기를 하는 바로 그 순간이었다.(1, 34)

위의 예문에서 보듯 앙젤로는 공간의 중심점인 동시에 시간의 중심이 된다("앙젤로가 OO하는 바로 그때 OO에서는……"). 각각의 장소에서 일어나는 모든 사건들의 시간적 기준이 앙젤로가 되어 시간의 동시화(synchronisation)가 이루어진다.

같은 시간에 일어나는 다양한 지점의 사건들을 동시에 서술하는 이러한 기법은 플로베르가 《마담 보바리》 제8장의 농사 공진회 장면에서, 그리고 도스 파소스가 《큰 재산》에서 시도한 바 있는 '동시주의(simultanéisme)' 의 기법을 연상시킨다. 집필 시기 순으로 《기병》 제1장(1946년) 바로 다음에 씌어진 《노아》(1947년)에서 지오노는 이러한 동시주의적 서술에 대해 언급한다.

> 하지만 수천의 디테일과 개별적인 이야기와 함께 풍경을 그려 주듯이(브뤼겔이 풍경을 그려 주는 것처럼) 내가 하는 이야기, 내가 쓰는 책을 읽게 해주는 것은 불가능하다. (…) 왜냐하면 우리는 꼬리를 이어 줄줄이 이야기할 수밖에 없기 때문이다. 단어는 하나하나 이어서 써지며, 이야기를 할 수 있는 방법은 연속적으로 하는 방법뿐이다. (…) 서로 마주

보고 한번 시도해 보아야 한다.[12]

레싱이 일찍이 지적한 대로 문학은 시간 예술이며, 조형 예술은 공간 예술이다.[13] 환언하여 문학은 그 재료인 언어의 선형성(linéarité) 때문에 그림과 같은 동시성에 도달하기가 불가능하다. 문학의 독서는 순차적으로 이루어질 수밖에 없는 시간적 한계를 지니고 있지만, 지오노의 동시주의적 서술은 이 한계를 넘어 일종의 공간적 독서를 가능케 해준다. 그러면 지오노가 《기병》에서 어떠한 방식으로 이런 시도를 하고 있는지 좀더 자세히 살펴보자.

지오노는 제1장 후반부에서 보다 정교한 기법을 사용한다.(1, 32-46) 제1장 중반부에서 프로방스 곳곳에서 벌어지는 사건들을 보고하던 서술자는 이어 다섯 개의 지점과 5인의 인물에 포커스를 맞춘다. 다섯 개로 이루어진 이 성좌의 중심점은 물론 앙젤로(A)이다. 나머지 네 인물은 앙젤로가 여정중 만나는 이름 없는 마을의 아낙(B), 툴롱의 군의(C), 카르팡트라의 유태인 의사(D), 그리고 라발레트의 후작 부인(E)이다. 아낙(B)은 '멜론을 너무 많이 먹은' 남편의 죽음을 목도하고 군의(C)는 제독에게 전염병의 발발을 보고하며, 유태인 의사(D)는 부인과 딸을 타지역으로 급히 도피시키고, 후작 부인(E)은 하녀의 갑작스런 죽음 앞에서 넋을 잃는다. 서술자는 단순히 이 다섯 사람에게 일어나는 사건들을 한 사람씩 차례로 보고하는 것이 아니라 한 인물의 연속적 행위를 잠시 중지시켰다가 다른 인물의 행위로 돌아가고, 또

---

12) *Noé*, Jean Giono, *Œuvres romaneques complètes III*, Gallimard, 1974, 641-642쪽.

13) J. Frank, 〈La Forme spatiale dans la littérature〉, *Poétique*, n° 10, 1972, 245쪽 참조.

다른 인물의 행위를 보고하다가 다시 첫번째 인물로 돌아가 중단되었던 행위의 고리를 다시 연결하는 식의 복합적인 서술 방식을 취한다.

좀더 구체적으로 인물들에게 알파벳을, 인물들의 행위의 순서에 아라비아 숫자를 붙인다면, 제1장 후반부의 인물과 행위의 순서는 다음과 같다.

A1-B1-C1-D1-A2-E1-C2-D2-A3-D3-A4-B2-D4-B3-C3-E2

서술자는 중심 인물인 A에게 끊임없이 되돌아오는 한편, 나머지 인물들을 돌아가며 보여 주면서 그들의 행동을 서술하는데, 하나씩 떼어놓고 보면 각 인물의 행위는 연속성을 회복한다. 서술자는 또 주기적으로 사건의 동시성을 환기시키는 것도 잊지 않는다.

> 군인에게 압생트가 날라지는 동안, 라발레트에서 젊은 부인은 생각하고 있었다. '마치 백 년은 지난 것 같구나!' 하녀의 죽음은 시간을 지워 버렸다. 그녀는 하녀에게 시간을 멈추게 하고 사방에서 도망갈 길을 막아 버린 그 병의 습격에 넋이 나갔다. 같은 시간, 북쪽으로 4백 리도 더 떨어진 곳에서 앙젤로는 잿빛 하늘 아래 잿빛 밤나무와 잿빛 수레국화로 덮인 잿빛 황야를 가로질러 높은 언덕 속을 차츰차츰 더 깊이 들어가고 있었다. (…) 한편 카르팡트라에서는 유태인 의사가 교회당 문턱에서 발견된 세 구의 시체를 즉시 매장하기로 결정한 후, 집으로 돌아오고 있었다.(1, 37)

비록 공간적으로는 멀리 떨어져 있지만 시간적으로 연결된 각 인물들의 행위는 동시성이라는 환영을 준다. 이러한 서술 방식은 독자의 머릿속 상상의 화면을 다섯으로 나누어 마치 영화의 동시 화면을 보듯 다섯 인물들의 행위를 동시에 따라가게 해준다. 이런 의미에서 지오노는 책을 읽는 독자의 상상 속에 브뤼겔의 그림 같은 화면을 펼쳐주는 것 같다. 플랑드르 화가인 브뤼겔의 〈사육제와 사순절 사이의 싸움〉(1559)이나 〈어린이들의 놀이〉(1560) 같은 그림에는 하나의 화폭 위에 한 마을에서 일어나는 여러 가지 장면들이 세밀하게 묘사되어 있다. 지오노 자신이 브뤼겔의 그림을 묘사한 《노아》의 한 구절을 보자.

> 반면 브뤼겔은 왼쪽 구석에서 돼지를 죽이고, 조금 위에서 거위 깃털을 뽑고, 빨간 옷을 입은 여인의 가슴 밑으로 음탕한 손을 집어넣고, 저기 오른쪽 위에서는 (…) 드럼통 위에 앉아 있다. 분홍빛 돼지와 멱을 따는 강철 칼에 아무리 주의를 집중하려 해도 소용이 없다. 하얀 새털, 보랏빛 블라우스(…)가 동시에 눈에 들어오기 때문이다.[14)]

브뤼겔의 그림을 감상하는 사람의 시선이 왼쪽에서 오른쪽으로, 위에서 아래로 이동하며 모든 장면을 한눈에 넣듯 《기병》에서 문제의 장면을 읽는 사람은 툴롱에서 카르팡트라로, 라발레트에서 앙젤로에게로 시선을 이동하며 프로방스 전체를 '동시에' 조망할 수 있다. 이런 점에서 《노아》에서 밝힌 지오노의 동시주의의 시도("한번 시도해 보아야 한다")는 《기병》 제1장에서 이미 성공하고 있다고 볼 수 있다.

이러한 동시주의적 서술에 동반되는 초점화 방식은 물론 무초점화이다. 서술자는 시간적으로 전지적일 뿐 아니라(omnitemporel) 공간적

14) ***Noé***, 위의 책, 642쪽.

으로 편재한다(omniprésent). 그는 또한 각 인물의 내부로 들어가 그들만이 알고 있는 내밀한 생각이나 독백까지 자유로이 서술하는 '가변적 내적 초점화'를 사용하며 그 전지성을 드러낸다(omniscient). 제1장의 서술자는 이처럼 시간 · 공간 · 정보를 모두 장악하고 있는 강력한 서술자이다.

지오노가 제1장에서 이러한 전지전능한 서술자를 내세운 것은 소설 초입부터 프로방스 전체에 무서운 기세로 확산되는 콜레라의 전모를 독자에게 밝히기 위해서이다. 제2장 이후 서술자는 초점화를 다시 앙젤로에게로 국한시키고(내적 초점화), 앙젤로가 겪는 콜레라, 앙젤로가 부딪치는 사건들, 앙젤로의 생각과 감정으로 서술을 제한한다. 그러나 서술자는 완전히 사라지는 것이 아니라 가끔씩 개입하여 주인공에 대한 자신의 시각을 제시한다. 다음 장에서는 특히 서술자가 주인공에게 두는 거리를 분석해 보기로 하자.

2. 공감과 아이러니

3인칭 소설에서 서술자와 인물 간의 거리는 매우 흥미로운 분석대상이다. 《투명한 마음》의 콘에 의하면 인물이 지배적인 서술 상황에서 서술자는 인물의 의식과 동화되어 인물을 호의적으로 다루며, 서술자가 지배적인 상황에서 서술자는 인물에 대해 보다 우월한 위치에 서서 인물의 의식을 비평한다. 첫번째 경우는 서술자와 인물 간의 거리가 가까운 경우이며(협화음), 두번째 경우에서 서술자는 인물에 대해 아이러니한 거리를 둔다(불협화음). 서술자와 인물의 거리는 하나의 소설에서 동일하게 유지되는 경우도 있고, 이야기의 진행에 따라 좁아지

거나 벌어지는 경우도 있다. 예를 들어 토마스 만의 《베니스에서의 죽음》의 서술자는 주인공이 타락해 감에 따라 주인공과 점점 더 거리를 두면서 비판적이 된다. 한편 플로베르의 《감정 교육》의 서술자는 마담 아르누에 대한 프레데릭의 맹목적 사랑에는 호감 어린 눈길을 보내고, 터무니없는 미래 계획에 대해서 조소 어린 시선을 던지는 양면적 태도를 보인다.[15]

《기병》의 서술자 역시 《감정 교육》의 서술자와 유사한 양면성을 가지고 있다. 특히 제6장의 서술자는 소설의 여타 부분과 크게 차이가 나는 아이러니를 보인다. 여기서는 제6장 이전, 제6장, 그리고 제6장 이후로 나누어 거리의 문제를 고찰해 보겠다.

1) 서술자는 제2장에서 제5장까지 주로 앙젤로의 관점에 따라 이야기를 서술한다. 우리는 앙젤로와 함께 이상하게 죽어 나자빠진 시체가 가득한 마을을 발견하고, 그의 첫번째 '모델'이 되는 착한 프랑스인 의사를 만나며, 바리케이드 쳐진 마을들을 거쳐 간다. 제1장에서 전지적 서술자를 통해 콜레라에 대해 이미 알고 있는 독자들과 달리, 앙젤로는 제2장에 가서야 콜레라가 발발했다는 사실을 알게 된다. 처음으로 시체를 목격하고 들어간 한 집에서 앙젤로가 개의 공격을 받는 장면에는 전형적인 내적 초점화가 사용되어 있다.

그는 집을 향해 뛰어갔다. 그러나 그는 문자 그대로 새들의 격류에 휩쓸렸다. 새들이 집에서 빠져나오면서 날개를 퍼덕이며 그를 둘러쌌

---

15) D. Cohn, 위의 책. 특히 〈Dissonance et consonnance discursives〉, 42-51쪽, 〈Citation et contexte〉, 84-95쪽, 〈Sympathie et ironie〉, 140-150쪽 참조.

고, 새털이 얼굴을 때렸다. 그는 이해할 수도 없고 겁도 나는 것에 화가 나서 미칠 지경이었다.(…) 개는 다시 뛰어오를 차비를 했고, 위선적이면서도 부드러운 묘한 눈과 이상한 조각으로 더러워진 주둥이가 자기 쪽으로 달려드는 것을 보며 앙젤로는 젖먹던 힘을 다해 개를 삽으로 내리쳤다. 개는 대가리가 쪼개져서 나가 떨어졌다.(1, 55)

여기서 서술자는 개의 공격을 받는 앙젤로를 외부에서 묘사하고 있지 않다. 독자는 앙젤로와 함께 그의 눈으로 이 끔찍한 사건을 같이 겪으며, 그와 함께 '위선적이면서도 부드러운 묘한 눈'의 개를 삽으로 내리친다. 이렇게 내적 초점화가 사용되면서 서술자가 이야기에 개입하지 않을 때, 다시 말해 인물이 주도적인 서술 상황일 때 서술자와 주인공의 거리는 제로에 가깝다. 이 부분에서 앙젤로의 관점과 서술자의 관점은 그대로 겹쳐진다. 그리고 서술자의 기능은 스토리의 서술 기능(fonction narrative)에 국한된다.

그러나 《기병》에는 내적 초점화만이 아니라, 이 내적 초점화 위에 무초점화가 간헐적으로 겹쳐지는 복합적인 방식이 사용되어 있다. 서술자는 이따금 자신의 목소리를 내면서 보충적인 정보를 제공하거나 주인공에 대한 개인적인 의견을 내놓는다(이데올로기적 기능 fonction idéologique).[16] 이런 서술자의 논평은 주인공에 대해 비평적 거리를 둘 수도 있고, 주인공을 옹호하는 공감적인 어조로 나타날 수도 있다.

제6장 이전에 서술자가 이따금 자신의 목소리를 낼 때는 주인공을 비판하거나 거리를 두기 위해서가 아니라 그의 성격을 설명해 주기 위

16) 서술자의 기능에 관해서는 G. Genette, *Figures III*, Seuil, 1972, 261-265쪽, 제11장의 〈주네트의 서술학〉 참조.

해서이다.

그러나 이 죽음은 불가사의였다. 불가사의는 늘 단연코 이탈리아적이다. 그것이 바로 앙젤로가 구역질과 공포를 참고, 시체 위로 몸을 기울여 시체가 쌀뜨물 같은 것을 입에 가득 물고 있는 것을 보게 된 동기였다.(1, 58)

그는 사랑에 대해 생각했다. 보통 때라면 많은 우회와 멜랑콜리를 거친 후에야 서서히 그의 마음을 차지했던 그런 감정이, 이런 식으로 불시에 그를 사로잡은 것에 그는 아주 당황했다.(1, 115)

마치 끔찍한 오해인 것 같은 이런 상황 속에 어쩔 줄을 모르고 있는 이런 순간에도, 앙젤로의 절대적인 이타심은 발동을 했고, 그래서 그는 거기서 날이 밝기를 기다렸다가 마을로 가서 송장들을 묻는 데 도움을 자청할까 하고 진지하게 생각해 보았다.(1, 123)

독자는 이러한 서술자의 개입을 통해 앙젤로의 과거를 단편적으로나마 알게 되고, 그의 순수성과 고결한 영혼을 짐작할 수 있다.[17] 서술자는 이처럼 주인공보다 우월한 위치에 서서 금언적 현재(présent gnomique)를 사용해 일반적 진리를 논하거나("불가사의는 늘 단연코 이탈리아적이다"), 추상적인 단어('우회' '멜랑콜리' '이타심')를 사용

17) 《기병》은 스토리가 시작되기 이전의 과거 사실을 밝혀 주는 외적 회상(analepse externe)이 거의 전무한 소설로, 독자가 주인공의 과거에 대해 알게 되는 것은 서술자의 간헐적인 개입을 통해서뿐이다. 이 소설은 또 스토리를 미리 알려 주는 예상(prolepse)도 거의 없이 서술의 시간과 스토리의 시간이 같이 흐른다. 독자는 제6장에 가서야 그때까지 막연히 방랑하는 듯하던 앙젤로의 목적지가 마노스크임을 알게 되며, 제1장에 나오는 '라발레트의 젊은 귀부인'이 제10장 이후 소설의 여주인공이 되는 폴린이라는 사실을 제12장에 가서야 알게 된다.

해 주인공이 도달할 수 없는 깊이까지 그의 심리를 분석하지만, 그의 편에 서서 그의 마음에 공감을 표시하는 경우가 대부분이다.

제4장의 한 예는 서술자가 얼마나 주인공 편에서 그를 옹호하고 있는지 보여 준다. 여기서 앙젤로는 어두운 밤길에 쓰러져 있던 도형수를 구하러 갔다가 찾지 못하고 돌아온다. 그가 마음속으로 '불쌍한 작은 프랑스인' 이라 부르는 제2장의 의사는 구석에 처박혀 있는 최후의 환자라도 찾아 살려 보려다 죽어 갔다. 앙젤로는 그의 기억을 돌이키며 이렇게 자책한다.

> '보는 사람이 없으면 너는 아무것도 아니구나. (…) 그렇지 않으면 넌 가치 있는 사람이 아니다.' 그리고 이렇게까지 생각했다. '너는 그게 어렵다고 주장하지만 전혀 아니다(…).' 그는 진심이었고, 하루 밤낮을 계속해서 그 소년과 '불쌍한 작은 프랑스인' 을 간호했던 것, 그리고 두 구의 송장 옆에서 밤샘을 하며 훌륭하게 행동했던 것을 다 잊어버렸다. (1, 97-98)

앙젤로의 독백을 직접화법으로 인용한 부분 바로 다음에 이어지는 서술자의 설명을 눈여겨 보면, 서술자는 '그가 훌륭하게 행동했던' 사실을 환기시키며 그를 변호하는 입장에 서 있다. 이러한 공감적 서술자는 제6장에 들어가 상이한 태도를 취하게 된다.

2) 《기병》의 제6장은 여러 면에서 부각된다. 지금까지 피카레스크 소설에서처럼 정처 없이 방랑하며 모험을 계속해 오던 주인공은 제6장에 이르러 마노스크라는 소도시에 머물게 된다. 동시에 지금까지 역동적이었던 행위는 정태적인 국면으로 접어든다. 이방인인 앙젤로는 샘

에 콜레라를 퍼뜨리는 독을 풀러 온 정부의 끄나풀로 오인되고, 이성을 잃은 군중의 린치를 피해 지붕 위로 올라가 도망자 생활을 시작한다. 마노스크의 지붕 위에서 앙젤로는 자신을 돌아보며 자신의 이상을 재점검하는 시간을 갖는데, 이러한 성찰의 시간은 대부분 독백의 형태를 띠고 있다.

3인칭 소설에서 인물의 독백은 서술자의 목소리에 종속되는데, 독백이라는 인용 부분은 자신이 삽입된 문맥에 좌우되기 마련이다. 즉 서술자는 독백을 전후한 문맥에서 그 독백에 대해 중립적이든 호의적이든, 인물의 의견에 거리를 두든 동의하든 간에 자신의 시각을 제공하게 되는 것이다.[18] 제6장에는 앙젤로의 독백에 대한 서술자의 논평이 매우 풍부하다.

특히 첫번째 긴 독백 부분(1, 158-164)은 앙젤로의 독백과 서술자의 논평이 번갈아 등장한다. 별이 쏟아지는 지붕 위에서 앙젤로는 이렇게 생각한다. "인간은 정말 불행하다. 모든 아름다움은 인간이 없는 곳에서 이루어진다."(1, 158) 인간의 추악함과 위선에 대해 이어지는 앙젤로의 성찰 다음에 서술자가 끼어든다. "자신의 젊음을 억제하지 않고 따르는 데 습관이 되어 있는 앙젤로는 이런 성찰이 독창성도 없고, 그릇되기까지 하다는 것을 알지 못했다."(1, 159) 앙젤로의 생각을 '독창성 없는 성찰' 이라 매도한 서술자는 냉소적인 관찰자로서 앙젤로의 '자신에 찬 무지' 를 지적한다.

그의 영혼은 사회 생활의 모든 심각한 일들이나 높은 자리에 오르거나, 적어도 그런 자리를 배분하는 당파에 소속되는 것이 중요하다는 사

18) D. Cohn, 위의 책, 84쪽.

실을 이해하지 못했다. (…) 앙젤로의 어머니는 그의 대령 계급장을 매직했다. 에지아 파르디(Ezzia Pardi) 공작 부인의 사생아라는 그의 신분이 '존재의 의무'를 가진 모든 사람에게처럼 그에게 '경멸의 권리'를 부여한다는 사실을 그는 이해한 적이 없었다.(1, 159)

순진한 앙젤로는 사회의 게임의 법칙도 모르고, 사람들의 언행의 차이를 간파하지도 못한다. 서술자는 앙젤로의 약점을 지적하기도 하고("그는 정당화해야 하는 약점이 있었다"(1, 161)), 그의 과대망상을 비웃기도 한다("그 순간 그는 사람들이 생각하듯 희귀한 것이 아니라 상대적으로 흔한 '대장 기질'이 발동했다"(1, 160)). 요컨대 앙젤로는 현실과 외관(être et paraître)의 차이를 모르는 순진한 젊은이다.

그는 자신과 같이 음모를 꾀하는 사람들의 성실성을 믿었다. 그들 중 몇몇은 아브루즈의 요새에 피신해 있었고, 몇몇은 총살당했다. (그들은 손가락이 짓이겨지기까지 했는데, 앙젤로는 순진하게도 이것을 성실성에 대한 분명한 증거로 간주했다.)(1, 161)

앙젤로의 곧이곧대로 행동하는 순수성은 다른 사람들에게는 '희극적 요소'가 되어 비웃음을 당한다. ('사람들은 그의 등 뒤에서 웃음을 터뜨렸지만.'(1, 160)) '자신에 찬 무지' '현실과 외관의 대조' '희극적 요소' 등은 모두 '아이러니'의 구성 요소들이다. 아이러니의 또 하나의 기본적 특징으로서 '거리의 요소'는 신의 위치에서 작중 인물을 분석하는 초월적 서술자의 모습에 자명하게 나타나 있다.[19] 언어학자 케르브라 오레키오니도 소설 텍스트에서의 아이러니를 다음과 같이 정의하고 있다.

아이러니는 L1[발화자 1: 작중 인물]이 말하(고 생각하)는 것과 L0[발화자 0: 저자]이 (말하지 않고) 생각하는 것 사이에 나타나는 모순으로 구성된다."[20]

아이러니는 곧 인물의 말과 서술자의 생각이 모순을 보일 때 나타난다는 것이다. 앙젤로의 독백과 서술자의 논평도 주인공의 무지와 서술자의 통찰력을 대비시키면서 아이러니 효과를 낳는다. 두 사람의 시각 차를 나타내는 이 부분의 초점화 방식은 하나의 사건에 대해 여러 가지 견해를 동시에 제시하는 일종의 다중적 초점화라 할 수 있다. 제6장의 서술자는 이처럼 주인공에게 비판적 시선을 보내는 아이러니한 서술자인 것처럼 보인다.

3) 제6장 이후에 서술자는 마지막 제14장까지 주인공에 대해 비교적 중립적 태도를 유지한다. 특히 제7장과 제8장에 나오는 긴 독백 부분에서도 서술자는 논평을 삼가는 중립적 태도를 나타내거나 차라리 공감을 표시함으로써 제6장의 독백 부분과 대조적이다.

제7장의 232-236쪽에 걸친 긴 독백에 서술자의 아이러니한 태도는 흔적도 없다. 독백 앞부분에서 서술자는 "그는 우월감을 느끼고 싶었고, 위선을 혐오했다. 그는 행복했다"(1, 233)라고 보고할 뿐이며, "그의 오만에는 거의 추한 요소라곤 없었다. 그가 인간적이기 위해 필요한 약간의 요소만 빼놓고"(1, 233)라며 그의 오만을 옹호한다. 이어 앙

---

19) D. C. Muecke, 《아이러니》, 문상득 역, 서울대학교 출판부, 1980. 특히 제2장 〈아이러니의 제요소〉, 44-80쪽 참조.

20) C. Kerbrat-Orecchioni, 〈Problèmes de l'ironie〉, *Linguistique et sémiologie 2*, 1976, 40쪽.

젤로의 독백을 그대로 옮길 뿐, 제6장에서처럼 사이사이에 끼어들어 논평하지 않는다. 제8장의 긴 독백(1, 271-274)에서 서술자는 이제 주인공의 목소리 뒤로 완전히 숨는다. 서술자는 주인공의 행위를 묘사한 다음 그의 독백을 직접화법으로 그대로 옮기며, 독백 이후에도 바로 주인공의 행위 묘사가 이어진다. 주인공의 성찰과 서술자의 평이 얽히고설킨 제6장의 독백과 달리, 독자는 여기서 주인공의 목소리만을 듣게 되고, 주인공의 성찰에 대한 평가도 온전히 독자의 몫으로 남게 된다. 침묵하는 서술자는 호의적이지도, 조소적이지도 않은 중립적인 태도를 유지한다.

제6장 서술자의 아이러니는 사실 제6장 이후에도 간간이 발견된다. 그의 '순진함'이나 '거짓말'을 지적하는 몇 가지 예를 들어 보자.

> 앙젤로는 가을 숲 속의 향기에 취해 있었다. 그는 순진하게도 말을 못 알아들었다는 것을 드러냈다.(2, 349)
>
> 앙젤로는 좀 무뚝뚝하게 이야기했다고 후회했다. (…) 그러나 그것은 진실이 아니었다.(2, 476)
>
> 그는 해야 하는 일을 정확히 하고 있다고 확신했다. 그는 왜 비난을 받아야 하는지 알 수 없었다. 그는 순진하게 대답했다.(2, 502)

지금까지 살펴본 대로 《기병》의 서술자는 소설의 진행에 따라 상이한 태도를 보이고 있다. 제6장 이전까지 공감적이던 서술자의 태도는 제6장에 이르러 아이러니한 태도로 변하고, 그 이후에는 비교적 중립적인 태도를 보인다. 지금까지의 분석은 물론 장별로 나누어 본 전체적인 분석이며, 소설의 한 부분만을 떼어 놓고 볼 때 서술자는 주인공과 거리를 둘 수도, 가까울 수도 있다. 이 소설에 나타나는 서술자의 거리두기의 양상은 이렇게 양면적이다.

4) 지금까지 소설 내부의 서술자의 가시적인 논평(commentaire explicite)을 중심으로 아이러니의 문제를 살펴보았다. 여기서 잠깐 작가인 지오노에게로 관심을 돌려볼 필요가 있다. 지오노 자신도 주인공 앙젤로에 대하여 양면적인 모호한 태도를 취하고 있을까?

이에 대한 대답은 어쩌면 스탕달과의 비교를 통해 얻어질 수 있을 것 같다. 주지하다시피 지오노의 《기병》은 스탕달의 영향 아래 만들어지고, 앙젤로라는 인물 역시 《파름의 수도원》의 파브리스에게서 탄생했다. 지오노는 앙젤로와 파브리스에 대해 이렇게 말한다. "[앙젤로라는] 인물을 [파브리스]에게서 분명히 따온 것은 아니라 해도, 성격은 그에게서 따왔다. 나는 그에게 파브리스와 비슷한 관대한 마음을 부여했다."[21] 그런데 인물의 독백과 서술자의 논평을 결합시켜 서술자의 명철함(clairvoyance)과 주인공의 무분별(aveuglement)을 대비시키는 아이러니한 거리두기는 스탕달에게서 자주 나타난다.[22] 《적과 흑》에서 서술자는 쥘리앙의 젊음 · 어리석음 · 낭만성을 비판하곤 하고, 《파름의 수도원》의 서술자 역시 파브리스의 착각을 지적한다. 그러나 스탕달에게 있어 이러한 거리두기의 이면에는 또 다른 진실이 내재하고 있다.

---

21) P. Citron, 〈Le Cycle du Hussard, Notice général〉, *Jean Giono, Œuvres romaneques complètes IV*, Gallimard, 1977, 1121쪽. 《기병》과 《파름의 수도원》은 또한 이야기의 기능(fonctions)면에서 유사한 구조를 지니고 있다(전투-도피-함정-만남-유혹-이별). 이런 의미에서 《기병》은 《파름의 수도원》에 대한 일종의 패러디이자 파생 텍스트(hypertexte)라 볼 수 있다. J.-Y. Laurichesse, 〈Le Hussard-palimpseste〉, *Jean Giono*(Bulletin de l'Association des amis de Jean Giono), n° 29, 1988, 86-101쪽 참조.

22) D. Cohn, 위의 책, 84-85, 143쪽 참조.

[스탕달이] 젊은 주인공들에게 얼마나 많은 비판 · 훈계 · 충고를 하는지 우리는 특히 잘 알고 있다. 하지만 스탕달이 자신이 좋아하는 인물로부터 가식적으로 거리를 두고, 내심 호감 가거나 감탄할 만한 점이라 여기는 부분을 단점이나 서툶으로 소개하는 듯한 주석들의 의심스러운 진실성도 지적했다.[23]

평자의 지적대로 작가의 아이러니는 위악적(僞惡的)인 것으로, 사실은 그가 사랑하는 작중 인물들의 장점을 단점으로 내세우며 비판과 충고를 하고 있는 셈이다. 비판은 사실 열렬한 찬탄의 가면일 때가 많다. 스탕달의 경우를 염두에 두고 다시 제6장 서술자의 아이러니한 비판을 눈여겨보면, 사실상 가장 냉혹한 비판 사이사이에 이런 부정적 견해를 중립화(neutralisation)시키는, 앙젤로에 대한 찬탄이 곁들여 있음을 알게 된다.

그는 물론 스물다섯 살이었지만, 이 나이에도 얼마나 많은 사람들이 이미 계산적인지! 그는 50년 동안 스물다섯인 그런 사람들 중의 하나였다.(1, 159)

그는 흑마 위의 황금빛 이삭처럼 보였다. 그의 군복에 줄줄이 달린 아라베스크무늬와 클로버 모양 계급장, 꿩 깃털이 꽂힌 반짝이는 군모, 그 밑의 너무도 순수하고 진지한 얼굴은 정말 매혹적이었다.(1, 160)

그러니까 서술자의 아이러니는 진정한 아이러니가 아니라 일종의 'astéisme'[24]에 불과한 것인지도 모른다. 그러면 지오노 자신의 앙젤

---

23) G. Genette, 〈Stendhal〉, *Figures II*, Seuil, 1969, p.188.

로에 대한 태도는 어떤 것일까? 특히 구조주의 이후 소설 이론에서는 서술자=작가의 대등 관계를 인정하지 않고, 소설 내부의 목소리는 모두 현실 세계의 작가 자신의 것이 아니라 허구적 서술자의 것으로 본다.[25] 그러나 《기병》에는 유일하게 서술자가 아니라 작가 자신의 육성으로 파악되는 부분이 단 한 문장 있다. 다시 한 번 제6장으로 돌아가 보자.

짤막한 한 독백(1, 150-151) 중 앙젤로는 궁지에 몰린 긴박한 상황이다. 어두운 골목에서 수명의 마노스크 사람들에게 쫓기던 앙젤로는 어느 집 문틈에 숨어 반격을 노리고 있다. 여기서 그는 자신의 고급 장화를 부러워하는 두 추적자의 소곤거리는 소리를 몰래 듣고, 반격할 생각도 잊은 채 민초들에 대한 연민에 빠진다.

> 앙젤로는 생각했다. '이들은 가난한 서민들이구나.' 이 생각에 그는 쳐들었던 팔을 내렸다. (…) '그들은 진심일까?' *
>
> * 말하는 사람은 카르보나로 당원이었지만, 귀족인데다 아주 젊었다. (1, 151)

독백의 끝에는 묘하게도 각주가 달려 있다. 이 각주는 소설 전체에서 유일무이한 것이다. 이 예외적인 각주야말로 소설 내부의 허구적 서술자의 것이 아닌, 소설 외로부터 들어온 저자의 목소리가 아닐까? 지오노는 왜 일반적으로 각주를 다는 전통이 없는 서구 소설의 관례

---

24) Astéisme이란 '비난의 가면을 쓴 찬탄(louange sous couvert d'un blâme)'을 의미한다. D. C. Muecke, 〈Analyse de l'ironie〉, *Poétique*, n° 36, 1978, 490쪽 참조.

25) 작가 · 서술자 · 작중 인물의 대등 관계를 바탕으로 사실 이야기(자서전 · 전기 · 역사)와 허구 이야기(소설)의 차이점을 명확히 밝힌 G. Genette의 구분을 참조하라. 〈Voix〉, *Fiction et diction*, Seuil, 1991, 78-88쪽.

를 무시하면서까지 소설 내부에 끼어들었을까?

각주는 그때까지 불분명하던 앙젤로의 아이덴티티를 간명하게 드러내 주고 있다(귀족, 카르보나로 당원, 젊음). 지오노는 절체절명의 위기 속에서도 성찰에 빠지는 앙젤로의 햄릿적인 성벽에 대해 독자의 이해를 구하며 그를 옹호하는 것 같다. 그러니까 이 유일한 육성에 의하면 작가는 근본적으로 주인공에게 공감적 태도를 보이고 있는 것이다. 작가의 공감은 서술자의 위장된 아이러니를 더욱 약화시키는 역할을 한다.

지금까지 소설에서 가시적으로 나타나는 서술자와 주인공 사이의 거리 문제와 그 이면에 숨은 작가 자신의 생각을 살펴보았다. 이제 다시 초점화의 문제로 돌아가서 소설의 뒷부분, 주로 제10에서 제14장에서 사용되는 초점화 방식으로 눈을 돌려보자.

3. 불투명한 마음

제6장에서 제9장까지 다소 정태적인 국면에 접어들었던 소설은 제10장 이후 다시 역동성을 회복한다.[26] 제3부의 앙젤로는 제1부, 제2부에서의 앙젤로와 다르다.[27] 그것은 《기병》의 교양 소설(roman d'app-

26) 이런 점에서 《기병》의 구성은 콘체르토의 음악적 구성과 닮아 있다. 1-5장(1부)은 알레그로, 6-9장(제2부)은 아다지오, 10-14장(제3부)은 다시 알레그로로 돌아간다. P. Citron, 〈Notice〉, *Jean Giono, Œuvres romaneques complètes IV*, Gallimard, 1977, 1331쪽 참조.

27) 이는 지오노의 창작 노트에도 나타나 있다. "요주의. 폴린의 등장. 이제는 다른 앙젤로를 보게 될 것이다. '다른' 게 아니라면 '변한' 앙젤로라 해두자." 같은 책, 1343쪽.

rentissage)적 면모 때문이기도 하다. 그는 "콜레라의 시련 속에서 '작은 프랑스인 의사'와 '수녀'로부터 인류애를 배우고, 옛친구 기셉으로부터 현실 정치에 대한 실망을 맛본다. 그는 혁명에 가담할 뜻을 품고 고향 이탈리아로 돌아가던 중 제6장에서 조우했던 미지의 여성과 재회한다. 그는 기사도 소설의 주인공처럼 이 여성을 보호하는 사명을 띠고 콜레라를 헤치며 모험에 나서게 된다.

제3부에서도 내적 초점화는 지배적이다. 한편 서술자의 개입은 눈에 띄게 줄어들어 서술자는 중립적으로 사건을 묘사할 뿐, 논평하거나 설명하지 않는다. 이와 더불어 서술자는 이전처럼 주인공의 내면을 깊이 들여다보며 그의 심리를 분석하는 방식을 피하는 경향을 보이는데, 특히 앙젤로가 '젊은 여인'에 대해 어떠한 감정을 느끼는가에 대한 분석은 전무하다시피하다.[28] 소설의 문장은 사실을 스케치하며 암시할 뿐이어서, 추측이나 해석은 독자의 몫이 된다.

서술자가 뒤로 물러서 있는 상황(narrateur effacé)에서 '젊은 여인'에 관련한 앙젤로의 감정을 알 수 있게 해주는 것은 앙젤로의 단편적인 독백뿐이다.

> 앙젤로는 아직도 그 갑자기 뒤흔들린 [폴린의] 얼굴과 떨리는 입술에 정신이 팔려 있었다. '이 여인은 정말로 아름답구나' 하고 그는 생각했

---

28) 서술자에 따르면 앙젤로는 이 여인을 자신의 '병사'처럼, 무슨 일이 있더라도 보호해야 할 후방의 '보급마차'처럼 여긴다. 이러한 구절은 앙젤로가 이 여인과 맺고자 하는 관계가 함께 여행을 하는 '동반자' 관계 정도임을 암시하지만, 실은 그렇게 간단하지 않다. 이 여인(폴린)은 백작 부인이며, 남편을 사랑하지만 지금은 행방조차 알 수 없고, 남편의 성으로 가고 있지만 앙젤로에게 마음이 점점 더 끌린다. 한편 앙젤로는 고향 이탈리아로 돌아가야 하는 임무에 마음이 조급하면서도, 폴린을 남편의 성까지 데려다 주기 위해 길을 멀리 돌고 있다. 앙젤로의 폴린에 대한 감정에 대해 서술 텍스트 자체에서 명시된 바는 없다.

다. 이 아름다운 얼굴이 불꽃처럼 달아올랐던 그 부분은 그의 기억 속에 하얀 얼룩으로 남아 있었다.(2, 424)

그는 피로로 기진맥진했고, 아름다운 달빛에도 불구하고, 마지막 한 시간 동안 내심 아주 기분이 나빴다. '나는 짐을 들고 가는 게 싫다.' (2, 460)

첫번째 짧은 독백은 그녀의 아름다움에 흔들리는 앙젤로의 마음을 엿볼 수 있게 해주지만, 두번째 독백은 그녀의 짐을 들고 가다 지친 앙젤로의 불평을 들려 준다. 또 다른 장면에서 앙젤로는 '젊은 여인' 에게 겉으로는 애정 어린 말을 건네지만, 속으로는 이런 태도를 합리화한다.

그는 이어지는 문장에다 어느 정도의 애정까지 보태었다. 그는 생각하고 있었다. '내가 박정하게 굴면 그녀는 고집을 부릴 거고, 나는 결국 모든 장애를 해치고 꼭 지켜 주고 싶지만 한 걸음도 더 걷지 못하는 여자 옆에 바보처럼 못박혀 있게 될거야. 그건 재미없는 일이지.' (2, 492)

이처럼 간헐적으로 나타나는 짤막한 독백의 편린들은 상호 모순적이다. 한편 앙젤로와 '젊은 여인' 의 '대화' 에서도 분명히 드러나는 것은 아무것도 없다. 그들은 동행중 꼭 필요한 말을 교환할 뿐, 서로의 이름도 신원도 모른 채 열흘을 지낸다. 그들이 제12장의 외딴 집에서 밤을 보내며 처음으로 긴 대화를 나눌 때도 대화는 비껴 갈 뿐이며, 독자의 궁금증은 채워지지 않는다.

"남편이 68세라고 말했나요? 사람들은 보통 눈을 크게 뜨지요. 당신은 눈썹 하나 까딱 안 하시더군요. 그건 당신이 제게 관심이 없기 때문이겠지만……."

"관심이 없다니요. 열흘 전부터 당신에게 불을 피워 주고 폴렌타를 만들어 주는데요. 자신의 일을 놓아두고, 당신과 함께 갑 쪽으로 가고 있고……."

"남편을 다시 만나기 위해, 그걸 바라며 갑으로 가는 거지요. 왜냐하면 저는 그를 사랑하기 때문입니다. 이 말 역시 당신을 별로 감동시키지 못하는 것 같군요."

"당신이 그와 결혼한 이상 당연한 것 아닙니까?"(2, 511)

인물의 독백도 대화도 그 내면을 드러내지 않고, 서술자의 설명도 빠진 이런 상황에서 독자에게 제공되는 소설의 정보는 부족한 상태이다. 소설의 제3부에서 채택된 초점화 방식은 앙젤로를 초점화자로 하는 내적 초점화이지만, 앙젤로의 폴린에 대한 감정, 그러니까 소설에서 가장 핵심적인 정보는 빠져 있다. 결국 내적 초점화 위에 일종의 정보 생략(paralipse)이 일어나고 있는 셈이다.

이러한 초점화 방식은 어떤 의미에서 카뮈의《이방인》와 유사하다. 1인칭 서술인 이 소설은 물론 뫼르소를 지각의 주체로 하는 내적 초점화를 채택하고 있지만, 독자는 사실 그의 (진정한) 생각은 알 수 없다. 그는 어머니를 사랑했는가? 검사의 말처럼 '의도적으로' 아랍인을 살해했는가? 이 소설은 뫼르소의 생각을 거의 대부분 괄호 안에 집어넣는, '생각에 대해서는 거의 대부분 정보 생략이 일어나는 내적 초점화' 차라리 '외적 초점화'라고 볼 수 있다.[29]

29) G. Genette, *Nouveau discours du récit*, Seuil, 1983, 85쪽.

《기병》 제3부는 가장 핵심적인 정보를 생략함으로써 내적 초점화라기보다 외적 초점화의 효과가 나타난다. 인물의 내부로 들어갈 수 없는 외적 초점화의 특징인 인물의 비밀 혹은 신비가 제3부의 앙젤로에게도 해당된다.[30] 독자는 마치 베일을 쓴 것처럼 앙젤로의 내면을 들여다볼 수 없으며, 그를 사랑하는 폴린의 입장에서 안타깝게 그의 마음을 짐작해 볼 따름이다.[31] 지오노는 제3부에서 불투명의 미학을 채택함으로써 이들의 사랑을 미완성으로 남긴다.

《기병》의 초점화 방식은 장에 따라 변화하는 초점화이행(transfocalisation)의 경향을 보인다. 서술자가 자유로이 전지적 시점을 구사하는 '무초점화' (제1장에서 가장 지배적)와 주인공의 시선으로 바라보는 '내적 초점화' 가 겹쳐지다가, 후반부로 갈수록 서술자의 개입이 줄어들고 내적 초점화에 정보 생략이 일어남으로써 '외적 초점화' 의 경향까지 나타난다. 초점화를 소설의 정보적 측면에서 보면 가장 많은 정보(information complète)에서 부분적 정보(information partielle)로, 그리고 정보 생략(paralipse)까지, 점진적인 정보 축소의 경향이 보인다. 서술자의 기능면에서 볼 때 논평이나 개입을 통한 이데올로기적 기능은 뒤로 갈수록 줄고 서술 기능만으로 환원된다. 거리의 측면에서 서술자는 공감에서 아이러니로, 다시 중립적으로 태도의 이행을 보이지만

30) 지오노는 《권태로운 왕》에서 주인공 랑글루아에 대해 매우 체계적인 외적 초점화를 사용함으로써 그의 비밀을 증폭시킨다.

31) 폴린의 앙젤로에 대한 감정은 상대적으로 분명하다. 제14장에서 앙젤로가 콜레라에 걸린 폴린을 간호하는 장면에는 미묘하게 에로티시즘이 깃들여 있으며, 죽음보다 더 강한 사랑을 선택하고 병에서 일어난 폴린은 그때부터 앙젤로를 친근한 사이에서 쓰는 'tu' 로 부른다. 반면 앙젤로는 그녀와의 거리를 줄이지 않겠다는 듯 존칭의 'vous' 를 포기하지 않는다. 반면 《파름의 수도원》에서 클렐리아와 파브리스는 서로 'tu' 를 사용하게 된다.

근본적으로는 공감적 어조를 유지하고 있다.

지오노는 소설 초반에서 모든 것을 투명하게 보여 주다가 후반부로 갈수록 암시로 그치는 '불투명한 마음'의 미학을 선택한다. 모든 속내를 드러내며 독자와 함께 호흡하던 앙젤로는 어느새 무거운 침묵 속에 가라앉은 알 수 없는 존재로 화한다. 브뤼겔의 알록달록한 현란한 그림을 숨가쁘게 따라오던 독자는 어느덧 의문 부호만이 가득한 추상화를 앞에 놓고 있다. 소설을 덮은 독자는 아무 약속도 없이 떠나 버리는 소설의 '열린 결말'에 아쉬워한다.[32]

5년이라는 긴 기간에 걸쳐 집필되고, 플레야드판으로 4백 쪽에 달하는 이 소설에 일관된 서술기법이 사용되지 않았다는 사실은 어쩌면 당연한 일이다. 《기병》에는 제2차 세계대전 이전 지오노가 사용하던 전통적인 기법과, 제2차 세계대전 이후 '소설 연대기'와 함께 개화한 새로운 기법이 혼융되어 있다. 내적 초점화를 무초점화로 보완하는 스탕달적 기법(블랭의 용어로 주관적 사실주의와 작가의 개입을 결합하는 기법[33])은 이 소설의 전통적인 측면을 대표하며, 《노아》의 동시주의의 기법, 《권태로운 왕》의 외적 초점화, 그리고 《강한 영혼》의 다중적·가변적 초점화 등은 '소설 연대기' 식의 혁신적인 측면을 시사한다. 사실상《기병》에 사용된 초점화 방식의 분석만으로는 이 작품의 새로운 점을 충분히 설명하지 못한다. 서술의 문제, 특히 서술자가 사용하는 3인칭의 틈바구니에서 '나'의 목소리를 내려는 인물들의 목소리

---

32) '기병 연작'의 네번째 소설 《열광적 행복 *Le Bonheur fou*》(1957)은 《기병》의 후편 격이지만 폴린은 등장하지 않는다. 스토리 순으로 '기병 연작'의 마지막 소설인 《한 인물의 죽음》에는 이미 세상을 떠난 앙젤로를 그리워하는 할머니가 된 폴린만이 등장한다. 앙젤로와 폴린 사이의 손자가 이 죽어 가는 폴린을 따뜻한 시선으로 바라볼 뿐이다.

33) G. Blin, *Stendhal et les problèmes du roman*, J. Corti, 1983 참조.

(앙젤로의 독백 · 대화, 제13장의 기묘한 의사의 이야기 등)와 그 특이한 화법 체계에 대한 분석은 다음 장의 과제로 넘긴다.

제7장

《지붕 위의 기병》에 나타난 독백과 대화

장 지오노의 대표작 《지붕 위의 기병》(1951)은 이종 서술자가 일관되게 서술을 담당하는 3인칭 소설이다. 수많은 인물과 상황을 지배하는 이 강력한 서술자는 목소리의 주도권을 잡고 주인공을 '그(il)'로 지칭한다. 이러한 3인칭의 틈바구니에서 인물이 1인칭 '나(je)'의 목소리를 내는 것은 혼자만의 독백(monologue)이나 다른 등장 인물과의 대화(dialogue) 속에서 뿐이다.

이탈리아에서 망명한 혁명가 앙젤로는 콜레라가 창궐한 19세기의 프로방스를 홀로 헤치고 나아간다. 고독한 여행에 혼잣말을 벗삼는 그는 피카레스크식 모험의 와중에 다채로운 인물들을 만나며, 이들과 때로는 짤막하게, 때로는 밤을 지새우며 긴 대화를 나눈다. 여기서 중요한 것이 《지붕 위의 기병》의 서술에서 서술자의 담화(discours de narrateur)가 아닌 인물의 담화(discours de personnage), 즉 독백이나 대화의 몫이 크다는 사실 자체는 아니다. 카뮈의 《전락》(1956)처럼 독백만으로 이루어진 소설도 존재하며, 디드로의 《라모의 조카》(1798)처럼 대화체로 이루어진 소설도 존재하기 때문이다.

《지붕 위의 기병》에서 독백과 대화가 주목을 받아야 하는 것은 그 특이한 화법 체계 때문이다. 마노스크의 지붕 위로 피신한 앙젤로가 혼자 심정을 토로하는 장면에서 화법은 간접화법 → 자유간접화법 →

자유직접화법으로 변모된다.[1] 여기서 화법이 이행되면서 '자유직접화법(discours direct libre)'이 등장한다.[2] 주인공의 독백에 나타나는 이러한 현상을 염두에 두고 주인공과 인물 사이의 대화를 살펴보면 놀랍게도 같은 현상이 발견된다. 화법의 빠른 이행도 그렇고 자유직접화법의 등장도 그렇다. 특히 《기병》 제13장에 나타나는 노 의사의 현학적이고도 현란한 이야기에서는 인칭이 끊임없이 교체, 혼융되면서 3인칭 소설의 체제까지 위협하고 있다.

여기서 많은 문제점이 제기된다. 지오노는 왜 자유직접화법을 사용했으며 그 역할은 무엇인가? 왜 이렇게 복잡한 화법의 시스템을 사용했는가? 또 이 소설의 3인칭 서술 체계에서 의사의 1인칭 서술은 어떤 의미를 가지는가? 본문에서는 앙젤로의 독백, 앙젤로와 인물들의 대화, 제13장의 의사의 서술을 차례로 살펴보면서 위에서 제기된 문제들을 천착해 보고자 한다.

1. 앙젤로의 독백

《기병》의 독자는 다소간 권위적인, 때로는 신랄한 아이러니를 드러내는 서술자의 목소리 사이사이로 나이브한 앙젤로의 독백을 들을 수 있다. 제14장으로 이루어진 소설 전체에 얼기설기 수놓아진 앙젤로의 독백은 하나의 에피소드 중 짤막하게 여러 부분으로 나누어 나타

1) 《지붕 위의 기병》 1,2권, 송지연 역, 문예출판사, 1995, 1권, 181-185쪽. 이하 《지붕 위의 기병》의 원전은 모두 같으며 본문 중에서는 괄호 안에 권수와 쪽수만 표시한다. 또한 《지붕 위의 기병》은 《기병》으로 약칭한다.

2) 자유직접화법의 문제는 본문 제1장에서 자세히 다루어질 것이다.

나기도 하고, 길어지기도 하는데, 특히 소설의 허리 부분(제6,7,8장)에는 3-4쪽까지 계속되는 긴 독백이 많다. 앙젤로의 짤막한 독백들은 서술자가 주도하는 묘사의 단조로움을 깨면서 주인공의 감정과 관점을 드러내 주는 역할을 한다. 또 긴 독백들은 주인공의 내면을 있는 그대로 열어 보여, 독자가 그의 생각의 전개를 깊이 들여다볼 수 있게 해준다. 앙젤로의 독백은 대부분 직접화법형태로 되어 있는데, 제7장의 긴 독백(1, 233-236)과 제8장의 긴 독백(1, 271-274)도 전체가 직접화법이다. 그러나 앙젤로의 독백에는 특이한 직접화법이 등장하며, 간접화법(discours indirect)과 자유간접화법(discours indirect libre), 직접화법(discours direct)이 뒤섞여 있는 흥미로운 형태가 종종 발견된다.[3]

우선 서술자의 서술과 앙젤로의 독백이 섞이면서 특이한 직접화법이 등장하는 예를 살펴보자.

> 그는 계단너머로 가서 귀를 기울였다. (…) 그는 망설이지 않고 자물쇠의 손잡이를 돌렸다. 문이 열렸다.
>
> 창고였다. 지난번 집처럼, 고물들이다. (…) **이기주의자들.**
>
> **캄캄한 첫번째 방으로 돌아가야 한다. 거기일 거다. 아닌데, 비었다.**
>
> **이기주의자들. 자기들 주위에다 싹싹 긁어모아서, 자기들이 있는 방에다 몽땅 쌓아 놓았음이 틀림없다.** 텅 빈 선반들이 있었는데, 라이터를 켜보니, 원래 거기 있었던 항아리들의 흔적이 보였다(…).
>
> **그렇다면, 내려갈 밖에.**
>
> 그 전에, 그는 에스파르트 섬유로 된 바구니를 집었다.(1, 174)

---

3) 화법에 대해서는 제11장의 〈주네트의 서술학〉 참조.

Il alla écouter par-dessus la cage d'escalier(…). Il tourna franchement la poignée de la serrure. La porte s'ouvrit.

C'était un débarras. Des vieilleries, comme dans l'autre maison(…). **Des égoïstes.**

Il faut retourner à la chambre obscure. Ce doit être là. Non. Vide.

Des égoïstes, et ils ont dû tout ratisser autour d'eux, et tout entasser dans la pièce où ils se tiennent. Il y avait des étagères nues et, à la lueur de sa mèche de briquet, Angelo vit que la planche gardait la trace de pots(…).

Alors, il n'y a qu'à descendre.

Avant, il prit une couffe en sparterie.[4)]

위 예문을 살펴보면 인용 부호가 전혀 없으므로 모두 서술자의 서술로 보이지만, 굵은 글씨로 강조한 부분을 살펴보면 이는 서술자 자신의 목소리가 아니다. 직접적으로 1인칭이 나타나지는 않지만, 현재 시제가 사용된 이 문장들은 분명 앙젤로 내면의 속말이다. 결국 여기서는 서술자의 서술과 앙젤로의 독백이 아무런 표시 없이 교체되고 있는 것이다. 이탤릭체 문장들은 도입부(discours citant, 예: 그는 혼잣말을 했다. Il se dit)와 인용 부호(《 》 혹은 -)가 없을 뿐 문법적 형태는 직접화법과 똑같다. 이렇게 인용된 부분(discours cité)은 직접화법으로 되어 있지만 그 도입부와 인용 부호가 생략된 비정형적인 직접화법의 예

4) Jean Giono, *Oeuvres romanesques complètes IV*, Gallimard, 1977, 352쪽. 이하 프랑스어 예문 뒤에는 괄호 안에 쪽수만 표시한다. 특별한 지적이 없는 한, 예문 중의 굵은 글씨는 필자가 강조한 것이다. (화법의 문제는 특히 프랑스어의 원문을 참조해야 하므로 이 글에서는 번역문과 원문을 병기한다.)

는 소설사 속에 간간이 등장했다.

일찍이 자유간접화법을 정리한 립스도 이러한 특이한 직법화법의 예를 지적한 바 있다.[5] 예컨대 루소의《에밀》(1762)에는 서술자의 3인칭 서술 가운데 도입부도 인용 부호도 없는 1인칭 문장이 느닷없이 끼어든다.

> 소피라는 이름을 듣자(…). 그는 그토록 소중한 이름에 놀라서 소스라쳐 일어나, 감히 그 이름을 가진 여자에게 갈망 어린 시선을 보낸다. **소피, 오, 소피! 정녕 내 마음이 갈구하는 당신인가요? 내가 사랑하는 당신인가요?** 그는 그녀를 살펴보고, 우려와 불신을 품고 그녀를 응시한다.
>
> A ce nom de Sophie(…). Frappé d'un nom si cher, il se réveille en sursaut et jette un regard avide sur celle qui l'ose porter. **Sophie, ô, Sophie! Est-ce vous que mon coeur cherche? Est-ce vous que mon coeur aime?** Il l'observe, il la contemple avec une sorte de crainte et de défiance.(p.511)[6]

립스는 이런 경우 도입부 없는 이 직접화법의 주체(에밀)를 알 수 있게 해주는 데는 문맥의 역할이 중요하다고 설명한다. 그러나 이런 감탄문들이 없어도 텍스트의 이해에는 별 지장이 없으며, 그랬다면 서술부분의 연결이 오히려 잘 되었으리라고 덧붙인다. 립스는 이와 같이 이 화법의 특이성에 주목하거나 명칭을 부여하지 않았다.

루소의 예는 일회적인 것이지만, 서술자의 서술과 인물의 독백을 체

---

5) *Le Style indirect libre*, Payot, 1926, 18-20쪽 참조.
6) 같은 책, 18쪽.

계적으로 교체시킴으로써 서구 소설을 혁신한 작가는 제임스 조이스로 기록된다. 콘은 《율리시스》(1922)에 사용된 '내적 독백'의 성격을 적절히 지적하고 있다.[7] 이 소설에서는 3인칭 서술의 문맥에 1인칭 독백이 삽입될 때, 도입부와 인용 부호가 철저히 생략된다. 예를 들어 이런 식이다. "현관 층계에서 그는 뒷주머니의 키를 찾았다. 여긴 없군. 다른 바지에 넣어 뒀어. 갖고 와야지(On the doorstep he felt in his hip pocket for the latchkey. Not there. In the trousers I left off. Must get it)."[8] 이 예문에서 첫번째 문장을 제외한 "여긴 없군. 다른 바지에 넣어 뒀어. 갖고 와야지"는 1인칭의 독백에 해당한다. 여기서는 인물의 담화와 3인칭 서술이 분리되어 나타나지 않음으로써 텍스트가 연속성을 갖는다. 대신 아무런 표시 없이 병치되는 서술자의 목소리와 인물의 목소리를 분간하려면 매우 집중도 높은 독서가 요구된다. 콘은 이러한 종류의 독백을 '인용된 독백(monologue rapporté/quoted moènologue)'이라 명명하면서, 그 통사적 특징을 다음과 같이 지적하고 있다.

인용된 독백 monologue rapporté

늦었다(하고 그는 생각했다) (Il pensa): Je suis en retard[9]

---

7) *La Transparence intérieure*, Seuil, 1981. 특히 30-33, 79-81, 245-288쪽 참조.

8) 같은 책, 80쪽에서 재인용. 주인공인 블룸의 독백 부분에 인용 부호와 도입부를 덧붙이면 《율리시스》 역시 외관상으로는 전통적인 소설과 다를 바 없다. 그러나 이 독백에 나타나는 어린애 같고 더듬거리는 듯한 언어(문체)에서 일반적인 직접화법과 차이를 보인다고 콘은 덧붙인다.

9) 같은 책, 126쪽. 그런데 《율리시스》의 마지막 장 '페넬로페'에 사용된 '내적 독백'의 기술은 그 양상이 다르다. 몰리의 독백에는 3인칭 서술자의 중개가 완전히 배제되어 있다. 이 독백은 진정한 의미의 '내적 독백'인 '자율적 독백(monologue autonome)'을 이루면서 1인칭 소설의 카테고리로 넘어간다.

콘은 그러나 도입부가 있는 경우인 전통적인 독백(soliloque)과 도입부가 생략된 조이스식의 내적 독백 모두를 '인용된 독백'의 카테고리에 포함시키면서, 특별히 그 화법상의 차이에 크게 관심을 기울이지 않고 있다.[10]

한편 주네트는 내적 독백을 '무매개 화법(discours immédiat)'으로 명명한다.[11] 그 이유는 내적 독백의 근본적인 특징은 그것이 '내적'이라는 데 있는 것이 아니라, 애초에 상위의 서술자(의 매개)가 존재하지 않고 인물들에게 목소리가 맡겨져 있다는 데 있기 때문이다. 주네트는 또 무매개 화법의 '독립적 상태'로서 '자유직접화법(discours direct libre)'이라는 혁신적 용어를 소개한다.[12] 이 용어는 맥헤일이 제안한 것으로, 주네트는 다음과 같은 예를 든다: 마르셀은 어머니를 만나러 간다. 나는 꼭 알베르틴과 결혼해야 해. (Marcel va trouver sa mère. Il faut absolument que j'épouse Albertine.)[13] 주네트는 '자유간접화법'에 다소 작위적으로 대비되는 '자유직접화법'이란 용어에 수긍하지는 않지만, 《율리시스》와 같은 현대 소설의 대화와 독백에 나타나는 가장 자유로운 형태를 지칭하기 위한 유용성을 인정한다.

사실 자유직접화법과 자유간접화법의 형태적인 유사성은 부인할 수 없다. 간접화법에서 도입부와 접속사를 뺀 형태가 자유간접화법이 된다면, 직접화법에서 도입부와 인용 부호를 뺀 형태는 자유직접화법이 되기 때문이다.[14] '자유직접화법'이라는 명칭이 지시하는 개념이 분명한 만큼, 이러한 화법이 빈번히 등장하는 《기병》을 분석하는 데

---

10) 같은 책, 26-27쪽 참조.

11) *Figures III*, Seuil, 1972, 193-194쪽. 제11장 〈주네트의 서술학〉 참조.

12) *Nouveau discours du récit*, Seuil, 1983, 38-39쪽 참조.

13) 같은 책, 38쪽.

매우 유용하게 쓰일 수 있다.

여기서 다시 《기병》의 첫번째 예문으로 돌아가면, 이 예문은 서술자의 서술과 인물의 자유직접화법 독백이 교체되어 나타난다는 점에서 《율리시스》의 내적 독백의 기술과 유사하다. 그러나 지오노가 《기병》에서 화법을 이행시키는 방식은 서술과 독백을 교차시키는 《율리시스》보다 훨씬 복잡하다. 아래의 예는 표면적으로는 앙젤로의 독백(직접화법)에 서술자의 서술이 이어지는 것으로 보인다. 그러나 자세히 들여다보면 여러 종류의 화법이 눈에 띄지 않게 교체되면서 서술자의 이야기 속에 앙젤로의 속말이 녹아 있는 것을 알 수 있다. (분석의 편의상 번호를 달았다.)

1. 앙젤로는 속으로 말했다. '더 밑으로 내려가자. 만일 식량 창고가 있다면, 그들은 가능한 한 제일 밑에다 만들었겠지. 어쩌면 땅 속일지도 모른다.'

2. 아니다. 식량 창고는 분명 밑에 있었지만, 땅 위에, 나뭇단과 쪼갠 장작이 쌓여 있는 헛간에 있었다. 3. 거리로부터 문틈으로 희미한 빛이 새 들어오고 있었다. 병들이 있어서 서둘러 그쪽으로 갔다. 그것은 토마토즙 병이었다. 그는 세 병을 집었다. 또 병이다. 노란 액체. 읽을 수 없는 상표. 그는 한 병만 바구니에 넣었다. 4. **저 위에 가서 보자.** 5. 이제는 포도주다. 붉은 초로 봉인된 마개. 그는 비계 항아리와, 잼 단지 같은 것 두 개를 집었다. 6. 햄은? 없었다. 그러나 소시지 2개. 마르고 단단한 동전만한 염소 치즈 10개. 빵도 없었다.(1, 176-177)

---

14) 자유간접화법은 물론 도입부를 살려둔 채 접속사 que만을 생략하고 :으로 대치한 형태를 포함하며, 감탄문 · 의문문 · 간투사 등이 살아 있다는 점에서 직접화법과 유사하다.

1. "Descendons plus bas, se dit Angelo. S'il y a une resserre, ils l'ont sûrement placée le plus bas possible. Peut-être même dans la terre."

2. Non, elle était bien en bas, mais sur la terre, dans une remise où étaient également entassés des fagots de bois et des bûches refendues. 3. Un peu de jour venait de la rue par-dessous la porte. Des bouteilles sur lesquelles Angelo se précipita. C'étaient des bouteilles de coulis de tomate, il en a pris trois. Encore des bouteilles. Liquide jaune. Une étiquette qu'il ne pouvait pas lire. Il mit une de ces bouteilles dans le couffe. 4. **Je verrai là-haut.** 5. Du vin maintenant: bouchons cachetés à la cire rouge. Il pris un pot de graisse, deux pots, sans doute de confiture. 6. Un jambon? Non, mais deux saucissons, une dizaine de fromages de chèvres, secs, durs, pas plus gros que des écus. Pas de pain.(353-354)

이 예문에서 독자들이 일반적으로 '독백'이라 인지하는 형태는 "앙젤로는 속으로 말했다"라는 도입부가 삽입된 첫번째 직접화법(1)밖에 없다. 2에서 6에 이르는 두번째 문단은 표면적으로는 모두 서술자의 서술인 것처럼 보인다. 그러나 2에서부터 벌써 문제가 있다. 3인칭+반과거 시제로 되어 있는 2는 당연히 서술자의 서술로 보일 수도 있지만, 'non'이라는 간투사가 걸린다. 이 간투사는 서술자가 대신해 준 앙젤로의 속말이며, 따라서 2는 간접화법에서 도입부(/dire que/)가 생략된 자유간접화법이라 보는 것이 타당하다.[15] 자유간접화법은 인물의 목소리와 서술자의 목소리가 병존 혹은 혼융되는 다음성(polyphonie)을 특징으로 한다.[16] 앙젤로를 3인칭으로 지칭하고 단순과거를 사용한 3과 5는 서술자의 이야기이다. 그러나 주어와 동사가 생략된 채 명사만으로 이루어진 몇몇 불완전한 문장들("또 병이다. 노란 액체"/"이제는 포도주다")은 서술자의 이야기에 끼어든 앙젤로의 속말로 볼 수도 있어서, 다음과 같이 번역해도 별다른 문제가 없다: "또 병이구나. 노란 액체다"/"이젠 포도주네." 마지막으로 주어와 동사가 완전히 생략된 채 단어만 나열되어 있는 6은 인칭과 시제를 알 수 없지만 처음의 의문문, 그리고 간투사 'non'으로 보아 자유간접화법으로 보는 것이 낫다. 이와 같이 예문의 두번째 문단(2-6)은 문장마다 발화의 주체가 서술자인지 인물인지 구분하기가 힘든 채, 매우 빠른 화법의 이동을 보여 준다.

하지만 가장 큰 문제는 1인칭+미래로 되어 있는 문장 4이다. 3인칭+단순과거로 된 서술자의 서술(3과 5)에 끼어든 이 1인칭 '나'의 지시대상은 서술자가 아니라 주인공 앙젤로이다. 문장 4는 문제의 '자유직접화법'에 해당한다. 여기서 실험적으로 빠진 부분을 보충하여 다시 문장을 써보자.

그는 한 병만 바구니에 넣었다. '저 위에 가서 보자' 하고 그는 혼잣말을 했다. 이제는 포도주다. 붉은 초로 봉인된 마개.

Il mit une de ces bouteilles dans le couffe. "Je verrai là-haut," se dit-il. Du vin maintenant: bouchons cachetés à la cire rouge.

---

15) 서술자의 서술과 자유간접화법을 구별해 주는 특별한 언어학적 지표가 없는 이상(둘 다 3인칭 과거시제를 사용하므로), 두 기법을 구분하기 위해서는 소설의 문맥과 독자의 통찰력이 필요하다. D. Cohn, 위의 책, 128쪽, 그리고 D. Maingueneau, *Eléments de linguistique pour le texte littéaire*, Bordas, 1986, 98쪽을 보라.

16) 자유간접화법에는 발화의 차원에서 여러 목소리가 나타난다. 즉 자유간접화법=서술자의 목소리+인물의 목소리라는 도식이 성립될 수 있다. 자유간접화법의 다음성에 대해서는 M. Bakhtine의 *Le Marxisme et la philosiphie du langage*(Minuit, 1977, 제10장과 제11장), O. Ducrot의 *Le Dire et le dit*(Minuit, 1984, 제8장) 참조.

위와 같이 인위적으로 치환해 보니 직접화법은 따옴표 때문에 인쇄상 눈에 띄면서 서술 속에 일종의 단절을 이룬다. 그러나 복잡한 문장부호를 빼버리고 자유직접화법을 사용하면 인물의 속말이 서술자의 서술 부분에 이음매 없이 포함되고, 이로써 텍스트가 연속성을 얻게 된다. 우리는 여기서 지오노가 왜 직접화법이 아니라 자유직접화법을 사용했는지 알 수 있다.

여기서 위 예문의 화법의 변환을 한눈에 볼 수 있게 정리해 보면 다음과 같은 표가 나온다.

	화 법	목소리의 주체
1	직접화법	인물
2	자유간접화법	서술자+인물
3	서술자의 서술	서술자(+인물?)
4	자유직접화법	인물
5	서술자의 서술	서술자(+인물?)
6	자유간접화법	서술자+인물

표에서 보듯 화법은 계속해서 바뀌고 있지만, 2–6에서 목소리의 주체는 서술자인 동시에 인물이 되도록 혹은 서술자인지 인물인지 알 수 없도록 되어 있다. 2와 6의 자유간접화법에는 서술자의 목소리와 인물의 목소리가 공존하며, 서술자의 목소리인 3과 5에도 명사가 나열된 부분은 인물의 독백을 암시하는 듯한 이중성을 보인다. 또 이미 자유간접화법과 단어의 나열을 통해 문맥에 인물의 목소리가 스며들어 있는 이상, 4에서 자유직접화법 문장이 출현해도 전혀 충격적이지 않다. 지오노는 며칠을 굶주린 앙젤로가 드디어 먹을거리를 장만하는(훔치는) 이 장면을 서술자의 일방적 행동 묘사와 설명이 아니라, 서술자와 주인공의 음성이 교묘히 섞인 혼성적 형태로 서술하고 있다. 여기서는

서술자의 서술과 주인공의 독백이 병치되거나 이어지는 것(《율리시스》)이 아니라, 서술자의 목소리와 인물의 목소리가 다양한 화법의 이동을 통해 삼투압을 일으키면서 혼융된다.

또한 서술자는 자유간접화법과 자유직접화법을 적절히 섞어 구사함으로써 인물의 독백을 직접 인용하지 않고도 인물의 시각을 드러내 줄 수 있다. 위 예문에서 앙젤로를 초점화자로 하는 내적 초점화는 이러한 화법의 기술에 힘입은 바 크다.

위의 예는 짧은 단락에서 화법의 변환이 얼마나 빠르게 일어나고 있는지 보여 주고 있다. 이번에는 좀더 긴 문맥에서 어떻게 화법이 변환되는지 살펴보자. 서론에서 잠깐 언급했던 제6장의 독백은 4쪽에 걸친 긴 성찰을 내용으로 하고 있다.(1, 181-185) 주인공은 행동이 정지된 상태에서 긴 상념에 빠진다.

1. 독백의 첫 부분은 간접화법으로 시작된다: 토마토즙을 먹는 게 더 지혜롭겠지만(…) 하고 앙젤로는 속으로 말했다.(1, 181) Il se disait que la sagesse serait de manger plutôt ce coulis cru de tomates.(357)

2. 다음은 격언적 현재(présent gnomique)가 등장한다: 이런 위기의 순간에는 좀 구슬픈 심정이 좋다.(1, 181) Un peu de vague à l'âme est encore ce qu'il y a de meilleur dans les moments critiques.(357)

3. 이어서 첫 문장의 간접화법 도입부(Il se disait que)를 생략한 자유간접화법이 몇 문장에 걸쳐 이어진다: 그를 가장 입맛 떨어지게 한 것은 (…) 그 계집아이였다.(1, 181) Ce qui le dégoûtait le plus, c'était cette petite fille.(357)

4. 다시 격언적 현재가 등장한다: 그래도 이성이 문제라면(…) 좀 구슬픈 심정에 기대보는 것이 이성적인 게 아닐까?(1, 181-182) Et s'il

s'agit malgré tout de raison(…) est-ce qu'il n'est pas raisonable, précisément de faire confiance au vague à l'âme?(357-358)

5. 이어 나타나는 것은 놀랍게도 자유직접화법이다: 내가 위기의 순간, 진짜 위기의 순간이라 칭한 것은 물론 쉬바르츠 남작과의 결투는 아니다.(1, 182) Naturellement, ce n'est pas un duel avec le baron Swartz que j'appelle un moment critique, vraiment critique.(358) 이러한 1인칭+현재의 형태가 2쪽에 걸쳐 이어지고, 예의 소녀에 대한 비판이 괄호 안에 담긴 다음에 자연스럽게 서술자의 이야기로 돌아간다: 그는 이 묘한 씁쓸함 때문에 저항할 수 없이 역겨운 기분이 들었다.(1, 185) Il avait irrésistiblement envie de vomir à cause de cette amertume insolite.(360)

다시 한 번 정리하면 이 독백은 1. 간접화법 (2. 격언적 현재) → 3. 자유간접화법 (4. 격언적 현재) → 5. 자유직접화법으로 변환된다. 보다시피 화법이 바뀔 때마다 격언적 현재가 등장, 자연스러운 화법 이행을 도와 주고 있다. 특히 자유간접화법에서 자유직접화법으로 넘어갈 때, 격언적 현재가 다리 역할을 하여 3인칭 반과거에서 1인칭 현재로 변환되는 충격을 완화시키고 있다. 결국 화법은 단계적인 절차를 밟아 자유직접화법에 이른다.

역설적인 것은 문법적으로 살펴보면 시제와 인칭의 변화가 끊임없이 이루어지고 있음에도 불구하고, 실제 독서시에 독자는 이러한 변화를 거의 감지하지 못한 채 전체를 자연스럽게 앙젤로의 직접적인 독백으로 읽는 경우가 많다는 사실이다. 콘은 자유간접화법――그의 용어로는 '서술된 독백(monologue narrativisé)'――이란 사실상 서술자가 인물의 내면적 담화(discours mental)를 대신 발화해 주는 기법(3

인칭+과거)인 만큼, 독자는 자유간접화법의 텍스트를 자연스럽게 1인칭+현재로 치환(corriger)하여 읽게 된다고 통찰한다.[17] 자유간접화법에서 서술자는 서술을 대신 담당해 주는 일종의 가면에 불과하며, 실제로 들려오는 목소리는 인물의 내면의 소리라는 것이다. 위의 3에서 "그를 가장 입맛 떨어지게 한 것은 Ce qui le dégoûtait le plus"(자유간접화법)을 "나를 가장 입맛 떨어지게 하는 것은 Ce qui me dégoûte le plus(자유직접화법)"으로 이미 치환하여 읽기 시작한 독자라면, 5의 "내가 위기의 순간이라 칭한 것은 j'appelle un moment critique"에서 1인칭의 등장이 전혀 부자연스럽지 않게 느껴질 수 있을 것이다. 이때 만일 자유직접화법이 아니라 전통적인 직접화법이 사용되었다면('내가 위기의 순간이라 칭한 것은' 하고 그는 혼잣말했다 "j'appelle un moment critique." se dit-il), 3인칭이 재등장하는 도입부와 인용 부호 때문에 다시 서술자의 존재를 상기하게 되고, 그 결과 독자가 앙젤로와 함께 성찰에 빠져드는 데 방해받게 되었을 것이다. 자유간접화법의 이점인 도입부의 생략을 그대로 살리면서 텍스트가 이어지려면, 직접화법보다는 자유직접화법이 더욱 자연스럽다는 점을 지오노는 간파한 것이다.

또한 여기서 화법에 따라 달라지는 '재현력(capacité mimétique)'의 차이에도 주목해야 한다. 주네트의 말대로 "자유간접화법의 재현력은 직접화법의 그것보다 열등하며, 간접화법의 재현력보다 우월"하기 때문이다.[18] 위의 인용문에서 앙젤로의 독백은 간접화법 → 자유간접화법 → 자유직접화법으로 이동함에 따라 재현력이 점점 더 커진다. 화법이 바뀔 때마다 독자는 점점 더 앙젤로의 내면으로 깊이 들어가고,

17) 위의 책, 122쪽.

독백의 가장 중요한 부분은 자유직접화법으로 나타난다. 마지막의 비논리적이고 자유연상을 환기시키는 자유직접화법 문장들은 아마도 앙젤로의 머릿속을 지나가는 생각의 형태에 가장 가까운 문장들일 것이다. 의문문 · 감탄문 · 괄호 · 이탤릭체 · 되풀이 등으로 가득한 이 문장들(1, 182-185)은 '내적 독백'과 문체적 특징을 공유하고 있다. 지오노가 앙젤로의 긴 독백을 처음부터 끝까지 직접화법으로 옮겼다면, 화법 이행의 결과로 나타나는 점진적 효과, 독백이 진행됨에 따라 강도가 높아지고 감정이 고조되는 효과는 바랄 수 없었을 것이다.

지오노는 앙젤로의 독백에서 다양하고 독창적인 독백의 기술을 사용하고 있다. 첫번째는 조이스식 '내적 독백'의 예였다. 여기서는 자유직접화법이 일반적인 서술의 문맥에 삽입되어 서술자의 목소리와 인물의 속말이 병치된다. 이때 인물의 속말은 인용 부호 없는 인용문의 역할을 한다. 두번째는 화법이 빠르게 이행되면서 서술자의 목소리와 인물의 목소리가 혼융되는 특이한 예였다. 이는 서술자의 목소리 뒤로 인물의 속말이 들려오는 일종의 '스테레오' 기법이라 볼 수 있다. 세번째 예에서는 서술자가 담당하는 서술의 문맥이 뒤로 물러나고 독백의 인용문 자체만이 문제된다. 하나의 독백 내에서도 화법은 이행되고, 자유직접화법이 나타나고 있다. 지오노는 전통적인 직접화법뿐

---

18) *Nouveau discours du récit*, Seuil, 1983, 38쪽. 립스도 이미 간접화법에서 자유간접화법으로의 이행을 부차적인 것에서 근본적인 것으로의 이행, 전제에서 결론으로의 이행으로 보았다. 간접화법이 간략하게 윤곽을 제시하면 자유간접화법은 발전시키고 뉘앙스를 준다는 것이다. 마찬가지로 자유간접화법에서 직접화법으로의 이행도 전제와 결론의 관계지만, 그 효과는 더 크다. 직접화법이 말과 생각을 그대로 재현한 것인 이상, 현실과 가장 가까운 형태이기 때문이다. Lips, 위의 책, 특히 제5장 (*Le Style indirect libre dans ses rapports avec l'indirect subordonné et le direct*) 참조.

아니라 내적 독백, 다음적 기법, 화법 이행 등 여러 가지 기법을 앙젤로의 독백에서 실험하고 있다. 이러한 기법 중 가장 독창적인 것은 물론 화법의 이행을 통한 자유직접화법의 사용일 것이다. 특히 마지막 예에 나타난 화법의 이행은《기병》의 대화 장면에서도 전형적으로 나타난다. 다음 장에서는 앙젤로와 인물과의 대화를 분석해 보면서 그 양상을 살펴보자.

2. 대화의 기술

《기병》에는 유난히 많은 단역들이 등장한다. 이는 소설이 길기 때문이기도 하지만, 근본적으로 주인공이 여행과 모험을 거듭하는 피카레스크적 구성을 갖고 있기 때문이다. 소설 속에는 주인공과의 만남이 1회로 그치는 수많은 인물들이 명멸해 간다. 주인공과 그들과의 대화는 대부분 직법화법으로 되어 있지만, 앙젤로의 독백에서 나타난 것과 같은 특이한 화법 이행의 예도 곳곳에서 찾아볼 수 있다. 그 예 중 대표적인 것 네 가지만 살펴보자.

1) 소설 제4장. 마노스크를 향해 가던 앙젤로는 귀족의 두 자제를 데리고 콜레라를 피해 나온 여자 가정교사를 만난다.(1, 99-100) 그녀는 어떻게 해서 거기까지 오게 되었는지 설명을 하는데, 그 이야기는 간접화법으로 시작되어 곧 자유간접화법으로 바뀐다. 간접화법을 자유간접화법으로 미끄러뜨리는 방식은 접속사(que)의 울림이 좋지 않은 반복(cacophonie)을 피하기 위해 흔히 사용된다. 자유간접화법은 사실 다양한 얼굴을 갖고 있다. 한 극에는 인물의 주관성이 나타나지 않

는 '간접화법에 가까운 담화' 가 있고, 다른 한 극에는 인물의 목소리가 서술자의 목소리를 지배하는 '직접화법에 가까운 담화' 가 있다.[19] 그런데 이 부분의 자유간접화법은 간접화법에서 도입부(dire que)를 생략한 정도의, 서술자의 음성이 주도적인 자유간접화법이다.

재미있는 것은 자유간접화법 문장들 사이에 두 차례에 걸쳐 줄표(tiret)를 매개로 한 직접화법 문장이 끼어든다는 사실이다.

> 그녀 생각은, 교통 수단이 별로 없었으므로——"우리는 승합 마차를 타고 왔는데, 이제는 운행이 끊겼어요"——숲을 통해 10리 밖의 샤토아르누로 가서 (…). 그런데 그 전날——어제 밤 6시경——샤토아르누에 도착했을 때, 그들은 방책 앞에서 저지를 당했고(…).(1, 99)
>
> Son idée avait été, dans sa pénurie de moyens de transport——"nous sommes arrivés par la digilence et elle ne passe plus"——de gagner Château-Arnoux qui n'était qu'à une lieue à travers bois(…). Mais, la veille——hier soir, vers six heures——en arrivant à Château-Arnoux, ils avaient été arrêtés aux barrières.(300)

줄표 사이에 들어 있는 첫번째 문장에는 도입부는 없지만 인용 부호가 살아 있다. 서술자의 음성이 두드러진 자유간접화법에 슬쩍 끼어든 이 직법화법 문장은 가정교사가 직접 등장하여 내용을 구체적으로 부연 설명해 주는 느낌을 준다. 마치 해설자의 설명이 답답하니 인물이 직접 나선다는 식이다.

두번째 문장은 도입부도 인용 부호도 없는 자유직접화법 문장이다.

---

19) D. Maingueneau, 위의 책, 99쪽.

서술자의 '전날(la veille)' 이라는 조응소(anaphore)가 간접화법의 특징을 나타내는 반면, 이에 대응하는 '어제(hier)' 라는 지시소(déictique)는 직접화법의 성격을 드러낸다. 또한 서술자의 '전날' 이라는 표현은 '어젯밤, 6시경' 이라는 원래의 발화 행위를 '축소 번역' (réduction-traduction)한 간접화법의 특징을 드러내 준다. 환언하면 줄표 사이의 자유직접화법은 줄표라는 부연 설명의 형식을 통해 가정교사의 발화를 복원시켜 주는 역할을 하고 있다. 서술자 주도의 긴 자유간접화법에 끼어든 두 번의 직접화법은 서술에 활력을 주고 인물을 더 생생하게 살려 준다. 여기서 화법 이행은 대략 간접화법 → 자유간접화법 → 자유직접화법 → 자유간접화법으로 정리될 수 있다.

2) 소설 제7장. 콜레라로 폐쇄된 도시 마노스크에서 앙젤로는 한 나이든 수녀를 만난다. 앙젤로는 그녀를 따라다니며 시체를 염해 주는 사람이 되어 대가를 바라지 않는 봉사의 기쁨을 배운다. 어느 날 앙젤로는 옛친구 기셉에 대해 수녀에게 묻는데, 여기에 나타나는 화법 이행은 더욱 흥미롭다.(1, 228-229)

이 대화는 첫 문장만 간접화법이며, 바로 다음부터 자유간접화법이 이어진다. 이는 가정교사의 이야기에 나타난 자유간접화법의 반대극에 위치하는, 직접화법에 가까운 인물 주도적 자유간접화법이다. 이 자유간접화법은 직접화법에서 겨우 인칭과 시제만을 변형시킨 정도로, 의문문 · 감탄문 · 간투사 · 미완의 문장 · 반복 등 구어체의 특징이 그대로 살아 있다. 또 도입부를 철저하게 생략하고 있기 때문에 문장을 발화한 주체를 인식하기가 모호할 정도이다.

그녀로 말하면 부엌에서 일했다. 피에르든, 폴이든, 기셉이든 마찬가지였다. 그 기셉이란 누구인지? 이탈리아의 망명자이다. 더 정확히는 피에몬테 사람이다. 여기서 무슨 일을 했는데? 아, 아무것도 아니다. 그는 반대로 눈에 띄지 않았을 거다. 그는 신기료장수이다.(1, 228)

Elle[la nonne] s'occupait de cuisine, elle. Il n'était pas plus question de Guiseppe que de Pierre ou Paul. Qui était ce Guiseppe? Un réfugié italien. Plus exactement un Piémontais. Qu'est-ce qu'il était dans la ville? Oh! rien, non, sans doute il passait au contraire inaperçu. Il était cordonnier(391).

위 예문은 인칭과 시제를 바꾸고(3인칭 반과거 → 1인칭 현재), 대화자가 바뀔 때마다 줄표를 넣어 주면 그대로 직접화법이 되어 버린다. 지오노는 여기서 그야말로 '자유로운' 자유간접화법을 사용함으로써 직접화법과 자유간접화법의 경계를 무너뜨리고 있다.

앙젤로와 노수녀의 대화는 이러한 자유간접화법으로 한동안 이어지다가, 어느덧 자유직접화법으로 슬그머니 변형된다. 마지막에 대화는 다시 자유간접화법으로 돌아간다. (아래 예문에서 굵은 글씨로 표시한 부분이 자유직접화법이다.)

(…) 그 기셉은 앙젤로 자신의 어머니와 관계가 있기 때문이다. 무슨 관계인데? 아, 그녀는 피에몬테 출신이고, 신기료장수와는 아무 관계가 없다. **제 어머니는 젊고 예쁘셔요. 공작 부인이신가? 아, 그렇군. 저는 언제나 방방곡곡 돌아다니기 때문에 어머니는 기셉과 연락을 취하시는 겁니다(…). 아, 그렇군.** 아니, 수녀는 기셉을 몰랐고, 그 비슷한 이야기도 처음 들어 보았다고 했다.(1, 229)

(…) ce Guiseppe entretenait des rapports avec la propre mère d'Angelo. Quels rapports? Oh! elle était du Piémont, et aucun rapport avec un cordonnier. **Ma mère est jeune et très belle. C'est une duchesse? Ah! bon. Elle correspond avec ce Guiseppe parce que moi je suis toujours par orte par les chemins, par mont et par vaux(…). Ah! Oui.** Non, elle ne savait pas qui était Guiseppe. C'était la première fois qu'elle entendait parler d'une chose semblable.(392)

번역된 문장에서 더 두드러지듯 거의 구어체에 가까운 대화를 자유간접화법으로 옮긴 부분은 읽기에 무리가 있다. 앙젤로와 수녀 두 인물이 바로 대화를 나누고 있는 듯한 장면에서 '제 어머니' (1인칭)가 아니라 '앙젤로 자신의 어머니' (3인칭)가 사용된 부분은 정말로 어색하다. 자유직접화법으로 미끄러지며 '앙젤로의 어머니' 가 '제 어머니' 로 교체되는 순간은 어쩌면 독자들도 고대하던 순간인지도 모른다. 지오노 자신도 이야기의 주제가 앙젤로의 어머니로 잠시 빗나간 부분에서 이러한 어색함을 의식한 것처럼, 마치 일부러 실수를 한 것처럼 자유직접화법을 사용하고 있다.

2)의 예문은 지오노가 얼마나 자유롭게 자유간접화법을, 또 얼마나 과감하게 자유직접화법을 사용하고 있는지 시사한다. 여기서 화법은 간접화법 → 자유간접화법 → 자유직접화법 → 자유간접화법으로 이행된다.

3) 제8장. 기셉을 만나기 위해 마노스크의 언덕을 헤매던 앙젤로는 한 소년을 만나 기셉이 있다는 편도나무 언덕까지 안내를 받게 된다. 캄캄한 밤길의 '미궁(dédale)' 속을 걸으며 소년은 콜레라가 장악한 이 세상에 어떤 일들이 일어나고 있는지 이야기한다. 소년의 이야기는 민

기 어려운 환상으로 가득하다.(1, 284-288)

역시 간접화법으로 시작된 소년의 이야기는 바로 다음 문장부터 자유간접화법으로 이어진다. 자유간접화법의 과거시제는 어느 순간 격언적 현재로 바뀌며, 묘사는 계속해서 현재시제로 진행된다. 소년의 이야기는 3인칭(주로 'on')이 지배적인 격언적 현재로 1쪽 이상 이어지지만(285쪽 하단 "외관상 병이 나타나지 않아도"에서부터 287쪽 중간 "할 수 있는 일이 아무것도 없지 않은가?"까지), 287쪽 중간 이후부터 새로운 요소가 등장한다. 이는 2인칭의 '당신(vous)'이다: 그 양치기에 대해 들어보지 못했는가?(1, 287) Vous n'avez pas entendu parler de ce berger(…)?(432-433) 대화 상대인 앙젤로를 지칭하는 이 '당신'의 등장은 이야기가 이미 자유직접화법으로 이행되었음을 시사하며, 이를 증명이라도 하듯 잠시 후 1인칭 현재가 등장한다: 여기서도 그 치료법이 들어올 것 같아요.(1, 287) Je crois qu'on va en avoir ici, de ce remède.(433) 소년의 이야기는 자유직접화법으로 끝난다.

여기서 화법은 간접화법 → 자유간접화법 → 자유직접화법으로 변화된다.

4) 제11장. 앙젤로와 폴린은 길을 잃고 헤매다가 샤루이라는 곳에 도착하여 집주인 농부의 이야기를 듣게 된다. 농부는 나름대로 콜레라관을 피력하면서 자신이 경험한 이상한 이야기를 해준다.(2, 412-414)

이야기는 한 문단에 걸친 직접화법으로 시작되며, 그 다음 문단에서 바로 자유간접화법으로 이행된다. 한동안 자유간접화법으로 계속되던 이야기에 변화의 조짐이 나타나는 것은 농부를 지칭하는 3인칭 '그(il)'와 앙젤로와 폴린을 지칭하는 2인칭의 '당신들(vous)'이 동시에 등장하는 파격적인 문장 속이다.

그 자신[농부]도 불과 닷새 전에 **당신들[앙젤로와 폴린]이** 방금 건너온 황야에 혼자 있었는데, 어느 날 아침 양을 지키고 있으려니까 보메이 쪽에서 연기 같은 것이 올라오는 게 보였다(…).

이게 다가 아닙니다. **나[농부]**는 양떼와 함께 비탈길을 지나가서 산봉우리 뒤에 숨었소.(2, 413)

Lui-même, il n'y a pas cinq jours, seul sur les landes que **vous** venez de traverser, un matin qu'il gardait les moutons il a vu, montant du côté de Vaumeilh, un nuage(…).

Ce n'est pas fini. **J'ai** passé le versant avec mes moutons, je me suis caché derrière la crête.(522)

예문의 첫번째 문장에서는 농부가 3인칭(Lui-même)으로 지칭된 이상 아직 자유간접화법의 체계 내에 있으므로 '당신들'의 2인칭(지시소)은 '그들'이라는 3인칭(조응소)으로 나타나야 문법적으로 정확하다. (즉 '당신들'이 아니라 '그들이 방금 건너온……'으로 되어 있어야 한다.) 그러나 이 문장은 동사시제가 이미 현재와 복합과거로 되어 있어 자유간접화법에서 벗어나 있다. (자유간접화법이라면 -ait 형태의 반과거나 대과거가 사용되어 있어야 한다.) 결국 이 문장은 자유간접화법에서 자유직접화법으로 미끄러지는 중간 단계로, 두 화법이 혼합(fusion des discours)되면서 문법의 파괴가 일어난다. 이어서 이야기는 1인칭 자유직접화법으로 넘어가서(나[농부]는) 그대로 끝을 맺는다. 여기서 화법은 직접화법 → 자유간접화법 → 자유직접화법으로 이행된다.

위 네 가지 예의 화법 이행을 다시 한 번 정리해 보면 다음과 같다.

1) 간접화법 → 자유간접화법 → 자유직접화법 → 자유간접화법
2) 간접화법 → 자유간접화법 → 자유직접화법 → 자유간접화법
3) 간접화법 → 자유간접화법 → 자유직접화법
4) 직접화법 → 자유간접화법 → 자유직접화법

이 네 가지 유형을 보면 시작이 직접화법이든 간접화법이든 조만간 자유간접화법으로 이행되고, 다시 자유직접화법으로 미끄러지고 있다. 결국 공통점은 자유간접화법과 자유직접화법이 자유롭게 섞여 쓰인다는 데 있다. 도입부가 생략되는 자유간접화법에서 시제와 인칭만 바꾸면(대표적으로 반과거 → 현재, 3인칭 → 1인칭) 자연스럽게 자유직접화법으로의 이행이 이루어진다. 콘의 지적대로 거북한 자유간접화법의 텍스트를 이미 1인칭+현재로 치환해 읽고 있는 독자에게 자유직접화법으로의 이행은 차라리 기대했던 바일지도 모른다. 독자는 자유직접화법을 통해 더욱 생생하게 현실에 가까운 인물의 목소리를 듣는다는 느낌을 갖게 된다.

또한 자유간접화법에서 자유직접화법으로 바뀜과 동시에 이야기는 보다 중요한 것, 보다 강조하고 싶은 점으로 넘어간다는 립스식의 문체론적 분석도 가능하다. 앙젤로와 수녀의 대화(2)에서 자유직접화법으로 되어 있는 이야기의 주제는 앙젤로에게 지대한 영향을 끼치는 어머니에 대한 것이며, 소년(3)과 농부(4)의 이야기에서 자유직접화법으로 표현된 부분은 콜레라의 환상적 측면을 드러낸다. 소년은 사람을 무시하는 개들, 배에서부터 썩어들어 둘로 부러져 버리는 인간의 육체, 특효약을 파는 미심쩍은 사제 등 아이다운 상상력에서 비롯된 황당한 이야기를 늘어놓는다. 과대망상증 농부는 미지의 목소리가 나폴레옹의 대대 같은 까마귀 부대에게 훈장을 수령하는 장면을 직접 보

았노라고 떠벌린다. 현재시제가 사용된 이러한 환상적 장면들은 과거의 사건이 서술의 시간으로 현재화(actualiser)되면서 강조되고 있다.

지금까지 살펴본 대로 지오노는 인물의 담화에서도 여러 가지 방법으로 화법의 이행을 시도하면서 문체의 실험을 한다. 인물의 담화에서 직접화법 혹은 간접화법과 연계된 자유간접화법만을 천편일률적으로 사용하지 않고 여러 가지 화법의 이행을 시도한 작가가 지오노가 처음은 아니다. 콘은 여러 가지 화법을 교체한 예로 플로베르와 버지니아 울프를 예로 든다.[20] 그러나 콘은 자유간접화법('서술된 독백')과 자유직접화법('인용된 독백')이 섞여 쓰이려면 특별한 문맥이 필요하다는 점도 지적한다. 즉 소설 전체의 시제가 현재로 되어 있을 때만이 두 화법이 공존할 수 있다는 것이다.[21] 그러나 지오노는 3인칭 과거 소설인 《기병》에서도 자유간접화법과 자유직접화법을 자유로이 교체시키는 혁신적인 시도를 선보인 것이다.[22]

3. 또 하나의 서술자

지금까지의 논의는 3인칭 소설의 테두리 내에서 독백과 대화라는

20) 위의 책, 159-161쪽 참조.

21) 같은 책, 161쪽. 콘은 현재시제를 사용하면서 두 화법을 교체시킨 예로 슈니츨러(Schnizler)와 브로흐(Broch) 등을 들고 있다. 지오노 자신도 1인칭 현재를 근간으로 하는 소설 《대로》(1951)에서 여러 가지 화법이 혼합되는 예를 보여 준다.

22) 본문 제1장과 제2장의 분석에서는 독백과 대화의 구별을 자명한 것으로 간주했지만, 사실상 소설의 담화에서는 독백과 대화의 경계가 무너지는 경우가 종종 발견된다. '나'의 의식이 '나-너'로 분열되는 독백은 대화의 성격을 띠며, 상대방과의 진정한 교류 없는 대화는 두 개의 독백으로 화하고 만다. 이러한 대화의 잠재된 독백성(monologisme latent de dialogue)은 제13장 의사의 예에서 두드러지게 나타나고 있다. G. Lane-Mercier, *La Parole romanesque*, Klincksieck, 1989, 78-85쪽 참조.

인물의 담화를 중심으로 한 것이다. 인물의 담화를 인용하는 서술자의 지위, 즉 소설의 서술을 담당한다는 공식적인 지위는 아직 흔들린 바 없다. 그러나 제13장에서 등장하는 노의사는 앙젤로와 폴린이 여행중 만나는 수많은 인물들과는 위상을 달리한다. 두 사람과의 대화로 시작된 그의 이야기는 어느덧 자기만의 독백으로 화하며, 종국에는 서술자의 존재를 몰아내 버리고 만다.

제13장으로 들어가기 전에 제12장에 등장하는 클라리넷 연주자의 이야기를 잠시 살펴보자. 이 음악가의 이야기에 사용된 혼란한 화법체계가 제13장 의사의 이야기를 예고하는 역할을 하기 때문이다. 앙젤로와 폴린은 한 클라리넷 연주자를 길에서 만나 생디지에까지 동행하게 된다.(2, 477-491) 10여 쪽에 걸친 이들의 대화에 나타나는 화법은 직접화법 · 간접화법 · 자유간접화법 등 다양하다. 여기서는 그들 이야기의 끝부분에 주목해 보기로 하자.

1. **그는** 리앙의 격리 병사에서 일어난 무서운 일들을 이야기했고, 태양은 참을 수 없는 적갈색 빛을 비추었다고 했다.

2. **사람들은** 보통 태양을 기쁨과 건강이라는 관념과 연결시킨다. 사실 태양이 **우리와** 같은 육체에 (…) 산(酸)처럼 작용한다는 것을 보면 (…). 푸른 하늘은 정말로 아름답다. 3. 하지만 푸른 얼굴은, **내가** 보장하지만 정말 우스운 인상을 준다. 그렇지만 그것은 거의 비슷한 푸른색이다(…).

4. **그는** 아주 기묘한 이기주의의 방법을 발견했다. 5. 이기주의자는 모든 이를 사랑한다. 그는 사랑의 대식가이기조차 하다. 6. 이것이 사실 **나의** 경우이다(…). 7. 그로부터, **그가** 언급을 회피하고 싶은 과도한 감정과 파렴치한 행위들이 나온다.(2, 487)

1. **Il** raconta quelques horreurs de la quarantaine de Rians, à quoi le soleil qu'il évoquait donnait une insupportable couleur rousse.

2. **On** a l'habitude d'associer le soleil à l'idée de joie et de santé. Quand **nous** le voyons en réalité se comporter comme un acide dans des chairs semblables aux nôtres(…). Le ciel bleu, c'est rudement beau. 3. Un visage bleu fait un drôle d'effet, **je** vous le garantis. C'est pourtant le même bleu, à peu de chose près(…).

4. **Il** avait découvert un procédé de l'égoïsme fort curieux. 5. L'égoïste aime tout le monde. C'est même un goinfre. 6. C'est mon cas, **je** l'avoue(…). 7. De là, des débordements et des turpitudes dont **il** ne voulait pas parler.(576)

먼저 인칭과 시제에 주의해 보고, 다음에 화법의 이동을 관찰해 보자. 1은 서술자의 서술로 보인다. 1에 나타난 서술자의 예고로 보아 2에서부터 내용상 발화의 주체는 클라리넷 연주자이다. 2의 첫 문단은 막연한 3인칭 주어 '사람들(on)'과 현재시제로 시작하는데, 일반적인 진리를 이야기하기 위해 일반적인 주어와 격언적 현재를 사용한 느낌을 준다. 그러나 두번째 문장에서 '우리(nous)'의 도입은 이미 이야기가 객관적 진리가 아니라 주관적 이야기로 이행되었음을 예고하며, 이를 뒷받침하듯 몇 문장 후에 1인칭 '나'+현재시제가 등장한다(**je** vous le garantis). 그후에도 2-3의 문단은 끝까지 '나'를 사용하고 있다. 결국 2-3의 문단 전체는 1인칭+현재를 근간으로 한다.

4에서는 문단이 바뀌면서 다시 3인칭 '그(il)'+대과거가 등장한다. 그러나 5에서 다시 격언적 현재가 사용되며, 잠시 후 6에서는 놀랍게도 또다시 1인칭+현재가 나타난다(je l'avoue)! 그러나 문단 끝의 7에서는 3인칭+반과거로 돌아간다(**il** ne voulait pas parler).

위 예문에서 화법의 이동을 분간해 보자. 2-3의 문단은 1인칭+현재의 자유직접화법으로 볼 수 있다. 그러나 4-7의 문단은 사정이 다르다. 4는 자유간접화법으로 보인다. 그러나 격언적 현재로 둘러싸인 6은 자유직접화법이며, 7은 다시 자유간접화법을 사용하고 있다. 4-7의 짤막한 문단은 클라리넷 연주자를 지칭하는 데 3인칭 → 1인칭 → 3인칭을 사용하고 있지만, 그 지시대상은 인칭과 관계없이 모두 클라리넷 연주자이다. 같은 인물을 지시하는 데 끊임없이 인칭을 바꾸면서 문장마다 다른 화법을 사용하는 이러한 방법은 더 이상 문체론적 설명을 용납하지 않는다. 이것은 이 글의 제1,2장에서 살펴본 것과 같이 어느 정도 정돈된 '화법의 변환' 이 아니라, 인칭대명사와 시제의 대혼란이다. 이러한 끊임없는 화법의 교체, 같은 지시대상에 대해 계속해서 달라지는 인칭대명사를 사용하는 기이한 기법은 제13장에 이르러 절정에 달한다.

앙젤로와 폴린이 여행 막바지에 만나게 되는 제13장의 의사는, 지금까지 이들이 헤쳐 나왔던 콜레라의 의미와 이들의 막연한 사랑을 깨우쳐 주는 현자의 역할을 한다. 이 노의사는 빗속을 헤매던 두 남녀에게 따듯한 저녁 식사와 잠자리를 제공하면서 이상한 친화력으로 사람을 이끄는 달변가이다. 앙젤로가 콜레라에 대한 화제를 꺼냄과 동시에 철학자이며 심리학자인 의사 특유의 장광설이 시작된다. 이들의 대화는 처음에는 일반적인 직접화법으로 되어 있다.(2, 529-531) 의사는 자신의 과거를 회상하며 우울증(mélancolie)에 대한 독창적인 이론을 늘어놓는데, 이 부분은 전형적인 자유간접화법이다.(2, 532) 저녁 식사 후 앙젤로는 의미를 알 수 없는 콜레라 이야기를 다시 꺼내며,

의사와의 대화는 직접화법으로 이어진다.(2, 536-539) 이야기는 539쪽에서부터 다시 자유간접화법으로 이행한다.(여기 있는 그가 주장하는 바는 2, 539/ Il prétendait, lui, ici présent 612)

그런데 539쪽에서 제13장이 끝나는 556쪽까지 인칭과 화법의 혼란이 극에 달하면서 주인과 손님의 대화라는 서술 상황은 사라지고, 이와 함께 주서술자(narrateur primaire)의 목소리가 완전히 자취를 감춘다. 이어 의사와 대화를 나누고 있는 것으로 간주되는 앙젤로와 폴린의 목소리까지 완전히 사라진다. 주서술자 대신 등장한 의사-서술자는 손님들(앙젤로와 폴린)의 목소리를 직접 인용하지 않는 대신 그들의 대답을 자신의 서술 속에 반영한다.

> 아니요, 마드무아젤. 심장 이야기가 아닙니다.(2, 542)
>
> 그들[앙젤로와 폴린]은 화산이 폭발하는 것을 보았는가? 그[의사]도 보지 못했다.(2, 547)
>
> 그들[앙젤로와 폴린]은 인간의 몸에 대해 기초적인 것이라도 아는 바가 있는가? 놀라운 일은 아니었다.(2, 548)
>
> Non, mademoiselle, je n'ai pas parlé de coeur.(614)
>
> Est-ce qu'ils avaient vu des éruptions volcaniques? Lui non plus.(617)
>
> Avaient-ils une quelconque notion, même élémentaire sur la chair humaine? Cela n'était pas étonnant.(618)

이렇게 되면 의사의 담론은 더 이상 대화가 아니라 독백의 성격을 띠게 된다. 실제로는 말하고 있을지라도 서술 속에 그 목소리가 인용되지 않는 침묵하는 대화자(interlocuteur muet) 앞에서 독백을 하는 서술자는 카뮈의 《전락》에 나오는 독백 서술자와 비슷하다. 이렇게 의사의 독점적 서술은 잠시나마 주서술자의 존재를 완전히 몰아내고 소설을 장악한다.

사실상 《기병》 전체에 걸쳐 주인공과 가까이 서든 거리를 두든, 또 주인공의 시선으로 바라보든(내적 초점화) 전지적 시점으로 바라보든(무초점화), 주서술자가 서술을 담당하는 기능은 탄탄하게 유지되어 왔다. 서술자가 앙젤로에게 독백의 기회를 주고, 앙젤로와 다른 인물들의 대화를 인용하면서 잠시 인물들에게 목소리를 내주는 일은 있었지만 서술 기능 자체를 넘겨 주는 일은 없었다.[23] 그러나 13장에 이르러 대화를 통해 '나'의 목소리를 내기 시작한 의사는 마치 전지전능한 서술자의 권리를 탈취하려는 듯 3인칭에서 1인칭으로의 전환을 시도한다. 그러면 이 의사가 어떻게 해서 3인칭 서술을 1인칭 서술로 전환시키고 있는지 차근차근 살펴보자.

프랑스어의 인칭과 시제를 자세히 분석하기 위해 지금부터 프랑스어본을 중심으로 살펴보자. 612쪽에서 624쪽(번역본에서 2, 539-556)까지 인칭의 변환은 대략 세 단계에 걸쳐 이루어진다. 612쪽의 처음 두 문단은 3인칭+반과거이지만 세번째 문단은 1인칭+현재. 613쪽에서 처음 두 문단은 다시 3인칭+반과거의 시스템으로 넘어가지만 하단에서 다시 1인칭+현재가 등장한다. 614쪽에서는 계속해서 1인칭+현재로 이어진다. 첫번째 단계(612-614)는 그러니까 3인칭+반과거와 1인칭+현재가 몇 문단씩 교대로 나타나는 형태이다.

---

23) 이 주서술자는 콘의 카테고리로 볼 때 심리 서술(psycho-récit)의 서술자에 가깝다. 이는 19세기까지의 전통적인 소설에 등장하는, 인물과 상황을 장악하고 지배하면서 마음대로 논평하는 강력한 서술자이다. D. Cohn, 위의 책, 제1장 *Le psycho-récit* 참조.

두번째 단계(614-621)로 넘어가면 문단의 시작은 3인칭이었다가 곧 1인칭으로 미끄러지는 형태가 많다. 두번째 단계의 앞부분에서 3인칭 문맥 속의 1인칭 문장은 괄호 속에 넣어진다: (틀리지 않는다면. si je ne m'abuse), 2, 543/614. (색깔은 문제가 안 되죠, 아무거나 상관없어요. les couleurs ne me gênent pas, je les admets toutes), 2, 544/615. 즉 기본적으로 3인칭 체제인 틀 속에 1인칭 문장이 괄호를 매개로 종종 끼어든다.

그 다음에도 1인칭 문장은 쉼표 사이에 끼어들어서, 역시 괄호 안에 들어 있는 느낌과 유사하다: 그들[앙젤로와 폴린]은 내[의사] 생각에, 명예롭게도 그[의사]에게 콜레라에 대해 질문했다. On **lui** avait fait l'honneur, **je** crois, de l'interroger sur le choléra.(2, 545/616) 여기서는 놀랍게도 한 문장 안에 한 지시대상(의사)을 지시하는 데 1인칭과 3인칭 대명사가 동시에 나타난다. 다음 문장도 마찬가지이다: (…)하는 방식에 대해 그[의사]는 대략적이라도 묘사하고 싶은데 나[의사]로서는 유감이지만, 그 이상은 힘들다고 그[의사]는 말했다. **Il** voulait, disait-**il**, donner une description, même approximative, si **je** ne peux pas plus, hélas, de la façon(…).(2, 546/616) 간접화법 문장 속에 쉼표를 사이에 두고 직접화법 문장이 포함되는 이러한 화법의 혼합은 진정 놀라운 문법 파괴이다.

그러나 곧 괄호나 쉼표라는 조심성도 사라지고, 문장이 바뀔 때마다 특별한 원칙도 없이, 1인칭과 3인칭, 현재와 과거가 자유롭게 섞여 쓰이고 있다. 이러한 형태는 클라리넷 연주자의 이야기에서 이미 나타난 바 있다. 문장이 바뀔 때마다 인칭과 시제가 바뀌는 예를 하나 들어 보자.

반면 그들[앙젤로와 폴린]은 콜레라를 묘사해 달라고 했다. 그[의사]는 동의했다. 이제 그걸 하겠다. **그러니까 당신들[앙젤로와 폴린]은 귀를 후비고 잘 들어 주었으면 하오. 조금 아까, 이 젊은이는 원하는 대로 해주지 않으면 나[의사]를 산 채로 잡아먹으려는 것 같았소.**(2, 551)

Par contre, ils avaient voulu une description du choléra. Il y avait consenti; ils allaient l'avoir. **Et qu'on ne se bouche pas les oreilles, s'il vous plaît. Tout à l'heure, ce jeune homme semblait disposé à me manger tout cru si je n'obtempérais pas à ses désirs.**(620)

위의 예에서는 세번째 문장을 축으로, 의사를 지시하는 3인칭이 1인칭으로, 앙젤로와 폴린을 지시하는 3인칭은 2인칭으로 바뀐다. 또 다른 예를 보자.

그는 앙젤로가 정중하고 매력적인 기사의 거의 완벽한 표본이라고 생각했다. **당신[앙젤로]은 내[의사의] 흥미를 끄는 데 성공했고, 감히 말한다면 바지를 입는 데 벌인 소동만으로도 나를 유혹했다고 할 수 있소, 그건 아무나 할 수 있는 일이 아니기 때문에.** 마드무아젤에 대해서라면, 그는 언제나 이 창끝 모양의 조그만 얼굴에 좌우되어 왔다.(2, 547)

Il considérait qu'Angelo était un spécimen à peu près parfait du chevalier le plus attentif et le plus charmant. **Vouz avez réussi à m'intéresser et, j'ose le dire même, à me séduire rien que dans les démêlés avec votre culotte, ce qui n'est pas à la portée de tout le monde.** Quant à mademoiselle, il avait toujours été à la merci de ces petits visages en fer de lance.(617)

첫번째 문장에서는 의사를 지칭하는 데 3인칭이 사용되고, 앙젤로도 3인칭으로 지칭된다. 두번째 문장에서 의사는 1인칭이 되고, 앙젤로는 2인칭 '당신(vous)' 으로 변화된다. 그러나 세번째 문장에서 의사는 다시 3인칭으로 돌아간다. 이렇게 혼란한 체계에서는 면밀한 주의를 기울여야만 인칭대명사의 지시대상을 파악할 수 있다.

이렇게 인칭과 시제를 마음대로 교체시키던 상태가 지나, 세번째 단계에 이르러 드디어 서술의 목소리(voix narrative)를 독점하는 것은 1인칭의 '나' 이다.(622-624) 622쪽에서 제13장이 끝나는 세 쪽에는 1인칭+현재의 체제가 일관되게 사용되어 있다.

의사의 이야기를 다시 한 번 정리해 보면 1단계에서는 3인칭과 1인칭 문장이 몇 문단씩 묶음이 되어 번갈아 등장하며, 2단계에서는 3인칭과 1인칭 문장이 아무 원칙 없이 교대로 나타나는 혼란한 양상을 보이다가, 3단계에서 마침내 1인칭 문장으로 귀착된다.[24] 결국 이 3단계 변화는 3인칭 인물이던 의사가 소설의 1인칭 서술자로 나서는, 즉 3인칭 소설이 1인칭 소설로 이행하는 단계에 해당한다. 그 시도는 몇 번에 걸쳐 이루어지고 번번이 좌절되지만, 의사는 마침내 서술의 권리를 독점하고, 잠시나마 서술자의 지위를 누리게 되는 것이다.[25]

지오노는 제13장에서 기존의 화법과 서술 체계에 대해 어느 정도 도전하고 일탈할 수 있는지를 실험하는 일대 모험을 시도하는 것 같다. 지오노가 1인칭과 3인칭을 자유롭게 섞어 쓰는 방식은 일견 인칭

24) 화법의 관점에서 보면 1,2단계에서는 자유간접화법과 자유직접화법이 혼란하게 섞이다가, 3단계에서는 자유직접화법으로 귀착된다고 볼 수 있다. 그러나 여기서는 서술자가 뒤로 물러나고 의사 자신이 소설의 서술자로 나서는 이상, 더 이상 '인물의 담화' 의 관점에서 '화법' 의 이름으로 문제를 다룰 수 없다. 다시 말해 3단계에 나타나는 1인칭+현재의 체제는 더 이상 '자유직접화법' 이 아니라 '1인칭 소설' 체제로 이행한다.

대명사의 지시 체계에 혼란을 주면서 내용까지 기이하기 짝이 없는 제13장의 가독성(lisibilité)을 저해한다. 인칭과 화법의 형식적인 모호성(ambiguïté formelle)은 의사의 장광설의 내용적 모호성(ambiguïté thématique)과 짝을 이룬다. 독자가 《기병》을 읽는 데 마지막의 큰 걸림돌이 되는(어쩌면 건너뛸지도 모르는) 제13장 의사의 궤변은 그러나 이 소설 전체의 열쇠이며, 지오노식의, 지오노가 만든 콜레라를 이해할 수 있는 유일한 길잡이이다.[26] 제13장을 이해하지 못한 독자는 마지막 제14장의 클라이맥스에서 왜 폴린이 콜레라에 걸리는지, 그리고 어떻게 해서 콜레라를 이겨내는지 이해할 수 없다. 지오노는 자신만의 특이한 콜레라를 자신의 대변인인 혜안의 의사를 통해 밝힌 것이며, 그 과정에서 아무도 시도하지 못했던 문체의 모험을 감행한 것이다.

《기병》의 독백과 대화에 나타나는 화법 체제는 후반부로 갈수록 복잡해지는 양상을 보인다. 앙젤로의 독백에서 '자유직접화법'이 등장

---

25) 지오노의 1947년 작품 《권태로운 왕》은 다수의 서술자가 릴레이식으로 등장하는 다층위의 서술이다. 《기병》의 제13장의 의사 역시 서술자의 이야기 속에 포함된 '이야기 내 서술자(narrateur métadiégétique)'로 이해될 수 있다. 그러나 이 의사는 주 서술자의 권위에 도전하여 1인칭 서술자의 지위를 '탈취'하는 도전적 인물로서, 이야기 속의 한 등장 인물이라기보다는 오히려 소설 밖에서 소설 세계 안으로 침입하는 작가 자신이다(이야기 외 서술자가 이야기 층위로 틈입하는 층위 허물기 métalepse). 시트롱도 이 의사-서술자를 바로 지오노 자신으로 본다: "그 어디서보다, 여기서 말하는 사람은 고삐 풀린 지오노이다." 〈Notice〉, in *Oeuvres romanesques complètes IV*, Galli-mard, 1977, 1365쪽.

26) 장 폴 라프노(Jean-Paul Rappeneau)가 감독한 영화 《지붕 위의 기병》(1995, 올리비에 마르티네즈, 줄리엣 비노쉬 주연)에는 제13장의 노의사가 아예 등장하지 않는다. 반면 장 드코티니는 제13장이 소설에서 가장 중요한 장이라고 강조한다. 그에 따르면 의사는 앙젤로에게 영웅 수련(probation héroïque)의 환상을 깨우쳐 주고, 독자에게는 이전까지의 텍스트 읽기를 전복시키는 역할을 한다. Jean Decottignies, 〈Mélancolie de Giono〉, *L'Ecriture de la fiction*, PUF, 1979, 93-150쪽 참조.

하면서 화법 이동이 나타나며, 인물의 대화에서도 점점 화법의 사용이 복잡해져서, 제12장 클라리넷 연주자의 이야기에서는 매우 빠르게 화법이 변환되고 있다. 그리고 소설 제13장에 이르면 극도로 혼란한 인칭 사용으로 화법 체계에서의 일탈을 보여 준다. 이렇게 기법이 점점 더 자유로워지는 모습은 이 소설의 집필 시기가 5년에 걸친 긴 기간(1946-1951)이었다는 사실과, 그 사이사이에 발표된 '소설 연대기'의 작품들에서 매우 혁신적인 서술기법들을 실험했다는 사실과 무관하지 않다. 사실 《기병》에는 제2차 세계대전 이전 지오노가 사용하던 전통적인 기법과 '소설 연대기' 와 함께 개화한 새로운 기법이 혼융되어 있는데, 특히 인칭과 화법을 사용하는 데 있어 새로운 시도가 보인다. 우리는 소설 곳곳에서 조이스식 '내적 독백' 은 물론, 3인칭 소설에서는 그 어떤 작가도 시도하지 않았던 '자유간접화법' 과 '자유직접화법' 의 병존을 발견할 수 있다.

특히 제13장은 하나의 문장 속에 두 개의 인칭이 버젓이 공존하는 등 극단적인 문법 파괴를 보여 준다. 이러한 인칭의 혼란 혹은 인칭의 '거부' 는, '3인칭 소설' 과 '1인칭 소설' 이라는 소설의 양대 카테고리를 거부하는 지오노의 작은 몸짓으로도 이해될 수 있다. 전통적인 3인칭 소설은 롤랑 바르트식으로 이야기하면 소설의 '소설성' 을 가리키는 작가의 가면이다.[27] 반면 누보로망의 나탈리 사로트는 "의혹의 시대에는 그래도 사실성의 외관을 지닌 1인칭 소설이 작가와 독자 모두를 만족시킨다"고 이야기한다.[28] 지오노는 소설 전체를 위해서는 전통적인 3인칭 체제를 선택하지만 노회한 의사라는 서술자를 내세워 그

---

27) 〈L'Écriture du roman〉, *Le Degré zéro de l'écriture*, Seuil, 1953, 25-32쪽.
28) 〈L'Ère du soupçon〉, *L'Ère du soupçon*, Gallimard, 1956, 59-79쪽.

체제 자체를 전복시키는 모험을 감행한다. 그는 두 체제의 병존을 통해 3인칭의 '소설성'도, 1인칭의 '사실성'도 모두 거부한다.

《기병》의 독백과 대화에 공통적으로 나타나는 복잡한 화법의 기술은 20세기초 소설사를 화려하게 장식했던 '내적 독백'과는 또 다른 기교를 보여 주면서 독특한 효과를 거두고 있다. 이 연구는 주제적 연구에 국한되어 있던《기병》에 대한 연구를 보충하는 동시에, 지금까지 어떤 연구자도 주목하지 않았던 지오노의 독특한 기법을 밝혀내고자 했다.

제Ⅳ부

《보뮈뉴에서 온 사람》과 《폴란드의 풍차》

제8장

《보뮈뉴에서 온 사람》

1928년 프로방스 소도시의 은행원이었던 문학 청년 장 지오노는 8,9년에 걸친 무명의 긴 터널을 통과하고 빛나는 미래 앞에 선다. 《언덕》의 폭발적 성공이 그것이다. 그 해 여름 그는 가족과 함께 알프스로 휴가를 떠나고, 알프스 산의 맑은 공기처럼 투명한 또 하나의 소설을 구상한다. 가을, 지오노는 여전히 은행의 크고 작은 업무를 처리하면서 은행 용지 뒷면에다 또 하나의 걸작을 준비하고 있었다. 《보뮈뉴에서 온 사람》(1929)은 이렇게 탄생한다.

알뱅/아메데/앙젤

혀가 잘려 벙어리가 된 사람들이 산으로 올라가 건설한 신비의 땅 보뮈뉴. 그들은 다시 언어 이전의 태초의 인간으로 돌아가고, '모니카'의 순수한 음악이 언어를 대신한다. 이 땅이 만든, 이 땅의 아들 **알뱅**. '하양(blancheur)' 을 뜻하는 알뱅은 눈처럼 하얀 미소와 샘물처럼 맑은 영혼을 가진 사람이다. 낙원의 땅으로부터 악에 오염된 문명 세계로 내려온 사내의 영혼에 필연적으로 어둠이 깃든다. 그의 어둠, 그의 신비에 끌리는 또 하나의 주인공, 서술자 **아메데**. 여기서 잠깐, 저기서 잠깐, 다른 사람들의 삶을 엿보고 떠나는 늙은 떠돌이. 어쩌면 붙박이 삶을 은밀히 소망하지만, 그는 사실 빔 벤더스 감독의《베를린 천사의 시》에 나오는 중년의 천사처럼 피곤하고 지친 이 땅의 영혼들을 돌보는 '행복을 전하는 할아버지' 역할을 한다. 알뱅과 아메데의 나이를 초월한 우정은 소설을 엮는 씨줄이다.

또 하나의 천사 **앙젤**(프랑스어의 앙주(ange)는 천사라는 의미이다). 천사의 순수성과 동물의 단순성을 동시에 지닌 원초적인 처녀. 먼발치에서 단 한번 보았던 알뱅의 머릿속에 영원한 등불이 되는 앙젤. 알뱅과 앙젤의 사랑이 소설의 날줄이 된다. 앙젤은 문명 세계와 악을 대표하는 포주 **루이**의 꼬임에 넘어가 뒤랑스 강변의 고향집 둘루아르('고통' 이라는 뜻이다)를 떠나 마르세유로 간다. 하늘에 맞닿은 열린 공간 보뮈뉴의 반대 극, 질척거리는 낮은 항구 도시 마르세유에서 기다리고 있는 그녀의 운명은 예정된 그대로다. 천사의 추락. 아비도 모르는 아기를 안고 집으로 돌아온 그녀는, 마을 사람의 눈이 무서운 현실 세계의 '법' 의 대표 아버지에 의해 집 안에 유폐된다. 땅 속, 닫힌 공간의 비극.

그녀를 어떻게 구할 것인가? 영원히 죄지은 여인으로 낙인찍힌 그녀를 구하는 방법은 현실 세계에는 없다. 모든 것을 포용하는 알뱅의 사랑을 전하는 것도 인간 세계의 언어로는 불가능하다. 그녀를 구하는 방법은 언어 이전의 언어로 인간의 영혼에 직접 호소하는 보뮈뉴의 하모니카, '모니카' 밖에 없었다…….

구조/층위 이야기

일견 단순하고 동화적으로 보이는 줄거리의 씨줄과 날줄을 엮어나가는 날틀로 지오노가 택한 것은 고도의 '층위 이야기' 이다. 이 소설은 사실상 세 단계의 층위로 이루어져 있다. 소설의 발화의 현재와 겹쳐지는 맨 위의 층위(이야기 외 층위)는 소설의 마지막 장인 제13장에 가서야 밝혀지는데, 소설 전체는 이제 나이 먹은 서술자 아메데가 프로방스의 한 카페에 앉아 무명의 청자들에게 들려 주는 이야기로 밝혀진다. 이 무명의 청자들은 현실 세계의 독자들과 오버랩된다.

두번째 층위는 이야기 자체의 층위(이야기 층위)로, 이 층위에서 보다 젊은 시절의 인물 아메데는 알뱅과 만나고, 둘루아르로 가서 앙젤을 찾아내어 두 사람을 맺어 주는 조력자 역할을 한다. 세번째 층위는 아메데의 이야기 속에 삽입된 알뱅의 이야기로 이루어진다(이야기내 층위). 여기서는 임시 서술자가 알뱅이 되며, 아메데가 청자의 역할을 한다. 세번째 층위가 나타나는 장은 소설 첫 부분의 제1,2장과 제11장이다.

지오노가 이렇게 복잡한 층위의 기법을 사용하는 이유는 이야기의 '간접화'에 있다. 맨 위의 층위에 위치하는 독자가 직접 접하는 것은 서술자 아메데뿐으로, 아메데의 매개를 통해 간접적으로 이야기를 듣게 된다. 알뱅은 아메데의 매개를 거쳐 그의 시선(시점)을 통하여 독자에게 전달되고, 앙젤은 알뱅의 시점을 통해서만(두 번의 간접화를 거쳐) 독자에게 전달된다. 사실상 아메데는 앙젤과 함께 있을 때도(제12장) 앙젤을 거의 보지 못하며, 직접 대화를 나누는 법도 없다. 앙젤은 어디까지나 알뱅의 시선이 개입된 특별한 여인, 두 겹의 베일에 싸인 신비한 여인이 된다. 이러한 면은 마술 '모니카'를 부는 사나이 알뱅에게도 나타나며, 특히 단 한번밖에 묘사되지 않는 알뱅의 고향 보뮈뉴, 아무도 가보지 못한 그곳은 영원히 비밀의 땅으로 남게 된다.

언어/음악/시선

사실 이 소설을 존재하게 하는 것, 이 이야기를 특별한 것으로 만드는 것은 바로 '모니카' 이다. '모니카' 의 이 마술적인 힘은 목신(그리스 신화의 목신 판(pan))의 피리를 환기시킨다. (사실상 《언덕》《보뮈뉴에서 온 사람》《소생》은 '목신의 3부작' 을 이루면서 지오노 초기 소설의 대표작으로 평가되고 있다.) 보뮈뉴라는 신화적인 목신의 땅에서 온 남자 알뱅만이 현실의 땅에서 단죄하는 처녀 앙젤을 마술 피리를 가지고 구해낼 수 있는 것이다. 여기서 우리는 지오노의 디오니소스적인 영감과 사실적이라기보다는 신화적인 이 소설의 본질을 엿볼 수 있으며, 더 나아가 작가의 현실 비판과 문명 비판을 감지할 수 있다.

빛나는 언어의 조각처럼 다듬어진 이 시적인 작품에서 지오노가 암시하고 있는 것은 역설적으로 언어의 무용성, 언어를 통한 의사소통의 불가능성, 어쩌면 언어로 창조되는 예술에 근본적으로 운명지어진 실패의 예감 같은 것이다. 언어를 바탕으로 이루어진 문명 사회가 필연적으로 오해와 사기에 기초하고 있다는 것은 '알뱅이 도저히 말로 이겨먹을 수 없는' 달변의 루이가 잘 대변하고 있다. 우리는 소설에서 언어를 대표하는 루이와 '먹고 마시기 위해 필요한 몇 마디 외에는 하지 않은,' 침묵을 대표하는 알뱅의 대조를 유의해 볼 수 있다. 아메데에게 괴로움을 털어 놓던 알뱅의 언어는 더 이상 인간의 언어가 아니라 '바람의 소리' 였음을 기억하자. 슬픈 피에로 사튀르냉의 왜곡된 언어(웃음) 역시 간과해서는 안 된다.

소설에서 또 하나 언어를 대신하는 것은 시선(regard)이다. 알뱅이 앙젤에게 사로잡히는 것은 단 한번의 시선을 통해서이다. 알뱅과 아메데가 서로를 이해한 것도 말이 아닌 시선을 통해서이다. 알뱅을 처음 본 순간 아메데의 마음을 끈 것도 그 시선(그 시선에 담긴 어두운 빛)이었고, 아메데에게 둘루아르로 가려는 결심을 재촉한 것도 그 시선에 돌아온 어둠이었으며, 마지막 두 사람이 헤어지는 장면에서 결정적으로 우정의 끈(ficelle d'amitié)으로 명명된 것도 그 시선이었다. 언어가 불필요한 사회, 대신 순수한 음악과 시선을 통한 이해가 가능한 보뮈뉴의 원초적인 자연이 언어와 오해에 기초한 문명 사회의 대안이 될 수 있을까? 지오노는 실제로 몇 년 후 프로방스의 언덕에 '콩타두르'라는 이상적인 공동체를 건설한다. 물론 제한된 기한이었고 곧 실패로 돌아갔지만, 문명 사회를 버리고 잠시나마 자연으로 돌아가 음악을 벗삼아 지낸 그 기간이야말로 지오노 자신이 바로 '보뮈뉴에서 온 사람'으로 육화했던 행복의 시간이었으리라.

세상에 소설은 많고 많다. 아름다운 소설, 감동적인 소설도 있지만 감각적인 소설, 언어의 유희에 그치는 소설이 판치는 세상이다. 단 한 번의 필치로 레이저 광선처럼 인간의 본질을 꿰뚫는 소설, '초승달 모양 낫의 광채로 형형하게 빛나는' 소설, 읽고 나면 오랜 갈증을 풀어 주는 산행길의 맑은 샘물처럼 차갑고 시원한 소설은 없을까? 복잡한 심리 소설, 심오한 교훈을 설교하는 소설에 지친 독자들에게 《보뮈뉴에서 온 사람》이 맑은 샘물 한 동이가 되길 기원한다.

제9장

《폴란드의 풍차》

장 지오노의 《폴란드의 풍차》(민음사)는 국내에 번역되는 지오노의 아홉번째 소설이다. 생태주의적 애니메이션 영화로도 유명한 《나무를 심은 사람》과 《소생》 《지붕 위의 기병》을 필두로, '지오노 선집' 시리즈(이학사)로 출판된 《언덕》 《보뮈뉴에서 온 사람》 《세상의 노래》 《영원한 기쁨》 《권태로운 왕》 등, 1990년대 이후 지오노의 소설이 다수 출판되었다. 이쯤 되면 연세대 박인철 교수의 세심한 번역으로 다시 한 번 소개되는 지오노는 현대 프랑스 소설가 중 국내에서 가장 많이 번역된 작가의 반열에 오르는 것이 아닌가 싶다.

프랑스에서는 앙드레 말로로부터 '20세기 프랑스 문학을 대표하는 소설가'로 자리 매김될 만큼 문학성과 대중성을 동시에 인정받고 있지만, 우리나라의 지오노는 대중적인 인기와는 여전히 거리가 멀다. 생경하고 난해한 듯한 그의 작품은 어찌 보면 소수의 마니아들만 열광하는 컬트 차원에 올라 있는 것 같다(지오노 전공자이자 번역자로서, 지오노에 빠져 있는 사람들을 만나기란 어렵지 않은 일이었으므로). 《폴란드의 풍차》 역시 프랑스의 포크너라고 불리는 장 지오노의 작품 중 가장 수수께끼 같은 것으로 알려져 있다.

《폴란드의 풍차》에는 물론 폴란드도, 풍차도 나오지 않는다. 남프랑스 프로방스의 작가라니까 알퐁스 도데의 《방앗간 소식》쯤을 기대하고 가벼운 마음으로 이 책을 들게 된 독자는 어쩌면 실망할지도 모른다. 혹시 《권태로운 왕》을 읽고 반가운 마음으로 책을 접하게 된 독자라면 줄지어 늘어선 시체 따위에 겁을 먹지는 않을 것이다.

《폴란드의 풍차》는 신의 저주를 받은 한 가문의 엽기적인 연대기이다. '폴란드의 풍차'란 이 기이한 가문의 영지에 우연히 붙여진 이름이며, 장 지오노의 고향인 마노스크 근교에 실제로 존재했던 집의 이름이기도 하다. (이 집은 이 소설이 출간된 후, 마치 같은 저주를 받은 듯 불의의 화재로 전소되었다.)

'신이 잊어버리지 않는' 사람 코스트는 아내와 아들을 잃고 프랑스로 돌아와 '폴란드의 풍차'에 자리잡는다. 코스트는 두 딸에게 '신으로부터 잊혀진' 가문 출신의 사위들을 맺어 준다. 하지만 그는 낚싯바늘에 손가락을 찔려 어이없이 죽는다. 손녀딸은 버찌씨가 목에 걸려 질식사하고, 같은 날 딸도 산고로 죽는다. 사위는 미쳐서 죽는다. 다른 딸의 가족은 열차사고로 인해 한꺼번에 죽음을 당한다. 코스트의 증손자는 자살하고, 그 여동생 줄리는 얼굴 반쪽이 일그러지는 불행을 당한다. 바로 그때 이 편협한 도시에 신비한 외지인 조제프 씨가 찾아든다. 그는 도시 전체의 놀림감이 된 코스트의 증손녀 줄리를 구하고 그녀와 결혼할 것이다. 조제프 씨는 과연 코스트 가문의 저주받은 운명을 피할 수 있을 것인가…….

우리는 여기서 코스트가에 닥치는 '붉은색의, 극적인' 죽음들의 원인이 어디에 있는지 자문하게 된다. 이유 없이 고난을 당하는 듯한 코스트는 성서의 의인 욥과 비교되며, 코스트가는 출애굽기에서 몰살당하는 아말렉족으로 묘사되기도 한다. 하지만 지오노는 이 소설에서 '운명'을 분명하게 정의하고 있다. 겉으로 보기에는 "그 운명을 당하는 것 같지만, 사실은 그런 운명을 도발하고, 불러들이고, 유혹하는 사람의 은밀한 욕망에 부응하는" 것이 운명이라는 것이다. 운명이란 뜻을 알 수 없는 신의 의지에 의해 좌우되는 것이 아니라 인간 자신이 초래하는 무엇이다. 코스트 가문 사람들의 유별난 '운명애'는 자기 파괴로 이끄는 프로이트의 '죽음의 본능'과 일맥상통한다.

이 소설이 제기하는 또 하나의 문제는 기이한 1인칭 서술자 '나'에 대한 것이다. 서술자는 거의 악마적인 말주변을 가진 조제프 씨의 공증인이다. '나'는 증인으로서 이 가문의 비극을 보고하지만 그의 서술에는 문제가 있다. 그는 소설의 마지막 페이지에 가서야 "내가 꼽추라고 말한 적이 있던가?" 하는 우회적인 질문으로 그때까지 함구해 왔던 자신의 비밀을 밝히기 때문이다. 그의 육체적인 기형은 그의 삐뚤어진 서술과 맥을 같이한다. '믿을 수 없는 서술자'인 '나'는 지금까지 구축해 올린 서술 전체를 이 단 하나의 질문으로 와르르 무너뜨린다. 숨가쁘게 코스트가의 불행을 읽어치운 독자는 이제 다시 한 번 이 소설을 읽어야 한다. '나'의 말을 하나하나 의심하며 뒤집어 보고, 숨은 의도를 알아보고, 앞뒤를 다시 꿰어 맞춰 보면서.

제V부

서술 이론

제10장

소설에서의 인칭의 문제

우리가 어떤 소설을 앞에 놓고 최초로 할 수 있는 형식적인 분류는 아마도 인칭에 의한 분류일 것이다. 우리는 별 문제 의식 없이 《적과 흑》은 3인칭 소설이고 《이방인》은 1인칭 소설이라고 말한다. 그러나 몇몇 비평가들은 이렇게 자명해 보이는 진리에 반대하면서, 1인칭/3인칭의 구분을 폐기하거나 새로운 분류를 제안한다. 또 소설 중에는 1인칭이나 3인칭의 꼬리표를 붙이기 어려운, 인칭의 기준으로는 분류하기 힘든 소설들도 존재한다. 이 글에서는 과연 1인칭/3인칭의 구분이 폐기되어야 할 분류인지, 또 새로운 분류에는 분명한 이점이 있는지 알아본 다음, 위의 문제적 소설들에 이 두 가지 분류 방법들을 적용해 봄으로써 각각의 타당성을 비교해 보고자 한다.

1. 1인칭/3인칭 구분 무용론

소설에 사용된 인칭에 따라 소설을 구분하는 문제는 서술이론가들 사이에 크게 논란이 되어 왔다. 1960년대에 발표된 몇몇 영향력 있는 논문에서 우리는 '1인칭 소설'과 '3인칭 소설'의 구분 자체를 부인하는 의견을 발견할 수 있다. 그중 웨인 부스의 의견을 들어보자.

가장 남용되어 온 범주는 '인칭' 의 범주인 듯싶다. 어떤 이야기가 1인칭 혹은 3인칭으로 되어 있다고 말하고 나서 소설들을 1인칭이나 3인칭의 범주에 모아 넣는 일은 우리에게 아무런 중요한 것을 가르쳐 주지 못한다.[1)]

그는 이어서 3인칭 소설의 범주로 분류되는 《허영의 시장》이나 《톰 존스》의 코멘트(commentaire)가 1인칭으로 되어 있다는 사실, 그리고 이런 코멘트는 일반적인 3인칭 소설보다는 1인칭 소설인 《트리스트램 샌디》의 내면적 효과와 유사하다는 사실을 증거의 하나로 제시한다.[2)] 19세기의 새커리나 필딩 · 발자크의 소설에는 '전지적 서술자' 가 1인칭을 사용하여 3인칭의 소설 세계에 개입하는 일이 빈번했다. 작가를 연상시키는 서술자의 이러한 여담(digression)은 흔히 '작가의 개입 (intrusions d'auteur)' 이라 불린다.[3)] 주인공을 제쳐두고 종횡무진으로 자신의 의견을 개진하는 서술자의 여담은 사실 3인칭 소설 속에서 1인칭의 섬을 형성한다.

인칭이 소설을 분류하는 데 있어 적절한 도구가 못되는 이유의 하나로 인칭대명사 자체가 가진 이중성도 지적될 수 있다. 롤랑 바르트는 구조주의 서술학의 효시가 되는 유명한 논문에서 "3인칭(비인칭 체계)으로 씌어지긴 했지만 사실은 1인칭(인칭 체계)인 소설"의 가능성

---

1) W. C. Booth, 〈Distance et point de vue〉, *Poétique du récit*, Seuil, 1977, 91쪽.

2) 같은 책, 91-92쪽.

3) 조르주 블랭은 스탕달의 소설을 분석하면서 서술자의 여담을 '작가의 개입' 이라 명명한다. 그는 필딩의 소설에 나타나는 이 기법이 스탕달 소설에 미친 영향을 구체적으로 지적하고 있다. G. Blin, *Stendhal et les problèmes du roman*, José Corti, 1983, 211-214쪽 참조. 여담에 대한 본격적인 분석으로는 란다 사브리의 《담화의 놀이들》, 이충민 옮김, 새물결, 2003 참조.

에 대해 언급하고 있다.

그것을 어떻게 결정할 것인가? 그것은 3인칭으로 된 이야기(구절)를 1인칭으로 '바꿔 써보는(rewriter)' 것으로 충분하다. 이러한 조작이 문법적 인칭의 변화 외에 아무런 담론의 변화를 가져오지 않는 한, 이 이야기가 인칭 체계에 속한다는 사실은 확실하다.[4)]

예를 들어 《황금손가락을 가진 사나이》에서 "그[제임스 본드]는 50대의 한 남자를 보았다"는 문장은 "나는 50대의 한 남자를 보았다"로 재기술해도 문제가 없다는 것이다. 반면 "유리컵에 부딪치는 얼음 소리는 본드에게 갑작스런 영감을 주는 것 같았다"라는 문장은 '같았다'라는 양태적 동사 때문에 1인칭으로의 전환이 불가능하다고 바르트는 말한다. 이와 같이 3인칭 자체가 1인칭적 성격을 나타내고 있는 이상, 표면적으로 나타나는 인칭과 그 진정한 성격은 무관할 수도 있다.[5)]

한편 자서전 이론가인 필립 르죈은 1인칭대명사의 이중성을 지적한다.[6)] '3인칭으로 씌어진 자서전'의 문제를 연구하던 그는 1인칭 '나'가

---

4) R. Barthes, 〈Introduction à l'analyse structurale des récits〉, *Communications*, 8, 1966, Seuil, 1981, 26쪽.

5) 그러나 주네트는 바르트의 이러한 지적이 서술 행위(narration)의 문제와 초점화(focalisation)의 문제를 혼동한 데서 비롯되었음을 지적한다. 1인칭으로의 전환이 가능하다는 첫번째 문장은 시점이 인물 자신에게 있는 '내적 초점화,' 불가능하다는 두번째 문장은 시점이 외부에 있는 '외적 초점화'에 속하는 것으로서, 여기서는 '누가 말하는가?'라는 서술자가 문제가 아니라 '누가 보는가?'라는 초점화가 문제인 것이다.(G. Genette, *Figures III*, Seuil, 1972, 210쪽) 결국 바르트가 이야기하는 '3인칭으로 나타난 1인칭'은 3인칭 소설 중 '내적 초점화'인 경우에 대한 오해이며, 예의 소설의 3인칭 체계는 그대로라 볼 수 있다.

6) Ph. Lejeune, 〈L'autobiographie à la troisième personne〉, *Je est un autre*, Seuil, 1980, 32-59쪽.

발화 행위(énonciation)의 주체와 발화(énoncé)의 주체 사이의 간극을 감추고 있다는 결론에 도달한다. 서술자가 사용하는 1인칭은 본질적인 의미의 1인칭이지만(발화 행위의 주체인 지시소 나 je déictique), 인물을 지시하는 1인칭은 3인칭적 요소(지시소의 성질을 잃어버린 하나의 '인물')를 지닌다는 것이다. 다시 말해 인물을 지시하는 이 1인칭은 벤베니스트적 의미의 '담론(discours)'에 속하는 진정한 1인칭이 아니라,[7] 단순히 이 인물이 '서술자와 동일한 인물임을 가리키는' 지표가 될 뿐이므로 비인칭과 마찬가지라 할 수 있다.[8] 자서전에서 표면적으로 나타나는 것은 문법적으로는 하나의 '나'지만 이 속에는 '과거의 나'와 '현재의 나'가 함께 들어 있다. 결국 이 1인칭은 3인칭('과거의 나')을 은폐하는 이중성을 지니고 있다. 랭보의 유명한 시구에서 따온 르쥔의 책명, "나는 타자다(Je est un autre)"는 이러한 점에서 시사하는 바가 많다.

장 스타로뱅스키 역시 〈자서전의 문체〉에서 유사한 지적을 하고 있다. 자서전에서 인칭적 표지(1인칭)는 일관성 있게 나타나지만, 과거의 인물은 오늘의 서술자와 다른 서술자이기 때문에 이 일관성은 사실 모호한 것이다. 따라서 과거에 속하는 1인칭은 벤베니스트적 의미의 '이야기(histoire)'에 속하는 단순과거 동사와 결합되면서 유사 3인칭(quasi-troisième personne)으로 취급된다.[9]

르쥔이나 스타로뱅스키의 지적은 자전적 성격의 1인칭 소설에도 해

---

7) 벤베니스트의 '담론'과 '이야기(histoire)'의 구분에 대해서는 E. Benveniste, *Problèmes de linguistique générale I*, Gallimard, 1966 참조.

8) D. Maingueneau, *Eléments de linguistique pour le texte littéraire*, Bordas, 1986, 41쪽.

9) J. Starobinski, 〈Le Style de l'autobiographie〉, *La Relation critique*, Gallimard, 1970, 92-93쪽 참조.

당하여, 여기서 서술하는 나(je narrant)로 나타나는 서술자와 서술된 나(je narré)로 나타나는 주인공 사이의 간극은 매우 크다.[10] 그러니까 서술자인 '서술하는 나' 만이 진정한 1인칭적 성격을 갖고 있으며, 인물의 '서술된 나' 는 3인칭이나 마찬가지인 셈이다.[11]

다시 한 번 요약하여, 3인칭 소설에도 1인칭 서술자가 나타날 수 있다, 때로 3인칭의 진정한 성격은 1인칭일 수 있다, 또 문법적으로 나타나는 인칭이 1인칭일지라도 그 근본적인 성격은 이중적(1인칭+3인칭)이라는 이러한 지적들은 인칭의 문제에 대해 본질적인 성찰의 필요성을 제기한다. '1인칭 소설' 과 '3인칭 소설' 이라는 전통적인 분류에 반기를 든 서술학 이론가들은 여러 새로운 용어들을 창시했는데, 이런 용어들은 과연 일관성이 있는 채택될 만한 용어들인가? 이러한 의문이 다음 장의 주제이다.

2. 동종 이야기/이종 이야기

제라르 주네트는 1970년대초 프랑스 서술학에 큰 획을 그은 〈서술의 담론〉에서 '인칭' 이라는 표현에 언제나 괄호(《 》)를 친다. 그에 의하면 이 괄호는 항의의 표시이다.

---

10) 프란츠 슈탄젤도, 《소설의 이론 *Theorie des Erzahlens*》(Gottingen, 1979; 김정신 역, 문학과 비평사, 1990)에서 많은 1인칭 소설에서 '서술 자아' 가 '경험 자아' 를 멀리하려는 경향에 주목한다. 그는 "1인칭 서술자가 소시적 자아를 부를 때 대명사 '나' 를 '그' 로 변이시키는 현상"을 지적한다.(153쪽) '인물로서의 나' 를 아예 3인칭 대명사로 지칭하는 것은 르죈의 지적을 역설적으로 입증한다.

11) 또 하나 지적할 것은, 1인칭 소설 중에서도 내적 독백(monologue intérieur) 형태로 된 소설에서는 '서술하는 나' 와 '서술된 나' 사이의 간극이 매우 적으므로 이 때의 1인칭은 진정한 의미의 1인칭에 가깝다고 볼 수 있다.

여러분은 우리가 지금까지 《1인칭 서술》-《3인칭 서술》이란 용어를 항의의 괄호 속에서만 사용했다는 사실을 알아차렸을 것이다. 흔히 사용되는 이러한 표현은 서술 상황에서 사실상 불변하는 요소의 가변성을 강조하고 있다는 점에서 부적합한 것 같다. 카이사르의 《갈리아 전기》 같은 관례적인 전용어법을 제외하면, (나타나든 숨어 있든) 서술자의 '인칭' 존재는 발화 속에 나타나는 발화 상황의 모든 주체와 마찬가지로 '1인칭'이 될 수밖에 없다. (…) 소설가의 선택은 두 가지 문법적 형태 사이에서가 아니라 두 가지 서술 태도, 즉 그의 '인물들' 중 하나가 스토리 서술을 담당하도록 하느냐, 아니면 스토리 밖의 서술자가 서술을 담당하도록 하느냐 하는 사이에서 이루어진다. (그 문법적 형태는 기계적인 결과일 뿐이다.) (…) 서술자가 언제든 '이처럼' [1인칭으로] 서술 속으로 개입할 수 있는 한 모든 서술은, 정의상, 잠재적으로 1인칭으로 되어 있다.[12]

주네트는 소설에 있어서 1인칭의 존재는 두 가지 전혀 다른 상황을 가리킬 수 있다고 지적한다. 이는 서술자가 자신을 지적하는 경우와 (3인칭 소설 속의 1인칭 서술자), 서술자와 작중 인물이 같은 인물임을 지적하는 경우인데, '1인칭 소설'이라는 명칭은 후자의 경우만을 지칭하기 때문에 부적합하다는 것이다. 그래서 주네트는 '인칭'에 의한 구분을 폐기하고 신조어를 만든다. 스토리 속에 존재하지 않는 서술자가 서술을 담당할 경우는 이종 이야기(récit hétérodiégétique, 예: 플로베르의 《감정 교육》), 스토리 속에 인물로 존재하는 서술자가 서술을 맡는 경우는 동종 이야기(récit homodiégétique)라는 것이다. 한편 동종

12) G. Genette, 위의 책, 252쪽.

이야기에는 두 가지 하위 구분이 가능한데, 서술자가 주인공으로 등장하는 경우의 자전 이야기(récit autodiégétique, 예: 르사주의 《질블라스》)와, 서술자가 증인(témoin)이나 관찰자로 등장하는 경우(멜빌의 《모비 딕》에 나오는 이스마엘)이다.[13] 주네트의 신조어는 많은 서술이론가들 사이에 받아들여지고 아류를 낳는다.[14]

주네트는 앞서 나왔던 부스의 입장, 즉 3인칭 소설의 코멘트가 1인칭으로 되어 있다는 점에서 '1인칭/3인칭 소설' 이란 구분을 반대하는 입장에 동의하고 있다고 볼 수 있다. 그러나 이 문제는 주네트 자신의 서술 이론을 빌려 '서술층위' 의 차이로 쉽게 해결될 수 있다. 즉 작중 인물들이 움직이는 소설 세계 자체가 이야기 층위(niveau (intra)diégétique)상에 있다면, 소설 세계 밖에서 소설로 끼어드는 서술자-작가는 이야기 외 층위(niveau extradiégétique)상에 존재하기 때문이다.[15] 미에케 발은 서술층위의 차이와 관련하여 주네트보다 더욱 명료한 지적을 하고 있다.

이종 서술자의 그룹 내부에는 전통적으로 구분되어 온 두 유형이 존재한다. 서술자로서 부재하고, '3인칭' 의 보이지 않는 서술자(narrateur invisible)와 자신이 등장하지 않는 스토리를 이야기하는 ('1인칭' 의) 보이는 서술자(narrateur visible)가 있다. 3인칭으로 이야기하는 서술자(그러니까 부재하는 서술자)와 자신이 등장하지 않는 스토리를 1인칭으로

---

13) 같은 책, 252-253쪽.

14) 그 대표적인 경우가 슈탄젤의 용어와 함께 주네트의 용어를 받아들인 린트벨트와, 주네트를 비판하면서도 그의 용어에 신조어를 더 추가한 발이다. J. Lintvelt, *Essai de typologie narrative*, José Corti, 1981, M. Bal, *Narratologie*, Hes publishers, Utrecht, 1984.

15) 위의 책, 238-241쪽.

이야기하는 서술자 사이에 층위의 차이는 없다.[16]

다시 말해 이종 이야기 내부의 두 유형의 서술자, 즉 보이지 않는 서술자와 1인칭으로 개입하는 보이는 서술자 사이에는 "층위의 차이가 없다" 곧 모두 '이야기 외 층위'에 위치한다는 뜻이다. 동종 이야기에서도 마찬가지로 '나-서술자'는 이야기 외 층위에, '나-인물'은 이야기 층위에 위치한다. 그렇다면 부스가 예로 든 《허영의 시장》이나 《톰 존스》는 이야기 외 층위에서는 1인칭인 소설이지만, 이야기의 본류라 할 수 있는 이야기 층위에서는 3인칭인 소설이 되며, 부스의 무용론은 '서술층위'의 문제를 간과한 데서 기인한 것으로 파악될 수 있다. 요컨대 일반적으로 '3인칭 소설'이라 일컬어지는 소설은 서술자가 1인칭을 사용하여 스토리에 개입하느냐 개입하지 않느냐를 떠나 '이야기 층위'에 3인칭이 사용된 소설을 일컫는다고 볼 수 있으며, 이것이 사실 전통적으로 1인칭과 3인칭 소설을 분류하는 기준이기도 했다. 따라서 층위의 문제를 분명히 한다면 1인칭 소설/3인칭 소설의 분류도 여전히 유효하다고 말할 수 있다.

주네트는 '인칭'이라는 단어를 버리고 1인칭 소설을 커버하는 '동종 이야기'와, 보이지 않는 서술자와 보이는 서술자(1인칭)가 등장하는 3인칭 소설을 커버하는 '이종 이야기'라는 신조어를 만들어 냈지만, 이것으로 인칭의 문제가 무 자르듯 해결된 것은 아니었다. 그는 1980년대 들어 〈서술의 담론〉의 후편격이면서 자신의 이론을 수정·보완한 새로운 저서를 내는데, 이 《새로운 서술의 담론》에서 그는 예

16) M. Bal, 위의 책, 31쪽.

의 신조어를 다시 한 번 옹호하면서도 약간 유보적인 입장을 표한다.[17] 주네트는 서술 태도에 의한 선택(동종/이종 이야기)이 우선하며, 문법적 형태(인칭)는 그 '기계적 결과' 일 뿐이라고 주장했던 종전의 입장으로부터 한 걸음 후퇴하는 듯한 제스처를 취한다.

> 나는 그렇다고 해서 (문법적) 인칭의 선택이 서술자의 스토리 속 상황과 완전히 무관하다고 주장하지는 않겠다. 오히려 인물 중의 한 사람을 가리키기 위해 '나' 를 선택하는 것은 기계적으로 별도리 없이 동종 이야기적인 관계, 즉 이 인물이 서술자 '이다' 라는 확실성을 부과한다고 본다. 반대로, 그러나 똑같이 엄밀하게, '그' 의 선택은 서술자가 그 인물이 '아니다' 라는 사실을 내포한다.[18]

1인칭의 선택은 동종 이야기를, 3인칭의 선택은 이종 이야기를 내포한다는 이러한 입장은 '인칭' 과 '동종/이종이야기' 사이의 관계를 재규정해 준다. 《새로운 서술의 담론》에서 주네트는 결과적으로 인칭의 선택이 서술 태도에 의한 선택에 우선한다는 사실을 인정하는 셈이다. 이러한 입장이 어떤 결과를 낳는지 살펴보도록 하자. 주네트는 까다로운 문제인 '3인칭 자서전' 을 예로 든다. 〈서술의 담론〉에서 주네트가 1인칭을 벗어나는 예외로 남겨두었던, '관례적인 전용어법' 에 의해 3인칭을 사용한 율리우스 카이사르의 《갈리아 전기》, 1인칭과 3인칭이 번갈아 등장하는 롤랑 바르트의 자서전 《롤랑 바르트가 쓴 롤랑 바르트》 등이 문제된다.[19] 이러한 작품들은 사실상 저자 자신이 주인

17) **Seuil**, 1983, 64-77쪽 참조.
18) 같은 책, 71-72쪽.
19) **Seuil**, 1975, 《롤랑 바르트가 쓴 롤랑 바르트》, 이상빈 역, 강 출판사, 1997.

공임에도 불구하고 채택된 서술 유형(3인칭)은 서술자가 주인공이 아닌 것처럼 위장한다.

르죈은 자서전이란 정의상 (동종 이야기의 하위 개념인) 자전 이야기에 속한다고 규정하면서, 3인칭으로 된 자서전에 대해 '3인칭 자전서술(narration autodiégétique à la 3e personne)' 이라는 표현을 쓴다.[20] 그러나 주네트는 《새로운 서술의 담론》에서 이러한 자서전을 동종 이야기가 아니라 '이종 이야기적 자서전(autobiographie hétérodiégétique)' 으로 규정해야 한다고 주장한다.[21] 내용상으로는 주인공=서술자라는 등식이 성립하지만 사용된 인칭이 3인칭이라는 이유로 이런 작품들을 '이종 이야기' 라 규정한 것이다. 주네트의 논리는 결국 동종/이종 이야기의 구분보다 1인칭/3인칭의 구분이 우선하는 결과를 낳고, 〈서술의 담론〉에서 비판했던 1인칭/3인칭 구분의 우위를 도리어 인정하는 셈이 된다. 주네트의 이론적 선회는 서술이론가들 사이에 중대한 오해를 야기한다.

실례로 주네트의 용어들을 이어받은 린트벨트는 주네트와 반대로 동종/이종 이야기의 카테고리를 1인칭/3인칭의 카테고리보다 상위의 개념으로 놓는다. 린트벨트에 의하면 이종 이야기는 전통적으로 3인칭으로 나타나고 있지만, 2인칭이나 1인칭도 가능하다는 것이다.[22] 뷔토르의 《변모》는 2인칭 '당신(vous)' 을 사용하고 있지만 이종 이야기로 분류되며, 페렉의 《W 또는 유년기의 추억》의 한 에피소드는 1인칭으로 되어 있지만 실제로는 주인공이 아니라 다른 사람에 대한 서술이라 볼 때 1인칭 이종 이야기에 속한다. 같은 맥락에서 동종 이야

20) 위의 책, 37쪽.
21) 위의 책, 72-73쪽.
22) J. Lintvelt, 위의 책, 56쪽.

기도 1인칭뿐만 아니라 2인칭 · 3인칭을 내포할 수 있다.[23] 린트벨트는 2인칭 동종이야기의 예는 찾아내지 못했지만 뷔토르의 소설에서 주인공 레옹 델몽이 2인칭으로 자신의 의식의 흐름을 표현했다면 그 예가 될 것이라고 말한다. 그리고 나서 3인칭 동종 이야기의 예로 바로 문제의《갈리아 전기》를 들고 있다.[24]

달리 말해 인칭의 카테고리를 상위의 개념에 놓느냐 하위의 개념에 놓느냐에 따라《갈리아 전기》는 '이종 이야기적 자서전' 에 속할 수도 있고 '3인칭 동종 이야기' 가 될 수도 있다.《갈리아 전기》는《새로운 서술의 담론》의 주네트에게는 표면적으로 나타난 인칭이 우선하므로("'그' 의 선택은 서술자가 그 인물이 '아니다' 라는 사실을 내포한다") 이종 이야기이며, 르죈이나 린트벨트에게 있어서는 표면적인 인칭이 3인칭으로 나타나도 '사실상' 인물과 서술자가 같은 이상 동종 이야기로 분류된다.[25]

그런데 주네트는 서술이론가들 사이에 많은 논란을 일으킨《갈리아 전기》를 놓고 1990년대초《픽션과 딕션》에서 입장을 재선회한다.[26] 그는 '허구 이야기(récit fictionnel)' 와 '사실 이야기(récit factuel)' 를 구분

23) 같은 책, 94쪽.

24) 디디에 위송은 린트벨트처럼 동종 이야기/이종 이야기들을 상위에 놓지만 동종 이야기에는 1인칭만을, 이종 이야기에는 2인칭과 3인칭만을 귀속시키는 차이를 보인다. D. Husson, 〈Logique des possibles narratifs〉, *Poétique*, n° 87, septembtre 1991, Seuil, 293쪽.

25) 소설가 미셸 뷔토르의 설득력 있는 설명에 따르면, 시저가《전기》에서 인칭을 전환한 것은 정치적 목적을 가지고 있다. 시저가 만일 1인칭을 사용했다면 자신은 하나의 '증인' 에 불과하기 때문에, 시저 자신의 증언을 보충하거나 정정할 수 있는 다른 증인의 존재를 인정하는 셈이 된다. 반대로 3인칭을 사용하면 자신의 버전을 결정적인 것으로 만들 수 있기 때문에 3인칭을 사용했다는 것이다. M. Butor, 〈L'usage des pronoms personnels dans le roman〉, *Répertoire II*, Minuit, 1964, 69쪽.

26) *Fiction et diction*, Seuil, 1991.

하는 맥락에서 '3인칭 자서전'의 문제를 다시 짚고 넘어간다. 그는 '인칭'이라는 개념의 '방법적 단점(inconvénients méthodologiques)'을 지적하면서, 카이사르의《갈리아 전기》에 대해 다음과 같은 입장을 표명한다.

> 《갈리아 전기》의 서술자가 너무도 투명하고 공허한 하나의 기능에 불과한 이상 이 이야기는 자기 자신에 대해 관례적으로(비유적으로) 3인칭을 사용하고 있는 카이사르가 담당하고 있다고 말하는 것이 **어쩌면 더 정확할 것 같다**. 따라서 이는 저자=서술자=인물 유형의 사실적 **동종 이야기**에 해당한다.[27]

주네트가 아직도(그러니까 결정적으로)《갈리아 전기》가 동종 이야기라고 생각한다면 그는 결국 린트벨트의 논리(동종/이종 이야기의 구분이 인칭의 구분에 앞선다)에 동의하는 셈이 된다. 여기서《갈리아 전기》에 대한 주네트의 입장을 재정리해 보면, 〈서술의 담론〉에서는 단순한 예외로 두었다가, 10년 후《새로운 서술의 담론》에서는 3인칭이 사용되었다는 이유로 '이종 이야기'로 규정하며, 다시 10년 후《픽션과 딕션》에서는 이 3인칭이 '투명하고 공허한 기능'이고 '관례'일 따름이라며 '동종 이야기'로 규정하고 있다.

애당초 주네트가 〈서술의 담론〉에서 "모든 이야기는 1인칭으로 되어 있다"며 동종/이종 이야기의 카테고리를 창시할 때 하나의 예외로 두었던 카이사르의《갈리아 전기》는 끝내 주네트의 아킬레스건이 되었다. 주네트는 인칭의 카테고리를 거부한 새로운 카테고리를 정립하

---

27) 밑줄은 역자. 같은 책, 81쪽.

지만, 그 자신도 (인칭을 우위에 두는) 오랜 비평의 관습에서 벗어나지 못하고 있는 것을 보면, 동종/이종 이야기의 구분이 아무리 나름대로 근거가 있더라도 용어의 창시자까지 계속해서 입장을 선회하게 하는 모호성이 내재하며, 인칭의 카테고리 역시 아무리 '방법적 단점' 이 있더라도 여전한 유효성이 있다.

사실 인칭의 카테고리는 소설 속에서 문법적으로 나타나는 이상 아무리 결함이 있더라도(3인칭 소설 속의 1인칭 서술자, 인칭대명사의 이중성 등) 현상적인 분석이 가능하다. 인칭의 진정한 성격에 대한 분석은 이후로 미루더라도, 우리는 어떤 소설의 어떤 부분이 "1인칭으로 되어 있다" "3인칭으로 되어 있다"고 말할 수 있다. 그러나 동종/이종 이야기의 카테고리를 적용하려면 일단 수면에 나타나는 인칭에 주의하지 않을 수 없으며, 그 다음에 서술자가 누구인지 살펴보고, 그가 스토리 속에 인물로 존재하는지 아닌지 따져 보아야 한다. 그러나 소설에 따라서는 서술자가 누구인지 모호한 소설도, 그가 인물로서 존재하는지 아닌지 판단하기 어려운 소설들도 존재한다. 소설가들 자신이 '인칭' 이 갖는 이중성과 한계를 극복하기 위하여 인칭의 새로운 사용을 모색하고, 무수한 언어적 기법을 실험하고 있기 때문이다. 이제부터 《갈리아 전기》처럼 기존의 카테고리를 거부하는 다른 작품들을 살펴보면서 인칭의 카테고리와 동종/이종 이야기의 카테고리가 얼마나 유효한지, 또 두 가지 카테고리가 상호 보완될 수 있는지 알아보자.

3. 1인칭과 3인칭의 중첩

보르헤스의 단편 《칼의 형상》(1942)은 외양은 전통적이지만 가장 현대적인 실험으로 인칭의 놀라운 파괴를 보여 준다.[28] 이 소설은 두 개의 서술층위로 이루어져 있다. 이야기 외 층위에는 무명의 주서술자(narrateur primaire) '나'가 등장한다. '나'는 이야기 층위에서 '콜로라다의 영국인'을 만나 어떻게 얼굴에 신월도 형상의 흉터가 나게 되었는지 이야기를 듣게 된 경위를 서술한다. 그 '영국인'은 이야기 내 층위에서 1인칭 '나'로 자신의 이야기를 들려 준다. 여기에 또 다른 '그'가 등장하는데, '그'로 지칭되는 존 빈센트 문이야말로 소설의 실질적인 주인공이다. 빈센트 문은 아일랜드 독립 운동중 자신을 보호해 준 '나'(영국인)를 배신하고 달아나다가, 얼굴에 칼을 맞고 영원히 흉터를 지닌 채 살아가게 된다…….

다시 이야기 층위로 돌아온 소설의 말미에서 '영국인'은 주서술자에게 놀라운 고백을 한다.

> "당신은 제 이야기를 믿지 않으시는군요?" 그가 더듬거렸다. "제 얼굴에 씌어 있는 이 치욕의 징표가 보이지 않습니까? 당신이 제 이야기를 끝까지 들으시도록 이런 방식으로 이야기한 것입니다. 저를 보호해 준 그 사람을 밀고한 사내가 바로 저였습니다. 제가 빈센트 문입니다. 이제 저를 경멸하십시오."[29]

'영국인'은 '나'가 아니라 '그,' 바로 빈센트 문이었던 것이다. 결국 이야기 내 층위를 서술한 서술자는 실질적인 자기 자신을 지칭하는데 3인칭 '그'를 사용하고, 대신 자신을 칼로 내리친 제3의 인물을 1

28) 보르헤스,《허구들》, 박병규 옮김, 녹진, 1992, 133-140쪽.
29) 같은 책, 140쪽.

인칭 서술자로 내세운 것이다. 주네트는 보르헤스의 이러한 상상 문학이 "인칭을 거부한다(sans acceptation de personne)"고 결론짓는 것으로 분석을 멈춘다.[30] 하지만 이 소설의 이야기 내 층위는《갈리아 전기》와 마찬가지로 '3인칭으로 되어 있지만 사실은 1인칭인 이야기'이다. 그러니까 이 소설은 일종의 팔램프세스트(palimpseste)처럼 3인칭 뒤에 1인칭이 투명하게 내비치는 이야기, 그 두 인칭이 포개어져 나타나 중첩되는 이야기의 카테고리에 들어갈 수 있다.[31]

이야기 외 층위의 주서술자 '나'는 동종 이야기의 서술자-증인(narrateur-témoin)의 위상을 가진다. 그렇다면 이야기 내 층위를 서술한 '영국인'은 서술자-주인공(narrateur-héros)인가 서술자-증인인가? 진실이 감추어졌을 때(영국인≠문) '나'는 주인공 문에 대한 서술자-증인이다. 그러나 진실이 밝혀지자(영국인=문) '나'는 서술자-주인공의 신분을 지닌 자전적 서술자가 된다. 환상 문학(littérature fantastique)의 대가 보르헤스는 주인공과 증인의 관계, 그들의 인칭 관계를 역전시킴으로써 놀라운 역설을 증명하고 있다. "마치 비겁한 사람은 빈센트 문이 아니라 저인 것처럼 말입니다. 한 사람이 어떤 일을 한다면 그것은 모든 사람이 그 일을 한 것이나 마찬가지입니다. (…) 어쩌면 나는 다른 사람들이며, 어느 사람이든지 그 사람은 모든 사람들이라고 말한 쇼펜하우어가 옳을지도 모릅니다. 따라서 셰익스피어는 어떤 면에서 저 불쌍한 존 빈센트 문입니다."[32]

---

30) *Figures III*, 254쪽.

31) 팔램프세스트란 씌어져 있던 글자를 지우고 그 위에 다시 글자를 쓴 양피지를 의미한다. 첫번째 텍스트는 이러한 작업으로도 완전히 지워지지 않아서, 새로운 텍스트 위에 옛 텍스트가 투명하게 비쳐 보이게 된다. G. Genette, *Palimpsestes*, Seuil, 1982 참조.

32) 위의 책, 138쪽.

유사한 경우를 또 하나 살펴보자. 카뮈의 《페스트》(1947)는 3인칭으로 되어 있는데, 이 소설의 서술자 역시 매우 모호한 위상을 가지고 있다. 서술자는 소설 서두에서 스스로를 3인칭으로 지칭하면서, 자신은 사건의 증인이자 역사가로서 일종의 연대기(chronique)를 기술한다고 밝힌다.

> 이 이야기의 서술자도 자신의 자료들을 갖고 있다. 우선은 자신의 증언이 있고, 다음으로 다른 사람들의 증언이 있다. 왜냐하면 자신의 역할에 의해 그는 이 연대기의 모든 인물들의 속내 이야기들을 수집하게 되었기 때문이다. 그리고 마지막으로, 그의 손에 들어오게 된 책들이 있다.[33]

이 연대기 기자(chroniqueur)는 소설 속에 인물로서 존재하는가 존재하지 않는가? 서술자의 신원이 밝혀지지 않는 이상 우리는 그가 스토리 내에 존재하는지(즉 동종 이야기적 관계인지) 부재하는지(이종 이야기적 관계인지) 알 수가 없다. 우리가 아는 것은 이 서술자가 계속해서 3인칭을 사용한다는 것뿐이다. 그러다 소설의 마지막 장에서 서술자는 베일을 벗는다.

> 이 연대기는 막바지에 이르고 있다. 베르나르 리외 의사가 연대기의 저자임을 고백할 때가 되었다. 그러나 마지막 사건들을 돌이키기 전에 그는 적어도 자신의 개입을 정당화하고, 객관적인 증인의 어조를 유지하려고 노력했다는 사실을 알리고자 한다.[34]

---

33) *La Peste*, Gallimard, 1984, 14쪽.

소설 속에서 줄곧 주요 인물 중 한 명으로 등장해 왔던 리외가, 사실은 그간 줄곧 이야기의 서술자였다는 사실은 무엇을 입증하는 것일까? 그것은 이 작품이《칼의 형상》과 마찬가지로 3인칭과 1인칭이 포개지는 이야기의 구조를 가지고 있다는 사실을 보여 준다. 동종/이종 이야기의 카테고리로 생각해 보면 독자들이 리외가 스토리 밖에 있다고 믿었을 때, 그는 사실상 스토리 안에 있었다. 이는《페스트》가 결과적으로 볼 때 '투명하고 공허한 기능에 불과한' 3인칭으로 씌어졌으므로 동종 이야기라는 사실을 증명하는가? 이것이 린트벨트의 의견이다. "카뮈는《페스트》에서 3인칭 동종 서술을 흥미있게 적용하고 있다."[35] 그러나 달리 생각해 보면 인물로서의 리외는 물론 스토리 내에 있지만, 서술자로서의 리외는 스토리 밖에서 객관적인 증인(témoin objectif)의 역할을 하려고 노력하고 있다. 그는 스스로 서술자라는 것을 밝힌 이후에도 끝까지 자신을 (1인칭이 아니라) 3인칭으로 지칭하면서 사건과 일정한 거리를 유지하고 있기 때문이다. 결국 리외는 스토리 안에 있는 동시에 스토리 밖에 있는, 동종 이야기와 이종 이야기의 경계선에 걸쳐 있는 묘한 위치의 서술자가 될 수 있다.[36]

《페스트》의 연대기 기자가 단순한 동종 서술자인가 경계선에 걸쳐 있는가 하는 문제는 잠시 접어두고, 비슷하지만 조금 다른 경우를 하나 더 살펴보자. 장 지오노의《권태로운 왕》(1947)은 세 겹의 층위(이야기 외 층위, 이야기 층위, 이야기 내 층위)를 가진 이야기인데, 이야기 외 층위의 첫번째 주서술자는《페스트》와 유사한 연대기 기자이다.[37] 그는 리외와는 반대로 소설 서두에서 1인칭 '나'를 사용하며, 한

---

34) 같은 책, 273쪽.
35) 위의 책, 94쪽.
36) 이는 디디에 위송의 의견이다. 위의 책, 291쪽.

세기 전에 일어난 살인 사건에 대해 자료를 수집하게 된 경위를 밝힌다. 리외와는 달리 동시대 사건의 증인이 될 수 없으므로, 본격적인 옛날 이야기가 시작되었을 때 그는 논리적으로 스토리 밖에 있(어야 한)다. 그는 '이종 이야기' 의 '보이는' 1인칭 서술자여야 하는 것이다. 그런데 막상 소설이 전개되면서 상황이 미묘해진다. 연대기 기자는 '나'라는 인칭대명사를 매우 포괄적이며 모호한 인칭대명사 '우리(on)' 속에 함몰시키고, 시간적 거리를 뛰어넘어 사건을 겪은 옛날의 마을 사람들과 하나가 된다.

> 그 다음에 우리에게는 참 좋은 날씨가 계속되었다. 내가 '우리' 라고 하는 것은, 이 모든 일이 1843년에 일어난 이상 나는 물론 거기 없었지만 그 진상을 조금이나마 알아내기 위해 하도 많이 조사를 다니고 한몫 끼다 보니 결국은 나까지도 그 사건의 일부분이 되어 버렸기 때문이다.[38]

이와 같이 하여 연대기 기자는 사실상 '그들' 일 수밖에 없는 마을 사람 사이로 숨어들어 '우리' 의 일원이 된다. 연대기 기자는 진짜 증인을 모방하는 환상적인 증인의 역할을 한다.

여기서 인칭의 문제는 매우 복잡하다. 사실상 '나' 를 사용해야 할 부분에서 '그' 를 사용하고 있는 《칼의 형상》이나 《페스트》와 반대로, 이 작품은 사실상 '그들' 을 사용해야 할 부분에서 '우리' 를 사용하고 있다. 1인칭과 3인칭, 단수와 복수의 표면/이면 관계가 반대로 나타나는 것이다. 또 다른 점은 두 소설에서는 진실('그' 는 '나' 였다)이 소설

---

37) 《권태로운 왕》, 제1,2부, 송지연 역, 문예출판사, 9-65쪽.
38) 같은 책, 28쪽.

의 결론 부분에 하나의 반전으로 나와서 독자들에게 충격을 주지만, 《권태로운 왕》에서는 소설의 서두 부분에서 제시된 전제(이것은 '그들' 의 이야기다)가 소설의 1부에서 은밀하게 부인된다(이것은 '우리' 의 이야기다)는 점에서 서술자가 독자를 설득하는 작업이 필요해진다. 《권태로운 왕》이 세 개의 서술층위로 구성되면서 최초의 서술자에 이어 '진짜' 증인들(노인이 된 마을 사람들 및 주모 소시스)의 릴레이가 이루어지는 까닭은 이러한 설득 작업의 필요성 때문이다. 어쨌든 이 소설의 제1부는 1인칭 뒤에 3인칭을 내비치는 이야기로서, 3인칭 뒤에 1인칭이 숨어 있는 《칼의 형상》이나 《페스트》와 역전된 관계를 보여 준다.

한편 이 연대기 기자가 (환상적인) 증인으로서 동종 서술자인지, 아니면 스토리 밖의 이종 서술자인지를 판가름하는 문제 역시 《페스트》의 연대기 기자처럼 매우 미묘하다. 카뮈의 서술자는 스토리 안에 있으면서 밖에 있는 척하고, 지오노의 서술자는 스토리 밖에 있으면서 스토리 안에 있다고 믿게끔 하려 한다. 린트벨트라면 《권태로운 왕》의 주서술자는 1인칭 '이종 서술자' 일 것이며, 위송이라면 동종 이야기와 이종 이야기의 '경계선' 상에 있을 것이다…….[39] 《페스트》와 《권태

39) 이 '경계론' 역시 주네트의 것이다. 주네트는 〈서술의 담론〉에서 동종 이야기와 이종 이야기는 서술자가 스토리 속에 존재하느냐 존재하지 않느냐에 따라 명확히 갈라진다고 했다가, 《새로운 서술의 담론》에서는 절대적인 것으로 상정했던 동종 이야기와 이종 이야기 사이의 경계, 즉 스토리 속 존재와 부재 사이의 경계를 받아들인다(70-71쪽 참조). 《카라마조프의 형제들》 《마담 보바리》 등에 등장하는 동향-당대-서술자(narrateur-contemporain-concitoyen)는 동종 이야기의 서술자-증인과 유사하나 스토리 속에 "존재하지만 늘 그런 것은 아니고, 소설의 행위에서 진정한 역할이 없으며, 반쯤 익명성 속에 유지된다"는 점에서 서술자-증인과는 다르다는 것이다. 주네트는 또 동종 이야기와 이종 이야기 사이의 경계에 걸친 타입을 둘로 구분하여 《카라마조프의 형제들》의 경우와 같은 '당대의 연대기 기자(chroniqueur contemporain)' 와 《권태로운 왕》의 '매우 희귀하고 교묘한' 스타일의 '후대의 역사가(historien ultérieur)' 가 있다고 말한다.

로운 왕》의 연대기 기자들은 모두 문제 제기적인 인칭 사용을 통하여 서술자의 스토리 속 존재/부재, 즉 동종 이야기/이종 이야기의 관계를 역전 가능한 것으로 만들고 있다.

1인칭 서술을 3인칭으로 위장한 《칼의 형상》과 《페스트》, 반대로 3인칭 복수 서술을 교묘하게 1인칭 복수로 전이시키는 《권태로운 왕》에서 인칭의 문제는 미로처럼 얽혀 있다. 《칼의 형상》은 자전 이야기/증인 이야기의 (이론적으로는 불가능한) 역전 가능성 위에 서 있고, 《페스트》와 《권태로운 왕》은 동종 이야기/이종 이야기의 경계 혹은 역전 가능성 위에 서 있다. 이렇게 1인칭과 3인칭이 중첩되는 카테고리에 들어갈 수 있는 소설들은 동종 이야기/이종 이야기의 카테고리로도 명확한 분류가 불가능하다. 우리는 여기서 이러한 소설들에 대한 논의를 마치고, 이번에는 한 소설 속에 3인칭과 1인칭이 교대로 나타나고 있는 형태를 살펴보자.

4. 1인칭과 3인칭의 교체

하나의 텍스트가 1인칭/3인칭으로 중첩(superposition)되어 있는 경우와 달리, 지금부터 살펴볼 텍스트들은 1인칭과 3인칭이 교체(alter-nation)되어 나타난다는 점에서 문제적이다.

막스 프리슈의 자전적 소설 《몬타우크》(1975)는 1인칭과 3인칭대명사가 작품 전체에 걸쳐 교대로 나타난다는 점에서 매우 충격적인 소설이다.[40] 《몬타우크》는 일련의 작은 단편들(fragments)이 몽타주된 구성을 보이고 있는데, 각각의 단편은 제목 역할을 하는 고딕체로 된 작은 문장(또는 단어)들로 시작된다. 이 소설의 서두에서 서술자는 3인칭을 사용하지만, 다섯 페이지를 넘기면 '그'는 '나'로 바뀐다. 이 '그'와 '나'는 같은 인물로, 똑같이 작가 막스 프리슈의 실명을 사용한다. 초반에는 한 종류의 대명사(3인칭이든 1인칭이든)가 지속적으로 나타나는데, 소설이 진행되면서 대명사의 교체가 점점 더 빈번해지는 경향을 보인다. 《롤랑 바르트가 쓴 롤랑 바르트》에서와 마찬가지로 이 소설의 단편적 구성이 1인칭과 3인칭 사이의 왕복을 손쉽게 만들어 준다.

그러나 일견 혼란해 보이는 인칭대명사의 변이 속에서 일종의 질서를 찾아볼 수 있다. 성공한 스위스의 작가 막스 프리슈는 뉴욕에 여행을 왔다가 미국 여인 '린'과 함께 롱아일랜드의 몬타우크 섬으로 주말 여행을 떠나는데, 1974년 5월 11일과 12일이 이야기의 현재다. 린과 함께 바닷가와 호텔에서 주말을 보내는 주인공은 주로 '그'로 지칭된다. 반면 1인칭 '나'는 작가-서술자가 멀거나 가까운 과거를 회상할 때 사용된다. 30세 연하인 젊은 여인과 사랑에 빠진 '그'는 오늘에 머물지만, 노년의 작가인 '나'의 의식은 끊임없이 어제의 사건들을 회상하고 있다. 과거에 대한 회상(analepse)은 주로 여인들에 대한 것이다. 첫번째 아내였던 콘스탄체, 동거했던 시인 잉에보르크 바하만, 그리고 현재의 아내인 마리안네에 대한 기억이 곁에 둔 연인과의 현재와 계속해서 교차한다. 지금까지의 '나'에게 린과 사랑에 빠진 '그'는 어디까지나 낯선 새로운 자아이다. '그'는 그래서 나이도 과거도 다 괄호 속에 넣고 린의 연인으로 비밀 여행을 떠나온 현재만을 원한다. "그는 아무것도 기억하려 하지 않는다. 그는 순간만을 원하는 것이다. (…) 그는 아직 과거가 아닌 이 주말을 고마워한다."[41]

---

40) *Montauk*, Surkamp, Frankfurt am Main, 1975. 《몬타우크 섬의 연인들》, 막스 프리슈, 안인길 옮김, 섬성출판사, 1986.

41) 같은 책, 137쪽.

'그' 와 '나' 의 교차는 때로는 한 문장 안에서 일어나기까지 한다.

"막스, 당신 틀렸어요."

하고 젊은 외국 여자가 말한다. 그는 그 말을 자연적인 인간으로서 참았다. 건강한 인간으로 또 이성이 있는 인간으로 참은 것이다. 나는 그를 거의 믿지 않았기 때문에 마음이 가벼웠다. 그는 나무라는 말로 듣지 않았다.[42]

위 예문에서 '나' 와 '그' 는 모두 막스 프리슈를 지칭한다. 린과 함께 있는 '그' 는 작가로서 예리한 자의식을 가진 '나' 보다 어쩌면 좀 더 자연스러운 인간, 자존심 따위는 그다지 내세우고 싶지 않은, 젊디 젊은 연인을 거슬리고 싶지 않은 평범한 인간인지도 모른다. 이러한 '그' 를 '나' 는 거의 믿(고 싶)지 않은 것 같다. '나' 라는 인칭대명사가 가진 말끔한 하나의 얼굴은 '나' 의 자아가 경험하는 크나큰 아이덴티티의 분열을 담기에 부족했던 것으로 보인다. 결국 프리슈는 '나' 안의 다른 나, '타자' 의 초점의 차이를 '그' 로 표현할 수밖에 없었다(랭보 말대로 '나는 타자다 Je est un autre').

여기서 우리는 서술자의 초점('나' 의 초점)과 인물의 초점('그' 의 초점) 사이의 간극(écart)을 만난다. 이 소설에서 '나' 와 '그' 의 간극은 '전지적 시점' 을 사용하는 소설에 나타나는 전지적 서술자와 인물 사이의 '불협화음(dissonance)' 과 흡사한 형태를 보인다.[43] 다만 다른 것

---

42) 같은 책, 140쪽.

43) 심리 소설(psycho-récit)에서 서술자와 인물의 관점은 '화음(consonance)' 을 이루며 나타날 수도 있고(예: 조이스의 《젊은 예술가의 초상》), '불협화음' 을 이룰 수도 있다(예: 토마스 만의 《베니스에서의 죽음》). D. Cohn, *La Transparence intérieure*, Seuil, 1981 참조.

은 이 소설에서는 이 두 인물(전지적 서술자/작중 인물)이 한 사람이라는 점이다. 일반 3인칭 소설에서 작중 인물과 시각의 차이를 보여 주며 서술자의 아이러니로 나타나는 부분이 《몬타우크》에서는 결국 자기 자신에 대한 아이러니(auto-ironie)로 나타난다.

현재의 '그'와 과거의 '나,' 그리고 자신에 익숙한 '나'와 낯설고 새로운 '그' 사이에서 서술자의 아이덴티티는 분열되지만, 소설 전체에 걸쳐 '그'와 '나' 사이를 표류하던 서술자는 소설의 결말 부분에 이르러 매우 극적으로 하나로, '나'로 통합된다. 곧 닥쳐올 죽음을 성찰하던 '나'는 "나보다 더 젊은 여자를 나의 이러한 미래 없는 처지와 연결짓는 것을 금해야 하는 것을 알고 있다"(176쪽)며 마음을 정리한다. 지금까지 거의 예외 없이 지켜지던 규칙, 즉 린과 함께 있을 때는 '그'로 돌아가던 규칙이 이제는 파기된다. 린과 주말을 보낸 다음 월요일 아침부터 뉴욕을 떠날 때까지의 48시간 동안 '그'와 '나'의 분리는 더 이상 일어나지 않는다. 소설의 시작은 '그'였지만, 오랜 방황을 거쳐 소설의 마지막은 '나'로 통합되는 것이다.

프란츠 슈탄젤은 《소설의 이론》에서 1인칭 및 3인칭대명사 교체의 예로 이 소설을 들고 있다.[44] 논문 서두에서 언급한 대로 슈탄젤이 지적한 1인칭 소설에서 서술자가 '경험 자아'를 3인칭으로 부르는 현상은 자전적 소설에 흔히 나타나는 관점의 차이, 이제 나이를 먹은 자전적 서술자와 과거의 자신이었던 인물 사이의 필연적인 초점의 차이를 나타낼 수도 있다. 이때 3인칭은 과거의 인물과 초점을, 1인칭은 곧 현재의 인물과 초점을 대표한다.

그러나 《몬타우크》에서는 슈탄젤이 지적한 자전적 소설들과 인칭-

44) 위의 책, 166-168쪽.

시간의 상관 관계가 역으로 나타난다. 여기서 3인칭은 현재의 행동하는 인물을, 1인칭은 과거의 생각하는 인물을 대표하기 때문이다. 그러나 시간의 차이와 관계없이 3인칭은 자아에 대해 이질적으로 느끼는 객관적인 거리를, 1인칭은 보다 친숙한 주관적인 평가를 나타낸다. 《몬타우크》는 이와 같이 초점의 차이를 인칭의 차이를 통해 효과적으로 표현하고 있다. 이 소설은 1인칭이 숨기고 있는 3인칭, '내 안의 타자'를 3인칭으로 불러 줌으로써 그 원래의 의미를 되찾아 주고 있는 점에서, 새로운 인칭적 시도로 높이 평가되어야 할 것이다.

마지막으로 1인칭과 3인칭이 번갈아 나타나는 또 다른 소설을 보기로 하자. 장 지오노의 《지붕 위의 기병》(1951)은 이종 이야기인 3인칭 소설이다.[45] 전체가 14장으로 이루어진 이 소설에서 제13장은 서술적 관점에서 하나의 예외를 형성한다. 제13장에 나타나는 노의사의 이야기는 3인칭과 1인칭이 계속 교체되면서 3인칭 소설의 체제를 무너뜨려 1인칭으로의 전환을 시도하고 있기 때문이다.

앙젤로와 폴린이라는 남녀 주인공은 여행의 종말에 이르러 한 의사를 만나게 되는데, 이들을 손님으로 맞은 의사는 지금까지 이들이 헤쳐 나왔던 콜레라의 의미와 이들의 막연한 사랑을 깨우쳐 주는 현자 역할을 한다. 제13장에서도 612쪽에서 624쪽까지를 자세히 살펴보면 인칭의 혼란이 극에 달하면서 주인과 손님의 대화라는 서술 상황은 사라지고, 지금까지 서술을 장악해 왔던 주서술자의 목소리도 완전히 자취를 감춘다. 지나가는 단역으로 살그머니 등장했던 3인칭 인물 의사

45) Jean Giono, *Oeuvres romanesques complètes IV*, Gallimard, 1977, 239-635쪽(이후 괄호 속에 쪽수만 표시한다), 《지붕 위의 기병》, 송지연 역, 문예출판사, 1995. 이후의 논지는 〈장 지오노의 《지붕 위의 기병》에 나타난 독백과 대화의 기술〉(《인문과학》, 연세대학교 인문과학 연구소, 76,77합집, 1997. 6)을 발전시킨 것이다. 이 책의 제17장 참조.

는 마치 전지전능한 서술자의 권리를 탈취하려는 듯 1인칭으로의 전환을 시도한다. 《몬타우크》에서 장편 소설 전체에 걸쳐 이루어지고 있는 3인칭에서 1인칭으로의 전환이 이 소설에서는 10여 쪽에 걸쳐 이루어지기 때문에 훨씬 더 압축된 모습으로 나타난다. 따라서 첫번째 독서에서 받는 혼란스런 느낌은 매우 크지만, 자세히 분석해 보면 작가가 차근차근 변이의 단계를 밟아 가고 있다는 사실을 알 수 있다.

인칭의 전환은 대략 세 단계에 걸쳐 이루어진다. 612쪽의 처음 두 문단은 3인칭이지만 세번째 문단은 1인칭이다. 그리고 613쪽에서 처음 두 문단은 다시 3인칭의 시스템으로 넘어가지만 하단에서 다시 1인칭이 등장한다. 614쪽에서는 계속해서 1인칭으로 이어진다. 첫번째 단계(612-614)는 그러니까 3인칭과 1인칭이 몇 문단씩 교대로 나타나는 형태이다.

두번째 단계(614-621)로 넘어가면 문단의 시작은 3인칭이었다가 곧 1인칭으로 미끄러지는 형태가 많다. 두번째 단계의 앞부분에서 3인칭 문맥 속의 1인칭 문장은 조심성 있게 괄호 속에 들어 있다: (틀리지 않는다면. si je ne m'abuse), 614. (색깔은 문제가 안 되죠, 아무거나 상관없어요. les couleurs ne me gênent pas, je les admets toutes), 615. 즉 기본적으로 3인칭 체제인 틀 속에 1인칭 문장이 괄호를 매개로 끼어드는 형태가 많다.

그 다음에도 1인칭 문장은 쉼표 사이에 끼어 있어서, 괄호 안에 들어 있는 것과 유사한 효과를 낸다: 그들[앙젤로와 폴린]은, 내[의사] 생각에, 명예롭게도 그[의사]에게 콜레라에 대해 질문했다. **On lui avait fait l'honneur, je crois, de l'interroger sur le choléra**(616). 여기서는 한 문장 안에 한 지시대상(의사)을 지시하는 데 1인칭과 3인칭대명사가 동시에 나타나기까지 한다. 다음 문장도 마찬가지다: (…) 하는 방식에 대해 그[의사]는 대략적이라도 묘사하고 싶은데, 나[의사]로서는 유감이지만, 그 이상은 힘들다고 그[의사]는 말했다. **Il** voulait, disait-**il**, donner une description, même approximative, si **je** ne peux pas plus, hélas, de la façon(…)(616). 간접화법 문장 속에 쉼표를 사이에 두고 직접화법 문장이 포함되는 이러한 화법의 혼합은 놀라운 문법 파괴이다.

그러나 두번째 단계의 중반부터는 괄호나 쉼표라는 조심성도 사라지고, 문장이 바뀔 때마다 특별한 원칙도 없이, 1인칭과 3인칭이 자유롭게 섞여 쓰이고 있다. 문장이 바뀔 때마다 인칭이 바뀌는 예를 보자.

> 그는 앙젤로가 정중하고 매력적인 기사의 거의 완벽한 표본이라고 생각했다. **당신[앙젤로]은 내[의사의] 흥미를 끄는 데 성공했고, 감히 말한다면, 바지를 입는 데 벌인 소동만으로도 나를 유혹했다고 할 수 있소, 그건 아무나 할 수 있는 일이 아니기 때문에.** 마드무아젤에 대해서라면, 그는 언제나 이 창끝 모양의 조그만 얼굴에 좌우되어 왔다.(617, 굵은 글씨는 역자)

첫번째 문장에서는 의사를 지칭하는 데 3인칭이 사용되고, 앙젤로도 3인칭으로 지칭된다. 두번째 문장에서 의사는 1인칭이 되고, 앙젤로는 2인칭 당신으로 변화된다. 그러나 세번째 문장에서 의사도 폴린도 다시 3인칭으로 돌아간다. 이렇게 혼란한 체계에서는 면밀한 주의를 기울여야만 인칭대명사의 지시대상을 파악할 수 있다.

이렇게 인칭과 시제를 마음대로 교체시키던 상태가 지나 세번째 단계(622-624)에 이르러 드디어 목소리를 독점하는 것은 1인칭의 '나'이다. 622쪽에서 제13장이 끝나는 세 쪽에는 일관되게 1인칭 체제가 사용되어 있다.

의사의 이야기를 다시 한 번 정리해 보면 1단계에서는 3인칭과 1인칭 문장이 몇 문단씩 묶음이 되어 번갈아 등장하며, 2단계에서는 3인칭과 1인칭 문장이 아무 원칙 없이 교대로 나타나는 혼란한 양상을 보이다가 3단계에서는 마침내 1인칭 문장으로 귀착된다. 결국 이 3단계 변화는 3인칭 인물이던 의사가 소설의 1인칭 서술자로 나서는, 즉 3인칭 소설이 1인칭 소설로 이행하는 단계에 해당한다.

《지붕 위의 기병》에서 의사의 서술은 콜레라에 대한 현학적 소견을 내용으로 하며, 따라서 《몬타우크》와는 달리 자전적 스토리가 아니기 때문에 3인칭과 1인칭의 의미를 그대로 적용할 수 없다. 의사가 사용하는 1인칭과 3인칭에는 현재의 나/과거의 나와 같은 시간적 차이도 없고, 거리두기/친근감과 같은 자아에 대한 거리의 차이도 나타나지 않는다. 이렇게 보면 의사의 서술에서 1인칭과 3인칭의 교체는 내용적인 해석이 불가능하며, 3인칭에서 1인칭으로 인칭을 전복시키기 위한 중간 단계로서 3인칭과 1인칭의 비율이 점진적으로 바뀐다는 사실만이 중요하다. 지오노는 1인칭과 3인칭의 교체를 순수한 형식실험, 즉 3인칭 소설을 1인칭 소설로 바꿔 나가는 실험의 중간 단계로 이용한 것 같다. 지오노는 1951년에 씌어진 이 소설에서 누보로망 초기 시대적 분위기를 반영하듯, 기존의 서술 체계에 대해 어느 정도 도전하고 일탈할 수 있는가를 실험하는 글쓰기의 모험을 보여 준다.

한편 3인칭과 1인칭이 교체되면서 전체적으로 3인칭에서 1인칭으로 전이되는 양상을 보이고 있는 《몬타우크》와 《지붕 위의 기병》 13장에 동종 이야기/이종 이야기의 카테고리를 적용해 보자. 이 소설들의 대명사 변이는 처음에는 인물로만 존재했던 서술자가 서서히 스토리 서술을 맡는 과정과 일치하는 이상, 즉 이종 이야기가 동종 이야기로 변화되는 과정과 일치한다고 생각해도 좋을 것 같다. 다만 3인칭과 1인칭이 교체되는 중간 단계에서 서술자의 스토리 속 존재/부재는 계속해서 역전되면서 모호한 상태로 남는다. 결국 1인칭과 3인칭이 교체되는 카테고리에 들어가는 소설들은 동종 이야기/이종 이야기의 카테고리로도 명확히 분류되지 않는다는 사실을 확인할 수 있다.

이 글의 모두에서 제기되었던 부스의 1인칭/3인칭 구분의 무용론, 그 중에서도 핵을 이루는 '3인칭 소설에 나타나는 1인칭 서술자의 문제' 를 해결하기 위하여 주네트는 동종 이야기/이종 이야기의 카테고리를 창시하였다. 주네트는 '인칭' 이라는 용어의 사용을 피하고 '이종이야기' 에 '1인칭 서술자가 등장하는 3인칭 소설' 을 포함시킴으로써 문제를 해결했다고 생각했지만, 사실 이 문제는 '서술층위' 의 차이로 해결 가능한 것이었다. 또한 인칭에 의한 구분과 서술 태도에 의한 구분 사이의 상관 관계에 대해 주네트 자신이 계속해서 입장을 선회함으로써 많은 오해를 낳았다. 그 과정에서 가장 문제가 된 작품은 바로《갈리아 전기》로, 3인칭으로 씌어진 일종의 회고록인 이 작품은 사용되는 잣대에 따라 '3인칭 동종 이야기' 도, '이종 이야기' 도 될 수 있는 본질적 모호성을 내포하고 있다.

일반 언어에서 의사소통을 위해 사용되는 1인칭과 3인칭이라는 인칭 체계는 소설이라는 허구 세계에 그대로 적용되기에는 많은 한계를 지닌다. 소설에 나타나는 1인칭과 3인칭은 불가피한 이중성을 가지고 있기 때문이다. 또한 서술자가 스토리 속에 인물로 존재하는지 존재하지 않는지에 의해 나누어지는 동종/이종 이야기의 카테고리는 서술자의 존재/부재가 모호해질 때 전혀 명쾌한 기준이 되지 못한다. 더욱이 작가들이 '3인칭 소설' 과 '1인칭 소설' 이라는 소설의 양대 카테고리를 거부하며 새로이 시도한, 1인칭과 3인칭을 중첩시키거나 교체시킨 소설들에서는 인칭의 카테고리도, 동종/이종 이야기의 카테고리도 분명한 해법을 제공하지 못하는 것을 우리는 보았다.

그렇다면 인칭의 카테고리도, 동종/이종 이야기의 카테고리도 무용한 것으로 간주하고 부스처럼 소설들을 어떤 카테고리에 넣는 일 자체를 거부해야 할 것인가? 서술학 연구자로서 그에 대한 대답은 '아니오(non)' 가 될 수밖에 없다. 지금까지 살펴본 작품들은 이러한 카테고리들에 아무 문제없이 들어갈 수 있는 수많은 작품군에 대해 사실상 예외를 형성한다. 어쩌면 이러한 카테고리들에 넣기 힘든, 경계에 걸쳐 있는 유별난 작품들을 가지고 카테고리 자체를 비판하는 일은 '분석틀' 을 설정하고자 하는 서술학에 대해 너무나 많은 것을 요구하는 것인지도 모른다. 기존의 형식과 내용을 파괴하는 작품들은 끊임없이 새로 등장하는데, 작품들을 '설명' 하고자 하는 문학비평은 언제나 그들 뒤를 따라갈 수밖에 없으니 말이다. 하지만 새로이 모색되고 있는 서술학 이론에게 좋은 결과를 기대해 보아야 할 것이다.

제11장

주네트의 서술학

서술학(narratologie)이란 서술(récit)의 구성 요소와 메커니즘을 연구하는 학문이다. narratologie는 narratif와 logos의 합성어로, 프랑스어의 narratif(서술의)는 récit의 형용사에 해당한다. 서술에 대한 이론은 고대 그리스 아리스토텔레스의 《시학》까지 거슬러 올라갈 수 있지만, 19세기 후반에 이르러 영미 비평에서 '서술 시점'을 중심으로 한 논쟁이 활발해진다. 하나의 정립된 학문으로 '서술학'이라는 용어가 등장한 것은 1969년의 일로, 러시아 형식주의를 프랑스에 번역 · 소개한 츠베탕 토도로프가 《데카메론의 문법》에서 처음으로 'narratologie'라는 용어를 사용했다.[1)]

제라르 주네트는 〈서술의 담론〉에서 영미와 러시아 · 독일에서 논의된 서술학의 문제점들을 지적하고, 그때까지의 이론에서 혼동되어 왔던 '서술'과 '초점화'의 문제를 명확하게 분리함으로써 서술학을 쇄신한다. 〈서술의 담론〉은 라틴어에 어원을 둔 새로운 비평 용어들을 대거 사용하고 있는데, 처음 용어를 접하는 사람들에게는 거부감을 줄

1) 서술학의 역사에 대해서는 김종갑, 〈서술이론과 문학연구〉, 《서술이론과 문학비평》, 석경징 · 전승혜 · 김종갑 편, 서울대학교 출판부, 1999, 3-29쪽을 참조하라. 자세한 참고 문헌이 첨부되어 있다. 《현대서술이론의 흐름》, 주네트 외, 석경징 외 옮김, 솔, 1997 참조.

수도 있지만, 그 정확한 개념과 손쉬운 적용 가능성 때문에 프랑스에서는 문학비평 용어로 완전히 정착되어 있다. 이 글의 목적은 〈서술의 담론〉과, 이 책의 정오표 혹은 보유편 격인 《새로운 서술의 담론》에서 독자들이 유용하게 사용할 수 있는 서술학 용어를 추려 간단하게 해설하는 것이다.[2] 주네트 이론에 대한 비판은 물론 다각도로 이루어질 수 있지만 여기서는 모두 접어두고, 주네트의 신조어들을 되도록 손쉽게 이해시키려는 '교육적' 목적으로, 가나다순을 무시한 '용어 해설'의 형식을 취한다. 또한 이 두 저서에서 '시간'에 대한 부분은 생략한다.

스토리(histoire), 서술(récit), 서술 행위(narration)

프랑스어의 récit에는 세 가지 뜻이 있다.

1) 이야기된 사건의 전체, 이야기의 내용' (histoire).

2) 이야기의 내용을 담은 '서술된 담론' '서술된 텍스트' (récit).

3) 이 텍스트를 낳은 '서술 행위' (narration).

여기서 일단 용어 번역의 문제를 짚고 넘어가야 한다. 우리말에서 1)의 의미는 '이야기' 혹은 '스토리'로, 3)의 의미는 '서술 행위'로 번역된다. 문제는 2)의 의미의 번역이다. 우리나라에서는 récit가 일반적으로 '이야기'로 번역되는데, 이때 '이야기'는 '이야기의 내용' (스토리)으로 오해될 소지가 있다. 일각에서 사용되는 '서사(敍事)'라는 용어는 '사실을 바탕으로 하거나 지어낸 이야기' (연세 한국어사전)의 의미로, 1)의 '이야기(histoire)'의 의미에 가깝다. 다른 일각에서는 récit의 영어

---

2) G. Genette, 〈Discours du récit〉, *Figures III*, Seuil, 1972, *Nouveau discours du récit*, Seuil, 1983.

역어인 '내러티브(narrative)'를 그대로 사용하지만, 이는 우리말이 아니니 차선책에 불과하다. 또 récit를 '서술된 것'이라는 뜻에서 '서술체' 혹은 '서술물'이라고 번역하기도 하지만 이는 표현이 지나치게 무겁고 낯설다. 우리는 그래서 récit에 대해 보다 간단한 '서술(敍述)'이라는 단어를 택했다. 이것은 연세 한국어사전의 '서술'의 의미에서도 확인된다——'어떤 사실이나 사건을 논리에 따라, 또는 순서에 따라 남에게 알리기 위하여 말하거나 적는 것, 또는 그 말이나 글.' 여기서는 récit를 가능한 한 '서술'로 쓰되, '스토리'와의 오해의 소지가 없는 한에서 '이야기'로 쓰겠다.

주네트의 서술학은 스토리를 언어로 재현하는 방식으로서의 서술을 연구 대상으로 하여, 스토리·서술·서술 행위 사이의 관계를 연구한다. 서술학에는 또 다른 방향도 있는데, '스토리'(서사)를 연구하는 프로프의 형태론, 그레마스의 기호학 등이다.

서술 행위(narration)/ 초점화(focalisation)

주네트는 그간의 영미 서술 이론에서 혼동되어 왔던 두 가지 문제, '누가 보는가?'와 '누가 말하는가?'를 분명히 분리한다. '누가 말하는가?'의 문제는 서술 행위에서 '누가 보는가?' 혹은 시각과 청각을 포괄하여 '지각의 중심은 어디에 있는가?'의 문제는 초점화에서 다루어진다.

이종 이야기(récit hétérodiégétique)/동종 이야기(récit homodié-gétique)

주네트는 '1인칭'과 '3인칭'이라는 표현을 따옴표 속에 넣어서만 사용한다. 이 따옴표는 항의의 표시이다. 왜냐하면 서술상에 나타나든 숨어 있든 서술자의 인칭은 발화 속에 나타나는 발화 상황의 모든 주체와 마찬가지로 1인칭이 될 수밖에 없기 때문이다. 주네트는 인칭에 의한 구분을 폐기하고 이종 이야기, 동종 이야기라는 신조어를 만든다.

이종 이야기는 서술자가 자신이 이야기하는 스토리 속에 존재하지 않는 유형이며(예: 《일리아드》의 호메로스, 《감정 교육》의 플로베르), 동종 이야기는 서술자가 자신이 이야기하는 스토리 속에 인물로서 존재하는 유형이다(예: 《질 블라》나 《폭풍의 언덕》). 이종 이야기는 일반적으로 3인칭으로 나타나지만, 서술자(narrateur)가 서술자라는 자격으로 1인칭을 사용하기도 한다. 동종 이야기는 서술자와 스토리 속의 인물이 같은 인물임을 나타내 주는 1인칭으로 되어 있는 경우가 많다.[3]

동종 이야기에도 두 가지 경우가 있는데, 하나는 서술자가 주인공으로 나타나는 자전 이야기(récit autodiégétique)이며, 또 하나는 서술자가 증인으로 등장하는 경우이다. 《루이 랑베르》의 무명의 서술자, 《모비 딕》의 이스마엘, 《위대한 개츠비》의 캐러웨이, 《닥터 파우스트》의 자이트블롬 등이 증인의 예이다.

이야기 외 층위(niveau extradiégétique)/이야기 층위(niveau (intra) diégétique)/이야기 내 층위(niveau métadiégétique)

서술층위는 흔히 이야기 속에 또 다른 이야기가 포함되어 있을 때 문제가 된다. 프레보 신부의 《마농 레스코》는 르농쿠르 후작이 기사

3) 인칭과 동종/이종 이야기의 교차와 문제점은 이 책 제10장의 〈소설에서의 인칭의 문제〉에서 자세히 다루고 있다.

데 그리외를 만나 마농과 자신 사이의 비련의 사랑 이야기를 듣는 형식이다.

1) 후작은 회상록의 허구적 저자로서 작품을 집필하는 첫번째 층위에 있다. 이 층위는 '이야기 외 층위' 이다.

2) 두번째 층위는 이 회상에서 다루는 사건들로, '이야기 층위' 에 위치한다. 인물로서의 후작, 서술자로서의 데 그리외는 모두 이야기 층위에 있다.

3) 데 그리외가 들려 주는 마농과 자신의 이야기는 '이야기 내 층위' 이다. 여기서 데 그리외는 서술자가 아니라 인물의 기능을 한다.

주네트는 이야기 층위가 이야기 내 층위를 감싸며 서론과 결론 역할을 하는 것이 중요한 것이 아니라, 이야기 내 층위를 서술하는 서술자가 이미 이야기 층위의 인물로 나타난다는 점, 그리고 이야기 내 층위를 서술하는 행위가 이야기 층위에서는 하나의 사건으로 취급되는 점이 중요하다고 말한다.

이야기 내 층위의 기원은 《오디세이》까지 거슬러 올라가며, 바로크 시대에 소설의 전통 속으로 편입되어 18세기와 사실주의 시대까지 살아남는다. 《폭풍의 언덕》이나 《로드 짐》과 같은 소설에서 그 전통이 더욱 강화되는 것을 느낄 수 있다. 일차 서술(이야기 층위)과 이차 서술(이야기 내 층위)과의 관계는 세 가지 유형으로 구분될 수 있다. 하나는 설명적 관계로, 이차 서술이 일차 서술에 대해 이유를 설명하는 기능을 갖는다. (발자크의 《사라진》, 롤랑 바르트가 《*S/Z*》에서 분석대상으로 삼아 유명해졌다.) 다음은 주제적 관계로, 일차 서술과 이차 서술이 대조 관계 또는 유사 관계를 보인다(《구원된 모세》). 마지막으로 세번째 유형은 이차 서술의 내용과 관계없이 서술 행위 자체가 오락이나 방해의 기능을 갖는 경우이다(《천일야화》).

층위 허물기(métalepse)

층위 허물기는 하나의 서술층위에서 다른 서술층위로 이행하는 행위로, 일종의 원칙 위반이다. 예를 들어 디드로가 《운명론자 자크》에서 "내가 주인을 '결혼시키고, 오쟁이 진 남편으로 만드는' 것을 누가 말릴 수 있겠는가?" 하고 쓰는 것은 이야기 외 층위의 서술자가 이야기 층위의 세계 속으로 침입하는 경우이다. 또 이야기 외 층위의 서술자가 같은 층위의 독자에게 말을 걸어 이야기 층위로 함께 침투하기도 한다. 스턴은 "만일 이것이 여러분을 기쁘게 한다면, 그 시골 아낙을 마부 뒤 안장에 다시 앉혀 놓고 그들을 '가도록 내버려 둔' 다음, 우리의 두 여행자에게 '돌아옵시다'" 하고 말한다(《트리스트램 섄디》). 스턴은 한술 더 떠서 독자가 개입하여 문을 닫아 주거나 섄디 씨가 침대에 돌아가는 것을 도와 주도록 청하기까지 한다. 층위 허물기는 때로는 재미있는 효과를, 때로는 환상적인 낯섦의 효과를 낸다.

서술자의 기능(fonctions du narrateur)

주네트는 야콥슨의 언어 기능 모델에 의거하여 서술자의 기능을 다음 다섯 가지로 정리한다.

1) '스토리'에 관련하는 기능은 서술 기능(fonction narrative)으로, 스토리를 서술하는 기능이다.

2) '서술 텍스트'에 관련하는 기능은 관리 기능(fonction de régie)으로, 서술자는 메타 서술적 담론을 통해 텍스트의 분절 · 연결 · 상호관계 등 내적 조직을 표시할 수 있다.

3) '서술 행위'에 관련되는 기능으로, 서술자의 서술청자(narrataire)로 향한 지향성, 그와의 접촉, 즉 대화(발자크의 《뉘싱겐 상사》처럼 진짜 대화든 스턴의 《트리스트램 섄디》처럼 허구적 대화든)를 성사시키고 유지하려는 관심은 야콥슨의 친교적 기능(fonction phatique: 접촉을 확인하는 것)과 능동적 기능(fonction conative: 청자에게 영향을 미치는 것)에 일치한다. 이런 서술자들은 언제나 청중에게 향해 있고, 때로는 서술 자체보다 자신이 청중과 유지하는 관계에 더 큰 관심이 있다. 이런 서술자들이 중시하는 기능은 의사소통 기능(fonction de communication)이다.

4) 네번째와 다섯번째는 '서술자 자신'에 관련하는 기능으로, '증언 기능'과 '이데올로기 기능'이다. 네번째는 야콥슨의 '정서적 기능'(fonction émotive)과 매우 유사하다. 그것은 서술자가 서술자로서 스토리에 참여하는 몫과, 스토리와 유지하는 관계를 이해하는 기능이다. 이 관계는 물론 감정적 관계이지만 도덕적이거나 지적인 관계일 수도 있고, 서술자가 정보를 얻은 출처, 자신의 기억의 정확도나 어떤 에피소드가 자신에게 일깨우는 감정을 가르쳐 줄 때처럼 단순한 증언의 형식을 취할 수도 있다("나는 이 글을 쓰면서 또다시 맥박이 빨라지는 것을 느낀다. 그 순간들은 내가 십만 년을 산다 해도 언제나 생생할 것이다"(루소의 《고백록》). 이것이 '증언 기능(fonction testimoniale)' 혹은 '증명 기능(fonction d'attestation)'이다.

5) 서술자의 스토리에 대한 개입은 행위에 대한 권위 있는 논평이라는 교훈적인 형식을 취할 수도 있다. 이것은 서술자의 '이데올로기 기능(fonction idéologique)'이다. 예를 들어 발자크는 설명해 주고 정당성을 증명하는 담론을 발전시켰다. 이런 담론은 다른 작가들처럼 사실주의적 동기의 전달 수단이었다. 그러나 이데올로기 기능이 반드시

저자의 것은 아니다. 데 그리외의 의견은 선험적으로 프레보 신부의 책임이 아니며, 《뤼시앵 뢰뱅》이나 《파름의 수도원》의 허구적인 서술자-저자의 의견도 앙리 벨(스탕달의 본명)에게는 전혀 책임이 없다.

물론 이러한 다섯 가지 기능의 분배를 지나치게 상호 침투 불가능한 것으로 받아들여서는 안 된다. 이것은 차라리 강조점의 문제, 상대적 비중의 문제이다.

서술청자(narrataire)

발화 상황(énonciation)에 화자와 청자가 있듯, 서술 상황(situation narrative)에는 서술자와 서술청자가 있다. 이야기 층위의 서술자에게는 이야기 층위의 서술청자가 대응한다. 데 그리외는 《마농 레스코》의 독자에게 말을 하는 것이 아니라, 경우에 따라 텍스트에 나타나는 '2인칭'이 지시하는 르농쿠르 후작에게 말을 한다. 서간체 소설에 나타나는 2인칭이 편지의 상대를 가리킬 수밖에 없는 것과 같은 이치이다. 반대로 이야기 외 층위의 서술자는 이야기 외 층위의 서술청자를 대상으로 할 수밖에 없다. 이 층위의 서술청자는 여기서 잠재적인 독자와 일치되어, 실제 독자는 각자 이 서술청자와 자신을 동일시할 수 있다. 발자크가 때로는 지방 독자에게, 때로는 파리 독자에게 더 관심을 쏟고, 스턴이 독자를 때로는 '부인' 혹은 '비평가 제위'라 부르는 일이 있더라도, 이러한 잠재 독자는 원칙적으로 비확정적이다. 이야기 외 서술자는 《이방인》의 뫼르소처럼 아무한테도 말을 안하는 척할 수도 있지만, 그렇다고 해서 서술청자의 존재 자체를 부인할 수는 없다.

거리(distance)

거리의 문제를 제일 먼저 고찰한 플라톤은 '디에게시스' (순수 서술)와 '미메시스' (모방)을 대비시키면서, 재현적이고 직접적인 미메시스를 '거리가 가까운 것' 으로, 압축적이고 간접적인 디에게시스를 더 '거리가 먼 것' 으로 간주한다. 20세기초 소설가 헨리 제임스는 소설의 기법을 '보여 주기(showing)' 대 '이야기하기(telling)' 로 나누면서 '보여 주기' 를 더 높이 평가했다.

하지만 주네트는 서술 텍스트에는 모방이란 존재하지 않는다고 생각한다. 그 이유는 서술 텍스트란 언어 행위이기 때문이며, 일반적인 언어에 모방이 없는 것같이 서술 텍스트에도 모방이란 존재하기 않기 때문이다. 서술 텍스트는 모든 언어 행위와 마찬가지로, 정보를 줄(informer) 수밖에, 즉 의미를 전달할 수밖에 없다. 서술 텍스트는 하나의 스토리(진짜든 허구든)를 재현하지(représenter) 않는다. 서술 텍스트는 스토리를 '이야기해 준다' ——달리 말해 언어라는 도구를 통해 의미화해 준다. 단 이 스토리의 이미 언어적인 요소인 대화, 독백 등은 예외이다. 텍스트는 대화나 독백을 직접 옮겨 적는다. 서술 텍스트에 모방의 자리는 없다. 텍스트는 언제나 그 이편(텍스트 자체)이나 그 저편(대화)에 있을 뿐이다.

주네트는 따라서 플로베르 · 제임스 · 헤밍웨이('보여 주기' 의 대가들)나 필딩 · 스턴 · 토마스 만('이야기하기' 의 대가들)을 똑같이 높이 평가한다. 그의 의도는 이 논쟁의 기저 자체가 잘못되었다는 사실을 지적하는 데 있다. 디에게시스/미메시스는 결코 이야기하기/보여 주기로 번역될 수 없으며('보여 주기' 는 말의 인용에는 적용될 수 없으므로), 서술(서술 양식)/대화(극양식)만이 그 동의어가 될 수 있다. 디에게시스/미메시스의 대립은 결국 사건/말의 구분으로 인도된다. 사건의 텍스트는 미메시스의 환상을 낳는 몇 가지 방법을 따르는 정도에 따라 거리가 결정된다. 말의 텍스트는 담론을 재생하는 데 문자 그대로 살리느냐 살리지 않느냐 하는 정도에 따라 거리가 결정된다.

미메시스의 환상(사건의 서술)

플라톤은 호메로스의 미메시스(모방)를 디에게시스(순수 서술)로 번역하는 데 있어, '아름다운 머리채' 는 물론 '파도가 밀려오는 모래톱을 따라' 등의 묘사까지 삭제해 버렸다(《일리아드》에서). 스토리에서 기능적으로 불필요한 세부 묘사인 이 '파도가 밀려오는 모래톱' 은 롤랑 바르트가 사실 효과(effet de réel)라 불렀던 바로 그것이다. 파도가 밀려오는 모래톱은 아무 필요가 없고, 그저 '모래톱이 거기 있는 이상' 서술 텍스트가 그것에 대해 언급한다는 사실을 표현하는 데 쓰임새가 있는 것이다. 불필요하고 우연적인 세부 묘사야말로 지시적 환상, 그러니까 미메시스 효과를 매개하는 가장 훌륭한 도구이다. 그래서 플라톤은 그 세부 묘사를 '순수 서술' 과는 양립할 수 없는 특징인 것처럼 가차없이 삭제해 버린다.

사건의 서술에서 '미메시스의 환상' 을 낳게 하는 효과적인 방법은 다음 세 가지가 있다. 첫째로 서술자를 안 보이게 하는, 혹은 최소한의 개입으로 국한되게 하는 방법이다. 헤밍웨이의 《살인자들》 같은 투명한 서술자가 그 예가 된다. 말하는 사람이 서술자라는 사실을 의식하지 못하게 하면 할수록 미메시스의 환상은 높아진다.

두번째 방법은 헨리 제임스식의 상세한 서술, '장면' 의 템포로 진행되는 세밀한 묘사이다. 독자들은 여기서 빠른 '요약' 보다 현실감을 더 크게 느낀다.

세번째 방법은 예의 롤랑 바르트의 '사실 효과' 에 관계된다. 독자들이 자세한 세부 묘사가 스토리 속에서 불필요한 기능으로 작용한다고 느낄 때 미메시스의 환상은 더욱 높아진다. 예를 들어 디킨스의 소설에는 이야기의 전개에 불필요한 장식적 요소가 많지만(밑에 감자를 깐 화덕에서 굽는 양고기 등), 이러한 불필요한 디테일이야말로 디킨스만의 독특한 분위기를 만든다.

그러나 주의할 것은, 첫번째 독서로는 어떠한 세부적 요소가 행위의 전개에 실제적 기능을 가질지 알 수 없다는 사실이다. 미메시스의 기능은 두번째 독서나 기억에 의해 나중에 알려질 수밖에 없다. 러시아 형식주의자 토마체프스키는 이렇게 말한다——"(체호프에 의하면) 한 단편 소설 앞부분에 벽에 박힌 못이 나오면, 끝에 가서 주인공은 바로 이 못에 목을 매단다." 독자의 서술적 · 문체적 능력이 어떤 디테일의 실제적 기능을 직관적으로 알도록 도와 준다. 기압계나 권총이 플로베르의 소설과 애거사 크리스티의 소설에서 각기 다른 기능을 가질 수밖에 없다는 것을 독자들은 알 것이다. 사건을 서술할 때 미메시스의 환상을 가져다 주는 방법은 이렇듯 세 가지(1. 서술자의 부재, 2. '장면' 에 의한 자세한 묘사, 3. '사실 효과' 를 주는 무의미한 세부 묘사)로 요약될 수 있다. 이 세 가지 방법은 뒤로 갈수록 효과적이다.

화법의 문제(인물의 서술)

등장 인물의 담론은 서술의 '거리' 에 따라 세 가지 상태로 구분될 수 있다. 가장 거리가 멀고 축소된 형태의 거의 서술과 비슷한 '서술된 화법(discours narrativisé),' 간접화법 형태의 '치환된 화법(discours transposé),' 그리고 가장 거리가 가깝고 모방적인 형태의 직접화법으로 '인용된 화법(discours rapporté)' 이다.

비언어적인 사건을 언어로 '모방' 하는 것이 유토피아이고 환상인 반면, 언어를 모방하는 '말의 서술' 은 절대적인 모방이 될 수밖에 없는 것처럼 보인다. 《잃어버린 시간을 찾아서》 중 《소돔과 고모라》의 마지막 페이지에서 마르셀이 어머니에게 "저는 꼭 알베르틴과 결혼해야 해요" 하고 선언할 때, '텍스트에 나타나는 문장' 과 '주인공이 말한 것으로 간주되는 문장' 사이의 유일한 차이는 말이 글로 치환되었다는 것밖에 없다. 서술자는 주인공의 문장을 '이야기' 해 주는 것이 아니며, '모방' 한다고 말하는 것도 무리다. 사실 서술자는 이 문장을 '복사' 한다고 볼 수 있다.

1) **서술화된 화법** 혹은 **서술된 화법**(discours narrativisé ou raconté)

이것은 가장 거리가 멀고 가장 축소된 상태이다. 《잃어버린 시간을 찾아서》의 주인공이 이렇게 쓴다고 가정해 보자: "나는 어머니에게 알베르틴과 결혼한다는 결심을 알렸다." 이것이 그의 말이 아니라 '생각' 이라면, 문장은 더 짧아지고 단순한 사건에 가까워질 수도 있다. "나는 알베르틴과 결혼하기로 결정했다."

2) **간접화법**으로 **치환된 화법**(discours transposé)

"나는 어머니에게 알베르틴과 꼭 결혼해야 한다고 말했다."(발화된 담론 discours prononcé)

"나는 알베르틴과 꼭 결혼해야 한다고 생각했다."(내적 담론 discours intérieur)

이 화법은 1)의 서술화된 화법보다 좀더 모방적이고, 원칙적으로 원 대화를 완전히 재현할 수 있지만 독자에게 '진짜로' 발화된 말을 글자 그대로 성실하게 살려냈다는 보장을, 특히 느낌을 주지 못한다. 이 화법이 '인용'으로 인정되기에는 서술자의 존재가 문장의 통사 속에 너무 두드러진다. 서술자가 종속절 속으로 인물의 말을 치환하는 데 그치는 것이 아니라, 그 말을 압축하고 자신의 담론에 통합시키며, 결국은 자신의 스타일로 '해석'하는 일이 통상적이기 때문이다.

자유간접화법(style indirect libre)이라는 간접화법의 변이형은 간접화법과는 전혀 다르다. 자유간접화법은 시제는 치환되지만 종속절 형태가 절약되므로 담론이 더 길어질 수 있다. 그러나 간접화법과의 가장 본질적인 차이는 도입동사의 생략에 있다. 도입동사의 생략은 두 가지 혼동을 야기할 수 있다. 우선은 '발화된 담론'과 '내적 담론' 사이의 혼동이다. 가령 "나는 어머니를 만나러 갔다. 나는 꼭 알베르틴과 결혼해야 한다/해요"라는 문장에서, 두번째 문장은 어머니에게 가는 마르셀의 생각으로 해석될 수도 있고("한다"), 어머니에게 하는 말로 해석될 수도 있다("해요"). 더 큰 혼동은 이것이 (발화된 것이든 내적인 것이든) 인물의 담화인지 서술자의 담화인지 하는 것이다.

자유간접화법의 기본적 특징은 시제의 일치, 대명사의 변환, 지배의 부재, 가까운 지시소의 유지, 직접 의문문, 간투사 살리기 등이다. 여기서 시제의 일치는 절대적 규칙은 아니다. 플로베르의 《부바르와 페퀴셰》에서 나타나는 것처럼 무시간적인 진리에 속하는 의견은 '금언적 현재(présent gnomique)'를 사용할 수 있기 때문이다. 또한 자유간접화법의 문학적 특징, 즉 일상 회화에서가 아니라 문학에서 나타난다는 점 역시 반론의 여지가 없다. 제인 오스틴에서 토마스 만에 이르는 '모던' 소설 시대에 주로 사용된 이 기법은 '내적 초점화'와 일치한다. 서술자와 인물의 목소리 사이의 모호성은 그 둘 사이의 '감정이입'으로, 때로는 '아이러니'로 해석될 수 있다. 이러한 모호성은 인물과 서술자 사이의 생각의 주인이 누구인지 하는 것보다는 (양립할 수 없는) 두 개의 해석 사이에서 선택의 불가능성을 가리킨다고도 볼 수 있다. 텍스트가 말하는 사람이 서술자인지 인물인지를 밝히지 않는다고 해서 이들이 똑같은 생각을 하고 있다는 결론을 내릴 수는 없기 때문이다.

3) **직접화법으로 인용된 화법**(discours rapporté)

인물의 담론에서 가장 미메시스적인 형태는 서술자가 인물에게 문자 그대로 말을 양보하는 척하는 형태이다. "나는 어머니에게 '저는 꼭 알베르틴과 결혼해야 해요' 하고 말했다(혹은 생각했다)." 극양식인 이 인용된 화법은 호메로스시대부터 '혼합적' 서술 장르였던 서사시(후에 소설이 된다)에 의해 대화의 기본적인 형태로 받아들여졌다. 연극의 어법에 부여된 이 커다란 특권은 수세기 동안 서술 장르의 발전에 영향을 미쳤다. 소설의 기본적인 형태 하나를 가리키기 위해 연극의 장면(scène)이라는 용어를 사용한다는 사실이 이를 잘 보여 준다. 19세기 말엽에 이르기까지 소설의 장면은 애석하게도 연극의 장면에 대한 범용한 '모사'로 생각된다. 소설의 장면은 이차적 미메시스, 모방에 대한 모방이라는 것이다.

내적 독백(monologue intérieur)은 이 담론의 미메시스를 극한까지 밀어붙인다. 그 방법은 서술 행위의 표시를 최후의 것까지 지워 버리고, 단번에 작중 인물에게 말을 넘겨 버리는 것이다. 즉 "나는 알베르틴과 꼭 결혼해야 해……"라는 문장으로(그러나 따옴표 없이) 시작하여 마지막 페이지까지, 생각의 순서대로, 주인공이 능동적이거나 수동적으로 행한 지각과 행위를 계속 묘사하는 방법이다. 제임스 조이스는 에밀 뒤자르댕의 《월계수가 꺾이다》에 대해 다음과 같이 묘사한다. "독자는 첫줄부터 주요 인물의 생각 속에 자리잡는다. 일반적인 서술 형태를 완벽하게 대체하여, 이 생각의 끊임없는 전개가 인물이 하는 일과 인물에게 일어난 일을 독자에게 알려 준다."

이 묘사는 내적 독백의 가장 정확한 정의이다. 그러나 주네트는 이것을 **무매개 화법**(discours immédiat)이라 개명한다. 왜냐하면 본질적인 것은 이 담론이 '내적'이라는 데 있는 것이 아니라 대번에("첫줄부터") 서술자의 모든 지배로부터 해방되어, 처음부터 '장면'의 전면을 차지한다는 데 있기 때문이다. 뒤자르댕 자신은 조이스와 달리 문체적인 기준을 더 강조했다. 그에 따르면 내적 독백의 무형성은 꼭 필요한 특징이다. "듣는 사람도 없고 발화되지도 않은 담론을 통해, '선별되지 않은' 느낌을 주도록 통사적으로 최소한으로 줄인 직접적인 문장에 의해, 인물은 자신의 가장 내밀하고 가장 무의식에 가까운 생각, 논리적으로 조직되기 이전의 떠오르는 상태에 있는 생각을 표현한다."(*Le monologue intérieur*, Messein, 1931, 59쪽) 여기서 내밀한 생각과 비논리적이고 유기적으로 구성되지 않은 특징을 연결시킨 것은 분명 시대적 편견이다. 조이스의 《율리시즈》에서 몰리 블룸의 독백은 이 묘사에 부응하지만, 베케트 인물들의 독백은 반대로 초논리적이고 궤변적인 편이다. 《월계수가 꺾이다》는 조이스로 출발해서 베케트 · 나탈리 사로트 · 로제 라포르트에 이르기까지 후대에 지대한 영향을 미쳤고, 이 새로운 형식은 20세기 소설사에서 혁명을 일으켰다.

여기서 **무매개 화법**과 **자유간접화법**의 중요한 차이를 알아보자. 자유간접화법에서는 서술자가 인물의 담화를 담당하여, 인물이 서술자의 목소리를 통해 말한다. 무매개화법에서는 서술자가 사라지고 인물이 서술자를 대신한다. 조이스나 포크너의 경우처럼 텍스트 전체를 차지하지 않는 고립된 독백인 경우, 서술 기원은 문맥에 의해 유지된다. 《율리시스》에서 마지막 한 장[몰리의 독백]을 제외한 모든 장, 《음향과 분노》의 제4부가 그렇다. 《월계수가 꺾이다》처럼 독백이 텍스트 전체를 차지할 때, 상위의 서술 기원은 사라지고, 독자는 현재시제로 된 '1인칭' 서술 텍스트를 마주하게 된다.

세 가지 화법의 모방력(capacité mimétique), 즉 글자 그대로 재생/생산할 수 있는 능력은 다음과 같이 정리될 수 있다. 자유간접화법의 모방력은 직접화법보다 낮고, 간접화법보다 높다. 따라서 자유간접화법은 문법적인 관점에서뿐만 아니라 모방적인 관점에 있어서도 두 화법의 중간 단계에 위치한다.

맥헤일은 주네트의 세 단계보다 더 자세하게 일곱 단계의 화법 체계를 내놓았는데, 뒤로 갈수록 그 모방의 정도가 커진다.(B. McHale, 〈Free Indirect Discourse: a Survay of Recent Accounts〉, *PTL* 3, 2 April 1978, 259쪽)

1) **스토리 요약**

내용을 밝히지 않은 채 말의 행위를 알리는 것. "마르셀은 한 시간 동안 어머니에게 말했다."

2) **단순한 스토리 요약보다 덜한 요약**

내용을 명시한다. "마르셀은 어머니에게 알베르틴과 결혼한다는 결심을 알렸다." 1,2단계는 주네트의 '서술화된 화법'에 해당한다.

3) **내용의 간접적 주석(종속적 간접화법)**

"마르셀은 알베르틴과 결혼하고 싶다고 어머니에게 선언했다."

4) **부분적으로 미메시스적인 (종속적) 간접화법**

재생된 담론의 문체적 특징 몇 가지를 살린다. "마르셀은 어머니에게 그 못된 알베르틴과 결혼하고 싶다고 선언했다."

5) **자유간접화법**

"마르셀은 어머니에게 마음을 털어놓으러 갔다. 그는 반드시 알베르틴과 결혼해야 한다."

3,4,5단계는 주네트의 '치환된 화법' 에 해당한다.

6) **직접화법**

"마르셀은 어머니에게 '나는 알베르틴과 꼭 결혼해야 해요' 라고 말했다."

7) **자유직접화법**

경계 표시가 없는 이 단계는 '무매개화법' 의 독립적인 상태이다.

"마르셀은 가서 어머니를 찾았다. 나는 알베르틴과 결혼해야 한다." (이러한 형태는 조이스 이후 흔히 사용되고 있다.) 이 용어는 《율리시스》 등 현대 소설에서 대화와 독백의 가장 해방된 형태를 가리키는 데 분명한 유용성이 있다. 6,7단계는 주네트의 '인용된 화법' 에 해당한다.

무초점화(focalisation zéro), **내적 초점화**(focalisation interne), **외적 초점화**(focalisation externe)

주네트는 시각적 요소가 강조되는 '시각(vision)' '시야(champ)' '시점(point de vue)' 등의 용어를 피하기 위해, 브룩스와 워렌의 '서술의 초점(focus of narration)' 이라는 표현에 부응하지만(Cl. Brooks, R. Warren, *Understanding Fiction*), 조금 더 추상적인 '초점화(focalisation)' 라는 용어를 만든다.

1) **무초점화**는 앵글로색슨계 비평이 '전지적' 시점, 장 푸이용은 '배후 시각(vision par derrière)' 이라 명명하고(J. Pouillon, Temps et roman), 토도로프는 서술자 > 인물(서술자가 인물보다 더 많이 안다, 더 정확히 말해 서술자가 그 어느 인물이 아는 것보다 더 많이 '말한다' T. Todorov, *Les Catégories du récit littéaire*)이라는 공식으로 말한 그것이다. 이 초

점화는 종래의 비평에서 '전지적 작가' 시점으로 일컫던 것이지만 실제로는 특정 인물 하나에 초점화되어 있지 않으므로 무(無)초점화로 명명된다.

2) **내적 초점화**는 푸이용에 따르면 '동반 시각(vision avec)' 이고, 토도로프에 의하면 서술자=인물(서술자는 어떤 인물이 아는 것만을 말한다)인데, 블랭에 의하면 '시야 제한' 이다.(G. Blin, *Stendhal et les problèmes du roman*) 내적 초점화는 등장 인물의 시각에서 타인물과 사건을 바라보는데, 그 하위 구분으로 고정적(fixe, 초점 인물이 하나인 경우) · 가변적(variable, 다른 사건이 여러 초점 인물에 의해 여러 번 서술되는 경우) · 복수적(multiple, 같은 사건이 여러 초점 인물에 의해 여러 번 서술되는 경우) 내적 초점화가 있다.

고정적 내적 초점화의 전형적인 예는 모든 것이 스트레처를 통하는 헨리 제임스의 《대사들》이나 《메이지가 알고 있었던 일》이다. 이 작품에서 우리는 어린 소녀의 시점을 거의 떠나지 않는다. 메이지로서는 의미를 알 수 없는 어른들의 이야기 속에서 그녀의 '시야 제한' 은 특히 극적이다.

가변적 내적 초점화의 예는 《마담 보바리》로, 초점 인물이 처음에는 샤를이었다가 다음에는 에마로 이동하고, 다시 샤를로 돌아온다.

복수적 내적 초점화는 서간체 소설에서 흔히 볼 수 있다. 여기서는 같은 사건이 여러 명의 인물의 시점에 따라 여러 번 환기될 수 있다. 영화 《라쇼몽》에 의해 대치되기 전까지는 로버트 브라우닝의 《반지와 책》(살인자 · 희생자들 · 변호인 측 · 검사 측이 차례로 보는 범죄 사건을 서술)이 이런 종류의 서술에 대한 전형적인 예로 통했다. 복수적 초점화에서 초점 인물의 변화는 당연히 서술자의 변화를 동반한다. 복수적 초점화에서 초점화이행(transfocalisation)은 서술자이행(transvocalisation)

의 단순한 결과로 나타날 수 있다.

3) **외적 초점화**는 푸이용이 '외적 시각(vision du dehors)'이라 부른 것이며, 토도로프의 공식에서는 서술자 < 인물(서술자는 인물이 아는 것보다 더 적게 말한다)로, '객관적' 혹은 '행동주의적(behavouriste)' 서술이다. 외적 초점화는 대쉬얼 해미트의 탐정 소설이나 헤밍웨이의 일부 단편에 의해 제1,2차 세계대전 사이에 유행했는데, 여기서 주인공은 생각과 감정을 드러내지 않은 채 우리 앞에서 행동한다. 《살인자들》이나 《하얀 코끼리 같은 언덕(잃어버린 낙원)》 같은 헤밍웨이의 단편들은 과묵함을 거의 수수께끼 지경으로 몰고 간다. 외적 초점화는 물론 양차 세계대전 간 미국 소설의 발명품은 아니지만, 이 소설들은 짤막한 한 서술 텍스트 내내 이 방침을 유지했다는 점에서 혁신을 일으켰다.

하지만 이전의 소설에서도 소설이 시작되는 첫 부분은 외적 초점화로 되어 있는 경우가 많다. 19세기의 많은 '진지한' 소설들도 이런 유형의 비밀스러운 서두를 사용했다. 발자크에게 있어서 《신비로운 토톨가죽》 《현대사의 이면》, 심지어 《사촌 퐁스》에서도 주인공은 오랫동안 신원이 의심스러운 낯선 이로 묘사되며 관찰된다. 이런 최초의 '수수께끼'는 그 비밀이 금세 드러난다 할지라도 소설 도입부의 흔한 지형도가 되었다. 《감정 교육》의 네번째 문단도 그렇다. "머리가 길고 팔 밑에 앨범을 끼고 있는 18세의 어떤 청년이……" 모든 것이 마치 그를 '도입'하기 위해 작가가 그를 모르는 척해야 하는 것처럼 진행된다. 일단 이런 의식을 마치고 나면 작가는 더 이상 숨김없이 이야기를 이어갈 수 있다. "바칼로레아 시험에 막 합격한 프레데릭 모로 씨는 등."

소설 초반의 외적 초점화와 관련하여 작중 인물에 대한 호칭의 문제도 살펴보자. 이름 · 정관사 · 단순한 대명사 등의 호칭은 19세기 후반 무렵 처음에는 작중 인물을 모르는 것에서부터 인물을 대뜸 아는 것으로 간주하는 유형으로 이행했다. 일반적으로 두 가지 유형의 대비되는 '서두(incipit)' 가 있다. A유형은 독자가 인물을 모르는 것으로 간주하여 인물을 우선 외부로부터 관찰하다가 이어 공식적으로 인물을 소개한다(《신비로운 도톨가죽》 유형). B유형은 인물을 대뜸 아는 것으로 간주하고, 바로 성이나 이름, 단순한 인칭대명사나 친숙한 정관사로 부르는 것이다. 현대 소설사를 보면 의미 있는 진보를 파악할 수 있는데, 대략 A유형이 지배적이다가 B유형으로 이행하고 있다. A유형은 발자크에게 있어 《신비로운 도톨가죽》《사촌 퐁스》《사촌누이 베트》처럼 무지가 두드러지고 관찰자의 추측이 강조되는 외적 초점화의 극단적 형태("그의 태도로 우리는 알 수 있었다, 그의 인상으로 보아 알아차렸다 등")로 나타나거나, 《고리오 영감》《외제니 그랑데》《잃어버린 환상》처럼 묘사적이거나 파노라마적인 시작으로 나타난다. B유형은 졸라의 《쟁탈전》에서 벌써 등장하는데, 《루공 마카르》 총서 전체 20권의 소설 중 14권이 분명히 B유형이다. B유형은 《율리시스》《심판》이나 《성》《티보가의 사람들》《인간 조건》 같은 20세기 소설들에서 괄목할 만하게 사용된다.

하나의 작품 안에서 반드시 하나의 초점화가 사용되는 것은 아니다. 《마담 보바리》의 예가 보여 주듯, 하나의 초점화의 방침이 어떤 이야기 전체에 걸쳐 반드시 항상성을 유지하지 않는다. 그리고 자체로도 매우 유연한 공식인 '가변적 내적 초점화' 는 《마담 보바리》 전체에 적용되는 것도 아니다. 유명한 전세마차 장면이 외적 초점화로 되어 있을 뿐 아니라, 소설의 2부를 열어 주는 용빌에 대한 묘사는 발자크의 대부분의 묘사처럼 초점화되어 있지 않다. 초점화의 공식은 이렇게 언제나 한 작품 전체를 대상으로 하는 것이 아니라 오히려 일정한 서술

부분을 대상으로 하며, 이 부분은 매우 짧을 수도 있다. 또 여러 가지 시점들 사이의 구분은 단지 유형만을 검토할 때 생각되는 것만큼 늘 분명한 것은 아니다.

또한 내적 초점화도 완전히 엄밀한 방식으로 적용되는 경우는 드물다. 사실 이 초점화의 원칙이 엄밀하게 내포하는 바로 보면, 초점 인물은 외부로부터 묘사되어서는 안 되고, 지시되어서도, 그 인물의 생각이나 지각이 서술자에 의해 객관적으로 분석되어서도 안 된다. 따라서 스탕달이 파브리스 델 동고가 행하고 생각하는 바를 우리에게 일러 주는 다음과 같은 문장에 엄밀한 의미의 내적 초점화는 없다. "혐오감으로 죽을 각오는 되어 있었지만, 파브리스는 망설임도 없이 말에서 뛰어내려 시체의 손을 잡고 세게 흔들었다. 그리고 나서 그는 자아를 망각한 것 같은 상태에 빠져 있었다. 그는 다시 말에 오를 기운이 없다고 느꼈다. 그를 공포에 질리게 한 것은 무엇보다도 시체의 그 부릅뜬 눈이었다." 반면 주인공이 보는 것만을 묘사하는 것으로 그치는 다음 문장에서는 내적 초점화가 완벽하다. "코 옆으로 들어간 탄알 하나가 반대편 관자놀이로 빠져나와 그 시체를 흉측하게 일그러뜨리고 있었다. 시체는 눈을 뜬 채로 있었다."(《파름의 수도원》)

사실상 내적 초점화는 '내적 독백' 으로 된 서술이나 로브 그리예의 《질투》와 같은 극단적인 작품에서나 완벽하게 실현되어 있다. 《질투》에서는 중심 인물이 초점화 위치로만 환원된다. 내적 초점화는 영화에서 간간이 나타나는데, 로버트 몽고메리의 《호반의 여인》에서는 주인공의 위치를 카메라가 담당하고 있다.[4]

---

4) 영화에 있어 초점화 · 시각화 · 청각화의 문제에 대해서는 《영화서술학》, 앙드레 고드로 · 프랑수아 조스트, 송지연 역, 동문선, 2001 참조.

세 가지 초점화는 '정보(information)'의 시각에서 다시 한 번 엄밀하게 정의될 수 있다. 우선 **무초점화**에서, 초점화되지 않은 서술은 다양하게 초점화된 여러 부분의 모자이크로 환원될 수 있다. 따라서 '무초점화=가변적 초점화' 라는 정의도 가능하지만, 전통적인 서술은 때로 그 '초점화'을 너무 멀고 막연하며 파노라마적인 시야('신의 관점'이나 '시리우스별의 시점')에 위치시키기 때문에 그 초점화가 어떤 인물에도 해당하지 않는 이상 무초점화라는 용어가 더 적당하다. 따라서 '무초점화=가변적 초점화, 때로는 무초점화' 라는 느슨한 공식이 가능하다.

'초점화' 라는 용어는 '전지성'과 비교하여 '시야의 제한(restriction de champ)'을 의미한다. 전통적으로 '전지성'이라 이름해 온 용어는 순수한 허구에 있어서는 불합리한 것이므로(작가는 모든 것을 창조하므로 무엇을 '알' 필요가 없다) **완전한 정보**로 바꾸는 게 나으며(무초점화), 이 완전한 정보에 비해 **정보의 선택**을 하는 것이 초점화다(내적 초점화, 외적 초점화). **내적 초점화**에 있어서 초점화는 어떤 인물에 일치하며, 인물은 그럼으로써 (자기 자신을 대상으로 하는 지각까지 포함하여) 모든 지각의 허구적인 '주체'가 된다. 그러면 서술은 이 인물이 지각하고 생각하는 모든 것을 우리에게 말해 줄 수 있다. **외적 초점화**에 있어서 초점화는 서술자가 선택한 '모든 인물 밖' 이야기 세계의 어느 한 지점에 위치하며, 이 때문에 그 어느 누구든 인물의 생각에 대한 정보의 가능성이 배제된다. 따라서 원칙적으로 이 두 유형을 혼동하는 일은 있을 수 없다.

정보 생략(paralipse)/정보 누설(paralepse)

한 서술의 지배적인 초점 방식에 대하여 일시적인 조바꿈(altération)

이 일어날 수 있는데, 원칙적으로 필요한 것보다 더 적은 정보를 주는 경우, 혹은 전체를 지배하는 초점화의 코드에서 원칙적으로 허용되는 것보다 더 많은 정보를 주는 경우의 두 가지가 있다. 첫번째는 '정보 생략' (제공해야 할 정보를 내버려두는 것)으로, '채택된 초점 유형이 논리적으로 낳는 정보를 자제하는 것' 이며, 두번째는 그 반대의 '정보 누설' (내버려두어야 할 정보를 취하여 오히려 제공하는 것)로, '채택된 초점 유형의 논리를 초과하는 정보' 를 의미한다.

정보 생략의 고전적 유형은 내적 초점화의 코드에서 초점화된 주인공의 어떤 행위나 생각을 생략하는 것이다. 주인공도 서술자도 모를 수가 없는 어떤 행위나 생각을 서술자가 독자에게 숨기기로 결정한다. 장 푸이용은 '동반 시각' 에 대하여 스탕달이 이 수사법을 어떻게 사용했는지를 잘 지적했다. 푸이용이 보기에 이 시각의 주요한 결점은 인물이 너무 미리 알려져 버려 뜻밖의 일을 마련해 놓을 수 없다는 점에 있다. 이 때문에 푸이용의 판단으론 서툴게 보이는 그런 대응책, 즉 의도적으로 생략하는 방법이 동원된다. 스탕달이 《아르망스》에 주인공이 그토록 유사(pseudo)-독백을 하고 중요한 생각을 털어놓으면서도, 분명 한 순간도 주인공을 떠날 수 없었을 그 생각(성불능)을 독자에게 숨긴 유명한 예가 있다. 롤랑 바르트는 애거사 크리스티의 추리소설의 '속임수' 를 적절히 지적한다. 이 속임수란 《5시 25분》이나 《로저 애크로이드의 살인 사건》처럼 살인자에게 서술의 초점을 맞추면서도 그의 '생각' 에서 살인의 추억을 지워 버리는 데 있다. 그리고 알다시피 가장 고전적인 추리 소설은 보통 수사하는 탐정에게 초점화되어 있으면서도, 마지막에 모든 것이 밝혀질 때까지 발견의 일부를 감추는 것이 일반적이다.

이와는 반대되는 **정보 누설**은 일반적으로 외적 초점화로 되어 있는 서술이 한 인물의 의식 속으로 침입하는 것이다. 《신비로운 도톨가죽》의 서두 부분에서 "젊은이는 자신의 파산을 '이해했다'" 혹은 "그는 영국 사람의 외양을 '가장했다'" 등의 문장은 정보 누설로 볼 수 있다. 이런 문장들은 그때까지 채택되어 있던 '외적 시각'이라는 분명한 입장과 커다란 대조를 보이며 내적 초점화로의 점진적인 이행을 개시한다. 정보 누설은 또 내적 초점화에서 초점 인물 외에 다른 인물의 생각에 대해, 혹은 초점 인물이 목격할 수 없는 장면에 대해 부수적인 정보를 주는 것이 될 수도 있다. 《메이지가 알고 있었던 일》에서 메이지로서는 알 수 없는 패런지 부인의 생각에 대한 다음과 같은 페이지는 정보 누설로 규정된다. "그날이 다가오고 있었다. 메이지를 아버지로부터 떼어내는 것보다 아버지 머리로 던져 버리는 것이 더 즐겁다고 생각하게 될 그날이 오고 있음을 그녀는 알고 있었다."

분명한 정보에 비해 모호한 정보가 많은 현상은 롤랑 바르트가 징후(indices)라고 부른 서술의 게임 전체의 바탕이 된다. '징후'는 외적 초점화에서도 작동하는데, 예를 들어 《하얀 코끼리 같은 언덕》에서 헤밍웨이는 두 인물 사이의 대화를 보고하며 해석을 자제한다. 그렇다고 해서 독자가 작가의 의도에 맞게 그 대화를 해석할 수 없는 것은 아니다. 소설가가 "그는 등에 식은땀이 흐르는 것을 느꼈다"고 쓸 때마다 독자가 망설임 없이 "그는 두렵다"고 해석하는 것과 마찬가지다. 서술 텍스트는 항상 자신이 아는 것보다 더 적게 말하지만, 종종 자신이 말하는 것보다 더 많은 것을 알려 주기도 한다.

장 지오노 연보

1895년 3월 30일 프랑스 프로방스 지방의 소도시 마노스크(Manosque)에서 출생. 그는 할아버지대에 이탈리아에서 넘어온 가난한 가정의 외동아들로서, 아버지 장 앙투안 지오노는 구두 수선공이었고, 어머니 폴린 푸르생은 세탁소에서 다림질을 했다.

1910년 최초로 정형시를 쓰기 시작. 1913-16년 지방 신문에 시가 실리고, 1921-23년에는 마르세유의 잡지《라 크리예》에 산문시가 실림.

1911년 아버지의 병 때문에 '소년가장'이 된 지오노는 고등학교 2학년 때 학교를 그만두고 은행에 취직. 1929년 전업 작가로 나설 때까지 독학하면서 마노스크와 마르세유의 여러 은행에서 근무한다.

1915-1919년 제1차 세계대전에 보병으로 참전. 끔찍했던 이 전쟁의 기억으로 그는 후에 평화주의자가 된다.

1920년 교사였던 엘리즈 모랭과 결혼. 사이에 두 딸을 둔다.

1924년 최초의 시집《플루트 반주에 맞추어 *Accompagnés de la flûte*》출간.

1929년 당시 프랑스 문학계의 대부이던 앙드레 지드(André Gide)의 격찬을 받은《언덕 *Colline*》의 출간과 함께 유명 작가로 떠오르고, 미국에서 브렌타노 문학상을 수상. 같은 해《보뮈뉴에서 온 사람 *Un de Baumugnes*》출간.

1930년 《소생 *Regain*》출간. 위의 두 작품과 함께 '목신의 3부작(Trilogie de Pan)'을 이룸.

1931년 《양떼 군단 *Le Grand Troupeau*》.

1932년 자서전적 소설《푸른 눈의 장 *Jean le Bleu*》.

1934년 《세상의 노래 *Le Chant du monde*》.

1935년 《영원한 기쁨 *Que ma joie demeure*》.

1937년 《산중의 전투 *Batailles dans la montagne*》. 지금까지 언급된 제2차 세계대전 이전의 초기 소설들은 시적이고 서정적이며, 자연의 신비를 노래한 아름다운 작품들이다. 원시 상태에 가까운 인간이 우주적 요소에 융화되는 범신론적 세계가 묘사되어 있으며, 재앙에 빠진 한 인간 집단을 고통에서 구해내는 영웅적인 주인공이 자주 등장한다. 초기의 지오노는 도시와 기계문명을 규탄하고 단순하고 소박한 자연에서의 삶을 찬미하는 루소적 성향을 보여 준다.

1935-1939년 부활절방학과 여름방학 동안 마노스크 근처 산기슭에서 콩타두르(Contadour)라는 모임이 아홉 차례 열림. 지오노를 정신적인 스승으로 받들며 자연스럽게 모여든 대학생들 · 교사들 · 지식인들과 열광적인 독자들이 자연을 벗삼아 독서와 산책을 함께함. 후에 반파시스트와 반전 운동의 모임으로 발전한다.

그는 아라공을 비롯한 좌파의 지식인들과 연합하는 등 정치적인 입장을 취하기도 하지만, 그의 이상은 자연으로의 회귀와 평화주의에 있다. 《진정한 풍요 *Les Vraies richesses*》(1936) · 《굴복의 거부 *Refus d'obéissance*》(1937) 등의 수필집에서 그의 사상을 엿볼 수 있다. 그러나 그는 1939년 전쟁의 발발과 함께 평화주의의 죄목으로 2개월간 마르세유의 감옥에 투옥된다.

1938-1939년 친구인 화가 뤼시앵 자크와 함께 허먼 멜빌의 《모비 딕》 번역. 1941년 소설 《멜빌을 위하여 *Pour saluer Melville*》 출간.

1943년 《길의 끝 *Le Bout de la route*》 《빵집 마누라 *La Femme du boulanger*》 등이 수록된 희곡집 출간.

1944년 대독협력의 죄목으로 또다시 6개월간 투옥. 피신하는 유대인들을 자택에 숨겨 주곤 하던 지오노에게 대독협력의 혐의는 완전히 오해였음이 밝혀짐. 그러나 작가협회의 블랙 리스트에 올라 작품 활동에 제한을 받게 된다.

1945년 19세기 프랑스로 망명한 이탈리아의 기사 앙젤로를 주인공으로 하는 10부작을 계획하고, 그 첫 작품인 《앙젤로 *Angelo*》를 집필.

이 작품은 콜레라가 발병하기 이전 엑스에 피신한 앙젤로가 로랑 드 테위스(폴린의 남편) 등을 만나며 겪는 로마네스크한 모험을 그리고 있다.

1946년 《지붕 위의 기병 *Le Hussard sur le toit*》 집필 시작. 1951년 완성될 때까지 두 차례에 걸친 긴 휴지 기간을 갖게 된다.

《한 인물의 죽음 *Mort d'un personnage*》 집필, 1949년 발표. 앙젤로의 손자로, 같은 이름을 가진 소년의 시각으로 그의 할머니 폴린의 느린 죽음의 과정을 아름답게 그리고 있다. 1957년 발표된 《열광적 행복 *Le Bonheur fou*》과 함께 위의 4권의 소설이 '기병 연작(Cycle du hussard)'을 이루게 된다.

1947년 《권태로운 왕 *Un Roi sans divertissement*》을 시작으로 '소설 연대기(Chroniques romanesques)' 라는 일군의 작품 발표. '소설 연대기'는 내용적으로는 파스칼의 영향하에 인간 내면의 어두운 정열을 그리고 있으며, 형식적으로는 동시대의 누보로망을 앞지른 전혀 새로운 실험적 소설 기법들을 보여 준다. 같은 해 소설가 자신이 주인공이면서 작중 인물들이 현실 세계에 등장하는 혁신적 작품 《노아 *Noé*》 발표.

1949년 《강한 영혼 *Les Ames fortes*》. 훗날 비평가 미셸 레몽(Michel Raimond)으로부터 '현대 소설의 가장 위대한 걸작품 중 하나'로 격찬을 받다.

1951년 《대로 *Les Grands chemins*》 《지붕 위의 기병 *Le Hussard sur le toit*》 발표. 이 소설은 발간 즉시 폭발적인 성공을 거두고, 이로써 지오노는 완전히 명예를 회복한다.

1952년 《폴란드의 풍차 *Le Moulin de Pologne*》.

1953년 지오노의 생태주의적 면모를 엿볼 수 있는 콩트 《나무를 심은 사람 *L'Homme qui plantait des arbres*》 집필(안시 애니메이션 영화제에서 대상을 받은 프레데릭 백의 걸작 영화(1987)로 인해 전 세계적으로 유명).

모나코 문학상을 수상하고, 1954년 콜레트의 뒤를 이어 공쿠르 문학상의 심사위원으로 선임.

1957년 '기병 연작'의 마지막 소설 《열광적 행복 *Le Bonheur fou*》 발간. 앙젤로가 1848년 혁명과 전쟁의 도가니 속의 이탈리아에서 겪는 모험을 그리고 있다.

1959년 '장 지오노 영화사' 설립. 1958년 뒤랑스 강을 주제로 《살아 있는 물 *L'Eau vive*》의 시나리오를 썼던 지오노는 그 경험에 힘입어 영화사를 설립하고, 1960년 스스로 시나리오와 감독을 맡은 영화 《백만장자 *Crésus*》(페르낭델 주연)를 촬영. 1961년 칸 영화제 심사위원장. 1962년 프랑수아 르테리에 감독의 《권태로운 왕》의 대본을 집필하고 영화의 촬영에 관여한다. 이 영화는 1963년 '프랑스 영화 대상'을 수상한다.

1963년 소설적 역사서 《파비의 대참사 *Le Désastre de Pavie*》.

1965년 《폭풍 속의 두 기사 *Deux cavaliers de l'orage*》.

1966년 《탈주자 *Le Déserteur*》.

1968년 《엔몽드와 다른 인물들 *Ennemonde et autres caractères*》.

1970년 마지막 소설이 된 《쉬즈의 붓꽃 *L'Iris de suse*》 발표.
10월 9일 75세의 나이로 잠자듯 사망한다.

1970-1995년 갈리마르의 플레야드 전집으로 소설 6권, 수필 2권이 발간된다.

1995년 탄생 백주년 기념으로 프랑스와 이탈리아에서 다양한 행사가 열림. 파리에서는 베르나르 클라벨을 비롯한 작가와 교수들의 대담, 그르노블에서는 연극 상연(《나무를 심은 사람》)과 희귀본 그림책 전시, 니스에서는 강연과 영화 상영(복원된 《권태로운 왕》), 아비뇽에서는 연극제 참여(《노아》 《언덕》), 아라스에서는 1995년 영화화된 《지붕 위의 기병》의 연구회, 마노스크에서는 절친한 친구였던 화가 베르나르 뷔페의 그림 전시를 비롯한 다양한 행사가 펼쳐지고, 이탈리아의 파비에서는 지오노의 유일한 역사서 《파비의 대참사》에 대한 토론회가 열린다.

장 지오노 연구 현황

이 연구 현황은 2004년 3월까지 국내에 발표된 것들을 조사한 것으로, 석사학위 논문, 박사학위 논문, 학술 논문, 신문과 잡지의 논문 및 서평, 번역 작품으로 나누어 수록한다.

1. 석사학위 논문

정혜란, 〈J. Giono의 《Jean le Bleu》에 나타난 Jean의 심리분석〉, 경북대, 1982. 2.

유안나, 〈장 지오노의 《Colline》에 나타난 산의 이미지〉, 외대, 1988. 2.

유혜선, 〈《폴란드의 풍차》에 나타난 비극의 문제〉, 연세대, 1996. 2.

2. 박사학위 논문

이선영, 〈장 지오노의 초기 작품에 나타난 지상의 행복〉, 서울대, 2001. 8.

3. 학술 논문

김수현, 〈Les figures de style dans 《Le chant du monde》 de Jean Giono〉, 《한국프랑스학논집》(제38집), 2002. 5.

박지구, 〈장 지오노의 무정부주의〉, 《한국프랑스학논집》(제27집), 1999.

—— 〈지오노 소설에 나타난 위반의 미학—《지붕 위의 기병》을 중심으로〉, 《불어불문학연구》(제34집), 1997. 6.

—— 〈L'image de la sensualité à travers l'oeuvre de Jean Giono〉, 《프랑스학연구》(제13호), 1995.

—— 〈Un fantasme d'amour chez Jean Giono〉, 《경북대 인문과학》(제8집), 1992.

—— 〈《Jean le Bleu》에 나타난 은유〉, 《경북대 인문논총》, 1984.

송지연, 〈소설에서의 인칭의 문제〉, 《불어불문학 연구》(제37호), 1998.

—— 〈장 지오노의 《지붕 위의 기병》에 나타난 독백과 대화의 기술〉, 《인문과학》(76,77합집), 연세대학교 인문과학 연구소, 1997. 6.

—— 〈장 지오노의 《지붕 위의 기병》연구—초점과 거리두기를 중심으로〉, 《불어불문학연구》(제34호), 한국 불어불문학회, 1997.

—— 〈J. Giono의 《Un Roi sans divertissement》에서의 화자의 문제〉, 《한불연구》, 연세대학교 한불문화연구소, 1993. 12.

안보옥, 〈끝없는 도주 또는 창작의 길—장 지오노의 《탈주자》에 관한 소고〉, 《불어불문학연구》(제54집), 2003.

—— 〈장 지오노의 '침묵'에 관한 소고〉, 《한국프랑스학논집》(제36집), 2001.

—— 〈《Fragments d'un paradis》: 미지의 세계에 대한 갈망 또는 내적 영토에서의 부동의 여행〉, 《프랑스어문교육》(제10집), 2000.

—— 〈《Pour saluer Melville》: 대기 저 너머로의 마술적 산책〉, 《불어불문학연구》(제40집), 1999.

—— 〈에느몽드의 세계〉, 《인문과학연구》(창간호), 가톨릭대학교 인문과학연구소, 1996.

—— 〈꿈의 좌절 또는 자아 탐색의 길—John Steinbeck의 《Des Souris et des hommes》와 Jean Giono의 《Les Grands Chemins》 비교 연구〉, 《가톨릭대학교 성심교정 논문집》(제2집), 1995.

—— 〈《L'Iris de Suse》 또는 l'Absente—Nulle part로 인도하는 길〉, 《불어불문학연구》(제30집), 1995.

—— 〈Jean Giono의 《Un Roi sans divertissement》에 나타난 공간〉, 《불어불문학연구》(제29집), 1994.

안영현 · 김귀룡, 〈포스트모던 이후의 텍스트 읽기: 장 지오노의 《언덕》을 사례로〉, 《인문학지》(제26집), 충북대학교 인문학연구소, 2003. 6.

안영현, 〈지오노의 전반기 작품에 나타난 세상의 이미지〉, 《인문학지》(제20집), 충북대학교 인문학연구소, 2000. 6.

—— 〈지오노의 작품에 나타난 프로방스의 이미지〉, 《프랑스어문교육》(제8집), 프랑스어문교육학회, 1999. 11.
—— 〈La figure mythique dans l'oeuvre de Giono〉, 《어문논총》(제7집), 충북대학교 외국어교육원, 1998. 7.
—— 〈지오노의 전반기 소설에 나타난 원형적 공간〉, 《불어불문학연구》(제35집), 1997. 11.
—— 〈Le voyage et l'imaginaire dans l'oeuvre de Giono〉, 《인문학지》(제15집), 충북대학교 인문학연구소, 1997. 5.
유재홍, 〈지오노 초기 작품에 나타난 '상징' 의 세 가지 특질 La triple dimension du symbole dans les premières oeuvres de Jean Giono〉, 《불어불문학연구》(제49호), 2002.
—— 〈쟝 지오노와 우주〉, 《불어불문학연구》(제45호), 2001.
—— 〈지오노의 작품에 나타난 카오스 이미지 연구 Les images du chaos originel chez Jean Giono〉, 《한국프랑스학논집》(제31집), 2000.
—— 〈쟝 지오노의 《세상의 노래》에 나타난 시적(詩的) 창조 Une Création poétique dans 《Le chant du monde》 de Jean Giono〉, 《프랑스학연구》(제18호), 2000.
—— 〈지오노(Jean Giono)의 프로방스: 성(聖)의 공간, 메타포의 원천〉, 《프랑스문화예술연구》(제1호), 1999.

4. 신문, 잡지의 논문 및 서평

박지구, 〈《지붕 위의 기병》 서평: 사랑과 죽음의 서사시〉, 《한국간행물윤리위원회》(제21집), 1996.
배수아, 〈요즘 읽은 책: 장 지오노 작 《나무를 심은 사람》〉, 《한국일보》, 1996. 3. 29.
송지연, 〈장 지오노 작품론: 상상 속의 사막 여행〉, 《동서문학》, 1993. 12.
—— 〈《폴란드의 풍차》 서평: 운명은 신의 저주가 아냐!〉, 《조선일보》, 2000. 10. 21.

이성복, 〈《지붕 위의 기병》 독서 에세이: 나의 20대 열정 일깨운 숭고하고 깨끗한 사랑 이야기〉, 《동아일보》, 1996. 2. 1.

5. 번역 작품

《바스띠드 마을사람들 *Colline*》, 지정숙, 회현사, 1978.
《지붕 위의 기병 *Le Hussard sur le toit*》, 송지연, 문예출판사, 1995.
《나무를 심은 사람 *L'Homme qui plantait des arbres*》, 김경온, 두레, 1995.
《소생 *Regain*》, 이원희, 두레, 1996.
《언덕 *Colline*》, 이원희, 이학사, 1998.
《세상의 노래 *Le Chant du monde*》, 이원희, 이학사, 1998.
《보뮈뉴에서 온 사람 *Un de Baumugnes*》, 송지연, 이학사, 1998.
《권태로운 왕 *Un Roi sans divertissement*》, 송지연, 이학사, 1998.
《영원한 기쁨 *Que ma joie demeure*》, 이원희, 이학사, 1999.
《폴란드의 풍차 *Le Moulin de Pologne*》, 박인철, 민음사, 2000.

《나무를 심은 사람》(애니메이션영화 비디오), 프레데릭 백 감독, 1987, 성베네딕도 수도원 시청각 종교 교육연구원.

동문선

색 인

송지연
연세대학교 불문과 및 동대학원 졸업
파리 제3대학교 불문학박사
현재 광운대 · 연세대 불문과 강사
역서: 《지붕 위의 기병》《보뮈뉴에서 온 사람》《권태로운 왕》
《영화서술학》《영화와 문학의 서술학》

장 지오노와 서술 이론

초판발행 : 2003년 4월 25일

지은이 : 송지연
총편집 : 韓仁淑
펴낸곳 : 東文選
제10-64호, 78. 12. 16 등록
110-300 서울 종로구 관훈동 74번지
전화 : 737-2795

편집설계 : 李姃旻

ISBN 89-8038-483-1 94800
ISBN 89-8038-000-3 (세트/문예신서)

【東文選 現代新書】

1	21세기를 위한 새로운 엘리트	FORESEEN 연구소 / 김경현	7,000원
2	의지, 의무, 자유 — 주제별 논술	L. 밀러 / 이대희	6,000원
3	사유의 패배	A. 핑켈크로트 / 주태환	7,000원
4	문학이론	J. 컬러 / 이은경·임옥희	7,000원
5	불교란 무엇인가	D. 키언 / 고길환	6,000원
6	유대교란 무엇인가	N. 솔로몬 / 최창모	6,000원
7	20세기 프랑스철학	E. 매슈스 / 김종갑	8,000원
8	강의에 대한 강의	P. 부르디외 / 현택수	6,000원
9	텔레비전에 대하여	P. 부르디외 / 현택수	7,000원
10	고고학이란 무엇인가	P. 반 / 박범수	8,000원
11	우리는 무엇을 아는가	T. 나겔 / 오영미	5,000원
12	에쁘롱 — 니체의 문체들	J. 데리다 / 김다은	7,000원
13	히스테리 사례분석	S. 프로이트 / 태혜숙	7,000원
14	사랑의 지혜	A. 핑켈크로트 / 권유현	6,000원
15	일반미학	R. 카이유와 / 이경자	6,000원
16	본다는 것의 의미	J. 버거 / 박범수	10,000원
17	일본영화사	M. 테시에 / 최은미	7,000원
18	청소년을 위한 철학교실	A. 자카르 / 장혜영	7,000원
19	미술사학 입문	M. 포인턴 / 박범수	8,000원
20	클래식	M. 비어드·J. 헨더슨 / 박범수	6,000원
21	정치란 무엇인가	K. 미노그 / 이정철	6,000원
22	이미지의 폭력	O. 몽젱 / 이은민	8,000원
23	청소년을 위한 경제학교실	J. C. 드루엥 / 조은미	6,000원
24	순진함의 유혹 〔메디시스賞 수상작〕	P. 브뤼크네르 / 김웅권	9,000원
25	청소년을 위한 이야기 경제학	A. 푸르상 / 이은민	8,000원
26	부르디외 사회학 입문	P. 보네위츠 / 문경자	7,000원
27	돈은 하늘에서 떨어지지 않는다	K. 아른트 / 유영미	6,000원
28	상상력의 세계사	R. 보이아 / 김웅권	9,000원
29	지식을 교환하는 새로운 기술	A. 벵토릴라 外 / 김혜경	6,000원
30	니체 읽기	R. 비어즈워스 / 김웅권	6,000원
31	노동, 교환, 기술 — 주제별 논술	B. 데코사 / 신은영	6,000원
32	미국만들기	R. 로티 / 임옥희	10,000원
33	연극의 이해	A. 쿠프리 / 장혜영	8,000원
34	라틴문학의 이해	J. 가야르 / 김교신	8,000원
35	여성적 가치의 선택	FORESEEN연구소 / 문신원	7,000원
36	동양과 서양 사이	L. 이리가라이 / 이은민	7,000원
37	영화와 문학	R. 리처드슨 / 이형식	8,000원
38	분류하기의 유혹 — 생각하기와 조직하기	G. 비뇨 / 임기대	7,000원
39	사실주의 문학의 이해	G. 라루 / 조성애	8,000원
40	윤리학 — 악에 대한 의식에 관하여	A. 바디우 / 이종영	7,000원
41	흙과 재 〔소설〕	A. 라히미 / 김주경	6,000원

42 진보의 미래	D. 르쿠르 / 김영선	6,000원
43 중세에 살기	J. 르 고프 外 / 최애리	8,000원
44 쾌락의 횡포 · 상	J. C. 기유보 / 김웅권	10,000원
45 쾌락의 횡포 · 하	J. C. 기유보 / 김웅권	10,000원
46 운디네와 지식의 불	B. 데스파냐 / 김웅권	8,000원
47 이성의 한가운데에서 — 이성과 신앙	A. 퀴노 / 최은영	6,000원
48 도덕적 명령	FORESEEN 연구소 / 우강택	6,000원
49 망각의 형태	M. 오제 / 김수경	6,000원
50 느리게 산다는 것의 의미 · 1	P. 쌍소 / 김주경	7,000원
51 나만의 자유를 찾아서	C. 토마스 / 문신원	6,000원
52 음악적 삶의 의미	M. 존스 / 송인영	근간
53 나의 철학 유언	J. 기통 / 권유현	8,000원
54 타르튀프 / 서민귀족 〔희곡〕	몰리에르 / 덕성여대극예술비교연구회	8,000원
55 판타지 공장	A. 플라워즈 / 박범수	10,000원
56 홍수 · 상 〔완역판〕	J. M. G. 르 클레지오 / 신미경	8,000원
57 홍수 · 하 〔완역판〕	J. M. G. 르 클레지오 / 신미경	8,000원
58 일신교 — 성경과 철학자들	E. 오르티그 / 전광호	6,000원
59 프랑스 시의 이해	A. 바이양 / 김다은 · 이혜지	8,000원
60 종교철학	J. P. 힉 / 김희수	10,000원
61 고요함의 폭력	V. 포레스테 / 박은영	8,000원
62 고대 그리스의 시민	C. 모세 / 김덕희	7,000원
63 미학개론 — 예술철학입문	A. 셰퍼드 / 유호전	10,000원
64 논증 — 담화에서 사고까지	G. 비뇨 / 임기대	6,000원
65 역사 — 성찰된 시간	F. 도스 / 김미겸	7,000원
66 비교문학개요	F. 클로동 · K. 아다-보트링 / 김정란	8,000원
67 남성지배	P. 부르디외 / 김용숙	개정판 10,000원
68 호모사피언스에서 인터렉티브인간으로	FORESEEN 연구소 / 공나리	8,000원
69 상투어 — 언어 · 담론 · 사회	R. 아모시 · A. H. 피에로 / 조성애	9,000원
70 우주론이란 무엇인가	P. 코올즈 / 송형석	8,000원
71 푸코 읽기	P. 빌루에 / 나길래	8,000원
72 문학논술	J. 파프 · D. 로쉬 / 권종분	8,000원
73 한국전통예술개론	沈雨晟	10,000원
74 시학 — 문학 형식 일반론 입문	D. 퐁텐 / 이용주	8,000원
75 진리의 길	A. 보다르 / 김승철 · 최정아	9,000원
76 동물성 — 인간의 위상에 관하여	D. 르스텔 / 김승철	6,000원
77 랑가쥬 이론 서설	L. 옐름슬레우 / 김용숙 · 김혜련	10,000원
78 잔혹성의 미학	F. 토넬리 / 박형섭	9,000원
79 문학 텍스트의 정신분석	M. J. 벨멩-노엘 / 심재중 · 최애영	9,000원
80 무관심의 절정	J. 보드리야르 / 이은민	8,000원
81 영원한 황홀	P. 브뤼크네르 / 김웅권	9,000원
82 노동의 종말에 반하여	D. 슈나페르 / 김교신	6,000원
83 프랑스영화사	J. -P. 장콜라 / 김혜련	8,000원

84	조와(弔蛙)	金教臣 / 노치준 · 민혜숙	8,000원
85	역사적 관점에서 본 시네마	J. -L. 뢰트라 / 곽노경	8,000원
86	욕망에 대하여	M. 슈벨 / 서민원	8,000원
87	산다는 것의 의미 · 1 — 여분의 행복	P. 쌍소 / 김주경	7,000원
88	철학 연습	M. 아롱델-로오 / 최은영	8,000원
89	삶의 기쁨들	D. 노게 / 이은민	6,000원
90	이탈리아영화사	L. 스키파노 / 이주현	8,000원
91	한국문화론	趙興胤	10,000원
92	현대연극미학	M. -A. 샤르보니에 / 홍지화	8,000원
93	느리게 산다는 것의 의미 · 2	P. 쌍소 / 김주경	7,000원
94	진정한 모럴은 모럴을 비웃는다	A. 에슈고엔 / 김웅권	8,000원
95	한국종교문화론	趙興胤	10,000원
96	근원적 열정	L. 이리가라이 / 박정오	9,000원
97	라캉, 주체 개념의 형성	B. 오질비 / 김 석	9,000원
98	미국식 사회 모델	J. 바이스 / 김종명	7,000원
99	소쉬르와 언어과학	P. 가데 / 김용숙 · 임정혜	10,000원
100	철학적 기본 개념	R. 페르버 / 조국현	8,000원
101	맞불	P. 부르디외 / 현택수	10,000원
102	글렌 굴드, 피아노 솔로	M. 슈나이더 / 이창실	7,000원
103	문학비평에서의 실험	C. S. 루이스 / 허 종	8,000원
104	코뿔소 〔희곡〕	E. 이오네스코 / 박형섭	8,000원
105	지각 — 감각에 관하여	R. 바르바라 / 공정아	7,000원
106	철학이란 무엇인가	E. 크레이그 / 최생열	8,000원
107	경제, 거대한 사탄인가?	P. -N. 지로 / 김교신	7,000원
108	딸에게 들려 주는 작은 철학	R. 시몬 셰퍼 / 안상원	7,000원
109	도덕에 관한 에세이	C. 로슈 · J. -J. 바레르 / 고수현	6,000원
110	프랑스 고전비극	B. 클레망 / 송민숙	8,000원
111	고전수사학	G. 위딩 / 박성철	10,000원
112	유토피아	T. 파코 / 조성애	7,000원
113	쥐비알	A. 자르댕 / 김남주	7,000원
114	증오의 모호한 대상	J. 아순 / 김승철	8,000원
115	개인 — 주체철학에 대한 고찰	A. 르노 / 장정아	7,000원
116	이슬람이란 무엇인가	M. 루스벤 / 최생열	8,000원
117	테러리즘의 정신	J. 보드리야르 / 배영달	8,000원
118	역사란 무엇인가	존 H. 아널드 / 최생열	8,000원
119	느리게 산다는 것의 의미 · 3	P. 쌍소 / 김주경	7,000원
120	문학과 정치 사상	P. 페티티에 / 이종민	8,000원
121	가장 아름다운 하나님 이야기	A. 보테르 外 / 주태환	8,000원
122	시민 교육	P. 카니베즈 / 박주원	9,000원
123	스페인영화사	J.- C. 스갱 / 정동섭	8,000원
124	인터넷상에서 — 행동하는 지성	H. L. 드레퓌스 / 정혜욱	9,000원
125	내 몸의 신비 — 세상에서 가장 큰 기적	A. 지오르당 / 이규식	7,000원

126	세 가지 생태학	F. 가타리 / 윤수종	8,000원
127	모리스 블랑쇼에 대하여	E. 레비나스 / 박규현	9,000원
128	위뷔 왕 〔희곡〕	A. 자리 / 박형섭	8,000원
129	번영의 비참	P. 브뤼크네르 / 이창실	8,000원
130	무사도란 무엇인가	新渡戶稻造 / 沈雨晟	7,000원
131	천 개의 집 〔소설〕	A. 라히미 / 김주경	근간
132	문학은 무슨 소용이 있는가?	D. 살나브 / 김교신	7,000원
133	종교에 대하여—행동하는 지성	존 D. 카푸토 / 최생열	9,000원
134	노동사회학	M. 스트루방 / 박주원	8,000원
135	맞불 · 2	P. 부르디외 / 김교신	10,000원
136	믿음에 대하여—행동하는 지성	S. 지제크 / 최생열	9,000원
137	법, 정의, 국가	A. 기그 / 민혜숙	8,000원
138	인식, 상상력, 예술	E. 아카마츄 / 최돈호	근간
139	위기의 대학	ARESER / 김교신	10,000원
140	카오스모제	F. 가타리 / 윤수종	10,000원
141	코란이란 무엇인가	M. 쿡 / 이강훈	9,000원
142	신학이란 무엇인가	D. 포드 / 강혜원 · 노치준	9,000원
143	누보 로망, 누보 시네마	C. 뮈르시아 / 이창실	8,000원
144	지능이란 무엇인가	I. J. 디어리 / 송형석	근간
145	죽음—유한성에 관하여	F. 다스튀르 / 나길래	8,000원
146	철학에 입문하기	Y. 카탱 / 박선주	8,000원
147	지옥의 힘	J. 보드리야르 / 배영달	8,000원
148	철학 기초 강의	F. 로피 / 공나리	8,000원
149	시네마토그래프에 대한 단상	R. 브레송 / 오일환 · 김경온	9,000원
150	성서란 무엇인가	J. 리치스 / 최생열	근간
151	프랑스 문학사회학	신미경	8,000원
152	잡사와 문학	F. 에브라르 / 최정아	근간
153	세계의 폭력	J. 보드리야르 · E. 모랭 / 배영달	9,000원
154	잠수복과 나비	J. -D. 보비 / 양영란	6,000원
155	고전 할리우드 영화	자클린 나카시 / 최은영	10,000원
156	마지막 말, 마지막 미소	B. 드 카스텔바자크 / 김승철 · 장정아	근간
157	몸의 시학	J. 피죠 / 김선미	근간
158	철학의 기원에 대하여	C. 콜로베르 / 김정란	근간
159	지혜에 대한 숙고	J. -M. 베스니에르 / 곽노경	근간
160	자연주의 미학과 시학	조성애	10,000원
161	소설 분석—현대적 방법론과 기법	B. 발레트 / 조성애	근간
162	사회학이란 무엇인가	S. 브루스 / 김경안	근간
163	인도철학입문	S. 헤밀턴 / 고길환	근간
164	심리학이란 무엇인가	G. 버틀러 · F. 맥마누스 / 이재현	근간
165	발자크 비평	J. 줄레르 / 이정민	근간
166	결별을 위하여	G. 마츠네프 / 권은희 · 최은희	근간
167	인류학이란 무엇인가	J. 모나건 外 / 김경안	근간

168 세계화의 불안	Z. 라이디 / 김종명	8,000원
169 음악이란 무엇인가	N. 쿡 / 장호연	근간
170 사랑과 우연의 장난 〔희곡〕	마리보 / 박형섭	근간
171 사진의 이해	G. 보레 / 박은영	근간
172 현대인의 사랑과 성	현택수	9,000원
173 성해방은 진행중인가?	M. 이아퀴브 / 권은희	근간
300 아이들에게 설명하는 이혼	P. 루카스 · S. 르로이 / 이은민	근간
301 아이들에게 들려 주는 인도주의	J. 마무 / 이은민	근간
302 아이들에게 들려 주는 죽음	E. 위스망 페렝 / 김미정	근간
303 아이들에게 들려 주는 선사시대 이야기	J. 클로드 / 김교신	근간

【東文選 文藝新書】

1 저주받은 詩人들	A. 뻬이르 / 최수철· 김종호	개정근간
2 민속문화론서설	沈雨晟	40,000원
3 인형극의 기술	A. 훼도토프 / 沈雨晟	8,000원
4 전위연극론	J. 로스 에반스 / 沈雨晟	12,000원
5 남사당패연구	沈雨晟	19,000원
6 현대영미희곡선(전4권)	N. 코워드 外 / 李辰洙	절판
7 행위예술	L. 골드버그 / 沈雨晟	절판
8 문예미학	蔡　儀 / 姜慶鎬	절판
9 神의 起源	何　新 / 洪　熹	16,000원
10 중국예술정신	徐復觀 / 權德周 外	24,000원
11 中國古代書史	錢存訓 / 金允子	14,000원
12 이미지 — 시각과 미디어	J. 버거 / 편집부	12,000원
13 연극의 역사	P. 하트놀 / 沈雨晟	절판
14 詩　論	朱光潛 / 鄭相泓	22,000원
15 탄트라	A. 무케르지 / 金龜山	16,000원
16 조선민족무용기본	최승희	15,000원
17 몽고문화사	D. 마이달 / 金龜山	8,000원
18 신화 미술 제사	張光直 / 李　徹	10,000원
19 아시아 무용의 인류학	宮尾慈良 / 沈雨晟	20,000원
20 아시아 민족음악순례	藤井知昭 / 沈雨晟	5,000원
21 華夏美學	李澤厚 / 權　瑚	15,000원
22 道	張立文 / 權　瑚	18,000원
23 朝鮮의 占卜과 豫言	村山智順 / 金禧慶	15,000원
24 원시미술	L. 아담 / 金仁煥	16,000원
25 朝鮮民俗誌	秋葉隆 / 沈雨晟	12,000원
26 神話의 이미지	J. 캠벨 / 扈承喜	근간
27 原始佛教	中村元 / 鄭泰爀	8,000원
28 朝鮮女俗考	李能和 / 金尙憶	24,000원
29 朝鮮解語花史(조선기생사)	李能和 / 李在崑	25,000원
30 조선창극사	鄭魯湜	17,000원

31 동양회화미학	崔炳植	18,000원
32 性과 결혼의 민족학	和田正平 / 沈雨晟	9,000원
33 農漁俗談辭典	宋在璇	12,000원
34 朝鮮의 鬼神	村山智順 / 金禧慶	12,000원
35 道敎와 中國文化	葛兆光 / 沈揆昊	15,000원
36 禪宗과 中國文化	葛兆光 / 鄭相泓·任炳權	8,000원
37 오페라의 역사	L. 오레이 / 류연희	절판
38 인도종교미술	A. 무케르지 / 崔炳植	14,000원
39 힌두교의 그림언어	안넬리제 外 / 全在星	9,000원
40 중국고대사회	許進雄 / 洪 熹	30,000원
41 중국문화개론	李宗桂 / 李宰碩	23,000원
42 龍鳳文化源流	王大有 / 林東錫	25,000원
43 甲骨學通論	王宇信 / 李宰碩	40,000원
44 朝鮮巫俗考	李能和 / 李在崑	20,000원
45 미술과 페미니즘	N. 부루드 外 / 扈承喜	9,000원
46 아프리카미술	P. 윌레뜨 / 崔炳植	절판
47 美의 歷程	李澤厚 / 尹壽榮	28,000원
48 曼茶羅의 神들	立川武藏 / 金龜山	19,000원
49 朝鮮歲時記	洪錫謨 外/李錫浩	30,000원
50 하 상	蘇曉康 外 / 洪 熹	절판
51 武藝圖譜通志 實技解題	正 祖 / 沈雨晟·金光錫	15,000원
52 古文字學첫걸음	李學勤 / 河永三	14,000원
53 體育美學	胡小明 / 閔永淑	10,000원
54 아시아 美術의 再發見	崔炳植	9,000원
55 曆과 占의 科學	永田久 / 沈雨晟	8,000원
56 中國小學史	胡奇光 / 李宰碩	20,000원
57 中國甲骨學史	吳浩坤 外 / 梁東淑	35,000원
58 꿈의 철학	劉文英 / 河永三	22,000원
59 女神들의 인도	立川武藏 / 金龜山	19,000원
60 性의 역사	J. L. 플랑드렝 / 편집부	18,000원
61 쉬르섹슈얼리티	W. 챠드윅 / 편집부	10,000원
62 여성속담사전	宋在璇	18,000원
63 박재서희곡선	朴栽緖	10,000원
64 東北民族源流	孫進己 / 林東錫	13,000원
65 朝鮮巫俗의 研究(상·하)	赤松智城·秋葉隆 / 沈雨晟	28,000원
66 中國文學 속의 孤獨感	斯波六郎 / 尹壽榮	8,000원
67 한국사회주의 연극운동사	李康列	8,000원
68 스포츠인류학	K. 블랑챠드 外 / 박기동 外	12,000원
69 리조복식도감	리팔찬	20,000원
70 娼 婦	A. 꼬르벵 / 李宗旼	22,000원
71 조선민요연구	高晶玉	30,000원
72 楚文化史	張正明 / 南宗鎭	26,000원

73 시간, 욕망, 그리고 공포	A. 코르뱅 / 변기찬	18,000원
74 本國劍	金光錫	40,000원
75 노트와 반노트	E. 이오네스코 / 박형섭	20,000원
76 朝鮮美術史研究	尹喜淳	7,000원
77 拳法要訣	金光錫	30,000원
78 艸衣選集	艸衣意恂 / 林鍾旭	20,000원
79 漢語音韻學講義	董少文 / 林東錫	10,000원
80 이오네스코 연극미학	C. 위베르 / 박형섭	9,000원
81 중국문자훈고학사전	全廣鎭 편역	23,000원
82 상말속담사전	宋在璇	10,000원
83 書法論叢	沈尹默 / 郭魯鳳	16,000원
84 침실의 문화사	P. 디비 / 편집부	9,000원
85 禮의 精神	柳 肅 / 洪 熹	20,000원
86 조선공예개관	沈雨晟 편역	30,000원
87 性愛의 社會史	J. 솔레 / 李宗旼	18,000원
88 러시아미술사	A. I. 조토프 / 이건수	22,000원
89 中國書藝論文選	郭魯鳳 選譯	25,000원
90 朝鮮美術史	關野貞 / 沈雨晟	30,000원
91 美術版 탄트라	P. 로슨 / 편집부	8,000원
92 군달리니	A. 무케르지 / 편집부	9,000원
93 카마수트라	바짜야나 / 鄭泰爀	18,000원
94 중국언어학총론	J. 노먼 / 全廣鎭	28,000원
95 運氣學說	任應秋 / 李宰碩	15,000원
96 동물속담사전	宋在璇	20,000원
97 자본주의의 아비투스	P. 부르디외 / 최종철	10,000원
98 宗教學入門	F. 막스 뮐러 / 金龜山	10,000원
99 변 화	P. 바츨라빅크 外 / 박인철	10,000원
100 우리나라 민속놀이	沈雨晟	15,000원
101 歌訣(중국역대명언경구집)	李宰碩 편역	20,000원
102 아니마와 아니무스	A. 융 / 박해순	8,000원
103 나, 너, 우리	L. 이리가라이 / 박정오	12,000원
104 베케트연극론	M. 푸크레 / 박형섭	8,000원
105 포르노그래피	A. 드워킨 / 유혜련	12,000원
106 셸 링	M. 하이데거 / 최상욱	12,000원
107 프랑수아 비용	宋 勉	18,000원
108 중국서예 80제	郭魯鳳 편역	16,000원
109 性과 미디어	W. B. 키 / 박해순	12,000원
110 中國正史朝鮮列國傳(전2권)	金聲九 편역	120,000원
111 질병의 기원	T. 매큐언 / 서 일 · 박종연	12,000원
112 과학과 젠더	E. F. 켈러 / 민경숙 · 이현주	10,000원
113 물질문명 · 경제 · 자본주의	F. 브로델 / 이문숙 外	절판
114 이탈리아인 태고의 지혜	G. 비코 / 李源斗	8,000원

115 中國武俠史	陳 山 / 姜鳳求	18,000원
116 공포의 권력	J. 크리스테바 / 서민원	23,000원
117 주색잡기속담사전	宋在璇	15,000원
118 죽음 앞에 선 인간(상 · 하)	P. 아리에스 / 劉仙子	각권 8,000원
119 철학에 대하여	L. 알튀세르 / 서관모 · 백승욱	12,000원
120 다른 곶	J. 데리다 / 김다은 · 이혜지	10,000원
121 문학비평방법론	D. 베르제 外 / 민혜숙	12,000원
122 자기의 테크놀로지	M. 푸코 / 이희원	16,000원
123 새로운 학문	G. 비코 / 李源斗	22,000원
124 천재와 광기	P. 브르노 / 김웅권	13,000원
125 중국은사문화	馬 華 · 陳正宏 / 강경범 · 천현경	12,000원
126 푸코와 페미니즘	C. 라마자노글루 外 / 최 영 外	16,000원
127 역사주의	P. 해밀턴 / 임옥희	12,000원
128 中國書藝美學	宋 民 / 郭魯鳳	16,000원
129 죽음의 역사	P. 아리에스 / 이종민	18,000원
130 돈속담사전	宋在璇 편	15,000원
131 동양극장과 연극인들	김영무	15,000원
132 生育神과 性巫術	宋兆麟 / 洪 熹	20,000원
133 미학의 핵심	M. M. 이턴 / 유호전	20,000원
134 전사와 농민	J. 뒤비 / 최생열	18,000원
135 여성의 상태	N. 에니크 / 서민원	22,000원
136 중세의 지식인들	J. 르 고프 / 최애리	18,000원
137 구조주의의 역사(전4권)	F. 도스 / 김웅권 外	I · II · IV 15,000원 / III 18,000원
138 글쓰기의 문제해결전략	L. 플라워 / 원진숙 · 황정현	20,000원
139 음식속담사전	宋在璇 편	16,000원
140 고전수필개론	權 瑚	16,000원
141 예술의 규칙	P. 부르디외 / 하태환	23,000원
142 "사회를 보호해야 한다"	M. 푸코 / 박정자	20,000원
143 페미니즘사전	L. 터틀 / 호승희 · 유혜련	26,000원
144 여성심벌사전	B. G. 워커 / 정소영	근간
145 모데르니테 모데르니테	H. 메쇼닉 / 김다은	20,000원
146 눈물의 역사	A. 벵상뷔포 / 이자경	18,000원
147 모더니티입문	H. 르페브르 / 이종민	24,000원
148 재생산	P. 부르디외 / 이상호	23,000원
149 종교철학의 핵심	W. J. 웨인라이트 / 김희수	18,000원
150 기호와 몽상	A. 시몽 / 박형섭	22,000원
151 융분석비평사전	A. 새뮤얼 外 / 민혜숙	16,000원
152 운보 김기창 예술론연구	최병식	14,000원
153 시적 언어의 혁명	J. 크리스테바 / 김인환	20,000원
154 예술의 위기	Y. 미쇼 / 하태환	15,000원
155 프랑스사회사	G. 뒤프 / 박 단	16,000원
156 중국문예심리학사	劉偉林 / 沈揆昊	30,000원

157 무지카 프라티카	M. 캐넌 / 김혜중	25,000원
158 불교산책	鄭泰爀	20,000원
159 인간과 죽음	E. 모랭 / 김명숙	23,000원
160 地中海(전5권)	F. 브로델 / 李宗旼	근간
161 漢語文字學史	黃德實·陳秉新 / 河永三	24,000원
162 글쓰기와 차이	J. 데리다 / 남수인	28,000원
163 朝鮮神事誌	李能和 / 李在崑	근간
164 영국제국주의	S. C. 스미스 / 이태숙·김종원	16,000원
165 영화서술학	A. 고드로·F. 조스트 / 송지연	17,000원
166 美學辭典	사사키 겡이치 / 민주식	22,000원
167 하나이지 않은 성	L. 이리가라이 / 이은민	18,000원
168 中國歷代書論	郭魯鳳 譯註	25,000원
169 요가수트라	鄭泰爀	15,000원
170 비정상인들	M. 푸코 / 박정자	25,000원
171 미친 진실	J. 크리스테바 外 / 서민원	25,000원
172 디스탱숑(상·하)	P. 부르디외 / 이종민	근간
173 세계의 비참(전3권)	P. 부르디외 外 / 김주경	각권 26,000원
174 수묵의 사상과 역사	崔炳植	근간
175 파스칼적 명상	P. 부르디외 / 김웅권	22,000원
176 지방의 계몽주의	D. 로슈 / 주명철	30,000원
177 이혼의 역사	R. 필립스 / 박범수	25,000원
178 사랑의 단상	R. 바르트 / 김희영	근간
179 中國書藝理論體系	熊秉明 / 郭魯鳳	23,000원
180 미술시장과 경영	崔炳植	16,000원
181 카프카 — 소수적인 문학을 위하여	G. 들뢰즈·F. 가타리 / 이진경	13,000원
182 이미지의 힘 — 영상과 섹슈얼리티	A. 쿤 / 이형식	13,000원
183 공간의 시학	G. 바슐라르 / 곽광수	23,000원
184 랑데부 — 이미지와의 만남	J. 버거 / 임옥희·이은경	18,000원
185 푸코와 문학 — 글쓰기의 계보학을 향하여	S. 듀링 / 오경심·홍유미	26,000원
186 각색, 연극에서 영화로	A. 엘보 / 이선형	16,000원
187 폭력과 여성들	C. 도펭 外 / 이은민	18,000원
188 하드 바디 — 할리우드 영화에 나타난 남성성	S. 제퍼드 / 이형식	18,000원
189 영화의 환상성	J. -L. 뢰트라 / 김경온·오일환	18,000원
190 번역과 제국	D. 로빈슨 / 정혜욱	16,000원
191 그라마톨로지에 대하여	J. 데리다 / 김웅권	35,000원
192 보건 유토피아	R. 브로만 外 / 서민원	20,000원
193 현대의 신화	R. 바르트 / 이화여대기호학연구소	20,000원
194 중국회화백문백답	郭魯鳳	근간
195 고서화감정개론	徐邦達 / 郭魯鳳	근간
196 상상의 박물관	A. 말로 / 김웅권	26,000원
197 부빈의 일요일	J. 뒤비 / 최생열	22,000원
198 아인슈타인의 최대 실수	D. 골드스미스 / 박범수	16,000원

199 유인원, 사이보그, 그리고 여자	D. 해러웨이 / 민경숙	25,000원
200 공동생활 속의 개인주의	F. 드 생글리 / 최은영	20,000원
201 기식자	M. 세르 / 김웅권	24,000원
202 연극미학 — 플라톤에서 브레히트까지의 텍스트들	J. 셰레 外 / 홍지화	24,000원
203 철학자들의 신	W. 바이셰델 / 최상욱	34,000원
204 고대 세계의 정치	모제스 I. 핀레이 / 최생열	16,000원
205 프란츠 카프카의 고독	M. 로베르 / 이창실	18,000원
206 문화 학습 — 실천적 입문서	J. 자일스 · T. 미들턴 / 장성희	24,000원
207 호모 아카데미쿠스	P. 부르디외 / 임기대	근간
208 朝鮮槍棒教程	金光錫	40,000원
209 자유의 순간	P. M. 코헨 / 최하영	16,000원
210 밀교의 세계	鄭泰爀	16,000원
211 토탈 스크린	J. 보드리야르 / 배영달	19,000원
212 영화와 문학의 서술학	F. 바누아 / 송지연	22,000원
213 텍스트의 즐거움	R. 바르트 / 김희영	15,000원
214 영화의 직업들	B. 라트롱슈 / 김경온 · 오일환	16,000원
215 소설과 신화	이용주	15,000원
216 문화와 계급 — 부르디외와 한국 사회	홍성민 外	18,000원
217 작은 사건들	R. 바르트 / 김주경	14,000원
218 연극분석입문	J. -P. 링가르 / 박형섭	18,000원
219 푸코	G. 들뢰즈 / 허 경	17,000원
220 우리나라 도자기와 가마터	宋在璇	30,000원
221 보이는 것과 보이지 않는 것	M. 퐁티 / 남수인 · 최의영	근간
222 메두사의 웃음/출구	H. 식수 / 박혜영	19,000원
223 담화 속의 논증	R. 아모시 / 장인봉	20,000원
224 포켓의 형태	J. 버거 / 이영주	근간
225 이미지심벌사전	A. 드 브리스 / 이원두	근간
226 이데올로기	D. 호크스 / 고길환	16,000원
227 영화의 이론	B. 발라즈 / 이형식	20,000원
228 건축과 철학	J. 보드리야르 · J. 누벨 / 배영달	16,000원
229 폴 리쾨르 — 삶의 의미들	F. 도스 / 이봉지 外	근간
230 서양철학사	A. 케니 / 이영주	29,000원
231 근대성과 육체의 정치학	D. 르 브르통 / 홍성민	20,000원
232 허난설헌	金成南	16,000원
233 인터넷 철학	G. 그레이엄 / 이영주	15,000원
234 사회학의 문제들	P. 부르디외 / 신미경	23,000원
235 의학적 추론	A. 시쿠렐 / 서민원	20,000원
236 튜링 — 인공지능 창시자	J. 라세구 / 임기대	16,000원
237 이성의 역사	F. 샤틀레 / 심세광	근간
238 朝鮮演劇史	金在喆	22,000원
239 미학이란 무엇인가	M. 지므네즈 / 김웅권	23,000원
240 古文字類編	高 明	40,000원

241	부르디외 사회학 이론	L. 핀토 / 김용숙 · 김은희	20,000원
242	문학은 무슨 생각을 하는가?	P. 마슈레 / 서민원	23,000원
243	행복해지기 위해 무엇을 배워야 하는가?	A. 우지오 外 / 김교신	18,000원
244	영화와 회화: 탈배치	P. 보니체 / 홍지화	18,000원
245	영화 학습 — 실천적 지표들	F. 바누아 外 / 문신원	16,000원
246	회화 학습 — 실천적 지표들	F. 기블레 / 고수현	근간
247	영화미학	J. 오몽 外 / 이용주	24,000원
248	시 — 형식과 기능	J. L. 주베르 / 김경온	근간
249	우리나라 옹기	宋在璇	40,000원
250	검은 태양	J. 크리스테바 / 김인환	27,000원
251	어떻게 더불어 살 것인가	R. 바르트 / 김웅권	근간
252	일반 교양 강좌	E. 코바 / 송대영	근간
253	나무의 철학	R. 뒤마 / 송형석	근간
254	영화에 대하여 — 에이리언과 영화철학	S. 멀할 / 이영주	18,000원
255	문학에 대하여 — 문학철학	H. 밀러 / 최은주	근간
256	미학	라영균 外 편역	근간
257	조희룡 평전	김영회 外	18,000원
258	역사철학	F. 도스 / 최생열	근간
259	철학자들의 동물원	A. L. 브라 쇼파르 / 문신원	22,000원
260	시각의 의미	J. 버거 / 이용은	근간
261	들뢰즈	A. 괄란디 / 임기대	근간
262	문학과 문화 읽기	김종갑	16,000원
263	과학에 대하여 — 과학철학	B. 리들리 / 이영주	근간
264	장 지오노와 서술 이론	송지연	18,000원
265	영화의 목소리	M. 시옹 / 박선주	근간
266	사회보장의 발견	J. 당즐로 / 주형일	근간
267	이미지와 기호	M. 졸리 / 이선형	근간
268	위기의 식물	J. M. 펠트 / 이충건	근간
269	중국 소수민족의 원시종교	洪 熹	18,000원
270	영화감독들의 영화 이론	J. 오몽 / 곽동준	근간
271	중첩	J. 들뢰즈 · C. 베네 / 허희정	근간
272	디디에 에리봉과의 대담	J. 드메질 / 송대영	근간
273	중립	R. 바르트 / 김웅권	근간
1001	베토벤: 전원교향곡	D. W. 존스 / 김지순	15,000원
1002	모차르트: 하이든 현악 4중주곡	J. 어빙 / 김지순	14,000원
1003	베토벤: 에로이카 교향곡	T. 시프 / 김지순	18,000원
1004	모차르트: 주피터 교향곡	E. 시스먼 / 김지순	근간
1005	바흐: 브란덴부르크 협주곡	M. 보이드 / 김지순	근간
2001	우리 아이들에게 어떤 지표를 주어야 할까?	J. L. 오베르 / 이창실	16,000원
2002	상처받은 아이들	N. 파브르 / 김주경	16,000원
2003	엄마 아빠, 꿈꿀 시간을 주세요!	E. 부젱 / 박주원	16,000원
2004	부모가 알아야 할 유치원의 모든 것들	N. 뒤 소수와 / 전재민	근간

2005 부모들이여, '안 돼' 라고 말하라!	P. 들라로슈 / 김주경	근간
2006 엄마 아빠, 전 못하겠어요!	E. 리공 / 이창실	근간
3001 《새》	C. 파글리아 / 이형식	13,000원
3002 《시민 케인》	L. 멀비 / 이형식	근간
3101 《제7의 봉인》 비평연구	E. 그랑조르주 / 이은민	근간
3102 《쥘과 짐》 비평연구	C. 르 베르 / 이은민	근간

【기 타】

▨ 모드의 체계	R. 바르트 / 이화여대기호학연구소	18,000원
▨ 라신에 관하여	R. 바르트 / 남수인	10,000원
▨ 說 苑 (上·下)	林東錫 譯註	각권 30,000원
▨ 晏子春秋	林東錫 譯註	30,000원
▨ 西京雜記	林東錫 譯註	20,000원
▨ 搜神記 (上·下)	林東錫 譯註	각권 30,000원
■ 경제적 공포[메디치賞 수상작]	V. 포레스테 / 김주경	7,000원
■ 古陶文字徵	高 明·葛英會	20,000원
■ 고독하지 않은 홀로되기	P. 들레름·M. 들레름 / 박정오	8,000원
■ 그리하여 어느날 사랑이여	이외수 편	4,000원
■ 딸에게 들려 주는 작은 지혜	N. 레흐레이트너 / 양영란	6,500원
■ 너무한 당신, 노무현	현택수 정치 풍자 칼럼집	10,000원
■ 노력을 대신하는 것은 없다	R. 쉬이 / 유혜련	5,000원
■ 노블레스 오블리주	현택수 사회비평집	7,500원
■ 미래를 원한다	J. D. 로스네 / 문 선·김덕희	8,500원
■ 사랑의 존재	한용운	3,000원
■ 산이 높으면 마땅히 우러러볼 일이다	유 향 / 임동석	5,000원
■ 서기 1000년과 서기 2000년 그 두려움의 흔적들	J. 뒤비 / 양영란	8,000원
■ 서비스는 유행을 타지 않는다	B. 바게트 / 정소영	5,000원
■ 선종이야기	홍 희 편저	8,000원
■ 섬으로 흐르는 역사	김영회	10,000원
■ 세계사상		창간호~3호: 각권 10,000원 / 4호: 14,000원
■ 십이속상도안집	편집부	8,000원
■ 어린이 수묵화의 첫걸음(전6권)	趙 陽 / 편집부	각권 5,000원
■ 오늘 다 못다한 말은	이외수 편	7,000원
■ 오블라디 오블라다, 인생은 브래지어 위를 흐른다	무라카미 하루키 / 김난주	7,000원
■ 이젠 다시 유혹하지 않으련다	P. 쌍소 / 서민원	9,000원
■ 인생은 앞유리를 통해서 보라	B. 바게트 / 박해순	5,000원
■ 자기를 다스리는 지혜	한인숙 편저	10,000원
■ 천연기념물이 된 바보	최병식	7,800원
■ 原本 武藝圖譜通志	正祖 命撰	60,000원
■ 테오의 여행 (전5권)	C. 클레망 / 양영란	각권 6,000원
■ 한글 설원 (상·중·하)	임동석 옮김	각권 7,000원
■ 한글 안자춘추	임동석 옮김	8,000원

■ 한글 수신기 (상·하)	임동석 옮김	각권 8,000원

【이외수 작품집】

■ 겨울나기	창작소설	7,000원
■ 그대에게 던지는 사랑의 그물	에세이	8,000원
■ 그리움도 화석이 된다	시화집	6,000원
■ 꿈꾸는 식물	장편소설	7,000원
■ 내 잠 속에 비 내리는데	에세이	7,000원
■ 들 개	장편소설	7,000원
■ 말더듬이의 겨울수첩	에스프리모음집	7,000원
■ 벽오금학도	장편소설	7,000원
■ 장수하늘소	창작소설	7,000원
■ 칼	장편소설	7,000원
■ 풀꽃 술잔 나비	서정시집	6,000원
■ 황금비늘 (1·2)	장편소설	각권 7,000원

【조병화 작품집】

■ 공존의 이유	제11시점	5,000원
■ 그리운 사람이 있다는 것은	제45시집	5,000원
■ 길	애송시모음집	10,000원
■ 개구리의 명상	제40시집	3,000원
■ 그리움	애송시화집	8,000원
■ 꿈	고희기념자선시집	10,000원
■ 따뜻한 슬픔	제49시집	5,000원
■ 버리고 싶은 유산	제1시집	3,000원
■ 사랑의 노숙	애송시집	4,000원
■ 사랑의 여백	애송시화집	5,000원
■ 사랑이 가기 전에	제5시집	4,000원
■ 남은 세월의 이삭	제52시집	6,000원
■ 시와 그림	애장본시화집	30,000원
■ 아내의 방	제44시집	4,000원
■ 잠 잃은 밤에	제39시집	3,400원
■ 패각의 침실	제 3시집	3,000원
■ 하루만의 위안	제 2시집	3,000원

【세르 작품집】

■ 동물학	C. 세르	14,000원
■ 블랙 유머와 흰 가운의 의료인들	C. 세르	14,000원
■ 비스 콩프리	C. 세르	14,000원
■ 세르(평전)	Y. 프레미옹 / 서민원	16,000원
■ 자가 수리공	C. 세르	14,000원

東文選 文藝新書 165

영화서술학

앙드레 고드로/프랑수아 조스트
송지연 옮김

유성 영화와 무성 영화에는 어떤 유사성이 있을까? 탐정 영화와 코미디 영화 사이에, 카르네와 고다르 사이에는 어떤 유사성이 있을까? 유사성은 아무것도 없다. 각자가 나름의 방식으로 '서술' 하고자 한다는 사실 외에는.

본서는 다음과 같은 본질적인 질문들에 대해 답하는 것을 목표로 한다.

— 구두 서술 행위나 문자 서술 행위에서 시청각적 서술 행위로의 이동은 어떻게 이루어지는가? 어떻게 언어적으로 서술하는 행위로부터 보여 주면서 서술하는 행위로 이행되는가?

— 서술의 영상화란 무엇인가?

— 누가 영화를 서술하는가?

— 서술 영화에서 영상과 음향의 위상은 무엇인가? 객관적 예시인가? 누가 영화의 영상을 보는가?

영화의 다양성을 분석하기 위해서는, 모든 '영화 서술' 에 공통적인 것을 이해해야 한다. 이 책은 서술학의 핵심 개념, 특히 서술자 · 시간 · 시점의 개념을 방법적으로 소개함으로써 영화 서술의 공통점을 밝히고 있다. 서술에 대한 연구로 유명한 두 공저자는 서로 다른 시대 · 장르 · 작가에서 선택한 수많은 예를 인용하면서, 최근의 이론적 성과를 구체적으로 적용하고 있다.

프랑수아 조스트는 소르본누벨대학교 커뮤니케이션학과 과장이며, 앙드레 고드로는 몬트리올대학교 예술사학과 교수로서 영화연구분과를 책임지고 있다.